Karin Kalisa

MAGST DU DIE NACHT?

18 Geschichten von
der anderen Seite des Tages

Besuchen Sie uns im Internet:
www.droemer.de

Aus Verantwortung für die Umwelt hat sich die Verlagsgruppe Droemer
Knaur zu einer nachhaltigen Buchproduktion verpflichtet. Der bewusste
Umgang mit unseren Ressourcen, der Schutz unseres Klimas und der
Natur gehören zu unseren obersten Unternehmenszielen.
Gemeinsam mit unseren Partnern und Lieferanten setzen wir uns für
eine klimaneutrale Buchproduktion ein, die den Erwerb von Klima-
zertifikaten zur Kompensation des CO_2-Ausstoßes einschließt.
Weitere Informationen finden Sie unter:
www.klimaneutralerverlag.de

Originalausgabe Februar 2023
Droemer HC
© 2023 Droemer Verlag
Ein Imprint der Verlagsgruppe Droemer Knaur
GmbH & Co. KG, München
Alle Rechte vorbehalten. Das Werk darf – auch teilweise –
nur mit Genehmigung des Verlags wiedergegeben werden.
Covergestaltung: Sabine Schröder
Coverabbildung: © akg-images, Kawase Hasui
Illustrationen im Innenteil: Stephanie Mai
Satz: Nadine Clemens
Druck und Bindung: GGP Media GmbH, Pößneck
ISBN 978-3-426-28397-4

2 4 5 3 1

Für J., der mir
diese Frage stellte.

-

M agst du ...? – Fragen haben ein beachtliches Spektrum. Von simplen Fragen à la »Magst du Spinat?« (Jazz, Fisch, Wand-Tattoos, Curry-Ketchup), die sich mit »ja«, »nein«, »geht so« oder »geht gar nicht« beantworten lassen, über mittelkomplexe Fragen wie: »Magst du klassische Musik?« (kaltes Wasser, den Wechsel der Jahreszeiten, Familienfeste, Fernreisen), bis hin zu den an Existenzielles rührenden: »Magst du den Wind?« (die Berge, die Wüste, den Himmel), zu denen auch diese gehört: »Magst du die Nacht?« Darüber ließe sich lange nachdenken und differenziert sprechen. Und wenn man nun schnell antworten muss? Weil die Frage von einem kleinen Kind gestellt wird, an dessen Bett man soeben etwas vorgelesen hat? Das hellwach daliegt und noch sehr damit zu tun hat, sich in diese Welt hineinzufinden: »Mama, magst du die Nacht?«

Was habe ich damals geantwortet? Womöglich so etwas wie: »Oh, weißt du, ich denke schon. Sicher ist sie manchmal fürchterlich finster und hin und wieder auch mal viel zu lang, aber sie hat den Mond und die Sterne, und das ist immerhin ziemlich schön, oder?«

Etwas in der Art wird es wohl gewesen sein, weil diese Frage ja offensichtlich auf eine Antwort aus war, die sicherstellen würde, dass mit der Nacht prinzipiell alles in Ordnung ist –

obwohl sie eine gewisse Vorliebe dafür hat, aus Ecken, Kästen und Fensternischen die Schatten unheimlicher Wesen hervortreten zu lassen.

Ob die Antwort damals die Nacht ins richtige Licht gerückt hat? Jedenfalls hat mich die Frage nie mehr ganz losgelassen, und über Jahre hinweg – ungefähr die Zeitspanne, in der ein Kind von der Schulreife zur Wahlberechtigung heranwächst – gab es Gelegenheiten, mit Nächtlichem, wo es sich zeigte, in Zwiesprache zu gehen. Ohne Vorauswahl kam es auf mich zu: in Märchen und Montanwissenschaft, in kontrapunktischen Etüden und funkigen Popsongs, in Gedichten und Gebeten, in Mitternachtsmahlzeiten und Nachtzügen, in Himmelsmechanik und Tiefseeforschung. Es sind achtzehn Versuche daraus geworden, diesen Spuren zu folgen und auszuleuchten, wohin sie wohl führen.

Ja, ich mag die Nacht. Und jetzt kann ich auch sagen, warum.

Auch die Nacht zeigt mir ihr Gesicht
Es ist mir gleich
Wie es zu mir spricht
Ich liebe jede Stunde

Karat, *Jede Stunde*

Inhalt

Der Mann im Mond

> »Aber bei der Mondgöttin selbst, haltet
> ihr es für möglich, dass es Schatten von
> Schluchten und Abgründen gibt, die von
> dort bis zu unserem Auge gelangen?«
>
> Plutarch, *Das Mondgesicht*

Natürlich hat er ein Gesicht. Warum auch nicht? Nur weil Plutarch vor zweitausend Jahren Augen, Mund und Nase als Meere und Gebirge beschrieben hat – sehr schön hat er die beschrieben – und nur weil dies nach und nach von der astronomischen Forschung bestätigt wurde? Als ob all dies ausreichen würde, nicht mehr zu sehen, dass da ein Gesicht ist: der Mann im Mond – der übrigens in den meisten Kulturen eine Frau ist. Dafür ist dort die Sonne männlich. Aber das nur nebenbei. Es ist nicht so wichtig. Wichtig ist, dass das Gesicht freundlich ist. Denn bei Nacht ist man auf eine gewisse Freundlichkeit angewiesen. Wie sollte jemand auch nur ein Auge zubekommen, wenn es bedrohlich aus dem Himmel herunterfunkeln würde? Nein, ein grundgütiger Mond muss es sein. Sonst würde die Sache mit dem Tag-Nacht-Rhythmus komplett aus dem Ruder laufen.

La-le-lu – Nur der Mann im Mond schaut zu, wie die klei-

nen Babies schlafen … ein sanfter Dreiklang und drei gleich anlautende Silben, die es nahezu zum Urtyp des Wiegenliedes machen, eines *Lullabys* eben, das sich in schöner Schlichtheit hervorragend zur Dauerschleife einer Spieluhr eignet, obwohl nicht wenige Eltern und Anverwandte lieber auf gehobene Klänge an der Wiege setzen: Brahms' *Guten Abend, gute Nacht,* Mozarts *Kleine Nachtmusik,* Haydns *Serenade.* Und nicht auf eine einfache Melodie aus dem Geiste des Schlagerliedchens der Nachkriegszeit. Denn um nichts anderes handelt es sich hier. Komponiert von einem gewissen Heino Gaze in Berlin, der sich tags als Jurist und nachts als Barpianist verdingt hat und mit dem Mond vermutlich sehr auf Du und Du war. Doch nicht er selbst wurde berühmt damit, sondern Heinz Rühmann als Teddy Lemke, ein ehemals viel gefragter Clown, der es sich zur Gewohnheit gemacht hatte, mit dieser Melodie sein Kind in den Schlaf zu singen. Das tragischerweise gar nicht sein eigenes Kind war. Und er folgerichtig nicht sein leiblicher Vater. Gleichwohl haben sich die beiden von Herzen lieb, und auch der Titel des UFA-Streifens von 1955 störte sich nicht an den zivilrechtlichen Gegebenheiten, denn der lautete: *Wenn der Vater mit dem Sohne …* Weil es natürlich nicht so ist, dass Vatergefühle und Sohngefühle sich an die gleiche DNA binden. Wo kämen wir da hin, wenn es so wäre. – Die leibliche Mutter jedenfalls, die aus dem Nichts auftaucht und ihr Kind zurückhaben will, ist unter pädagogischen Gesichtspunkten eine Katastrophe und so schmonzettig inszeniert, dass einem die Haare zu Berge stehen. Jedenfalls wird die wundersame und wunderbare Zweisamkeit von Vater und Sohn von Amerika aus und nach Amerika hin zertrennt. Herzzerreißend. Und trotzdem gilt, und das spricht sehr für Teddy Lemke, eisern eines: Am Abend muss die Welt in Ordnung sein. Weil die Kinder einen Anspruch darauf haben. Egal ob leiblich oder nicht leiblich, wer gerade da ist, hat dafür zu sorgen. Hat zärtlich in den Schlaf zu singen oder zu fiedeln. Punkt. Es reicht eben nicht, dass man den Kleinen zu essen gibt und darauf achtet, dass sie sich die Zähne putzen, dass man ihnen das Bett frisch bezieht und gut durchlüftet. Besser dies alles zu vernachlässigen, als zu vergessen, die Welt in Ordnung zu bringen – so gut es eben geht.

Da dieser berechtigte Anspruch erstaunlicherweise nicht in die UN-Kinderrechts-Konvention eingegangen ist, sollte schleunigst ein Antrag daraufhin gestellt werden. Unter Artikel 3 »Wohl des Kindes« oder Artikel 18 »Verantwortung für das Kindeswohl« könnte ein solcher Passus stehen – oder warum nicht auch unter Artikel 27: »Angemessene Lebensbedingungen«. Hauptsache, er kommt unter. Obwohl auch in diesem wohlmeinenden Text insgesamt zu häufig die Worte Behörde, Regelung und Vertragsstaaten vorkommen und insgesamt zu wenig die Wörter: Vertrauen, Glück und Freude. Natürlich ist es ein juristischer Text. Die sind an sich nicht freudvoll. Allerdings könnte er dann in seiner spröden Sprache wenigstens rechtsverbindlich sein. Wo ihn doch alle Länder der UN, letztlich sogar Süd-Sudan und Somalia, allerdings nicht die USA, unterschrieben haben und er 1989 erstmals in Kraft trat. Nicht rechtsverbindlich sein *und* sprachlich ohne Durchgriff bleiben, dieses doppelte Zuwenig ist eigentlich ein deutliches Zuviel an Negativität im Gutgemeinten. Vermutlich geht man davon aus, dass Rechtsverbindlichkeit von Kinderrechten die Welt aus den Angeln heben würde. Und was hätten die Kinder von einer aus den Angeln gehobenen Welt? Wahrscheinlich schafft man es auch deshalb hierzulande nicht, die Kinderrechte im Grundgesetz zu verankern. Da können wir noch lange warten.

Abgesehen von der Frage nach der Rechtsverbindlichkeit bleibt daran festzuhalten, dass, wenn die Welt nicht in Ordnung ist, und meistens ist sie das nicht, die Erwachsenen jedenfalls gehalten sind, hart daran zu arbeiten, dass sie es wieder sein wird. Darauf müssen Kinder vertrauen können, wenn sie sich dem Schlaf und der Nacht überlassen. Womöglich ist dies der tiefste Sinn der Wiegenlieder, dass, indem die Erwachsenen den Kindern dieses Vertrauen geben, sie sich selbst daran erinnern: »Nicht vergessen! Welt in Ordnung bringen.« Wenn es die Wiegenlieder nicht gäbe, dann würde dieser Auftrag, vielleicht der wichtigste, einem wahrscheinlich öfter mal durchrutschen. Und alle möglichen Gespenster würden sich vor das Gesicht des Mannes im Mond schieben.

Deshalb mag ich die Nacht, weil sie das klarstellt.

La-le-lu, vor dem Bettchen
stehn zwei Schuh ...

Rein textlich ist das Lalelu-Liedchen natürlich ziemlich aus der Zeit gefallen. Nach Astrid Lindgren und Janosch, nach Pippi Langstrumpf und dem Tiger-Bär-Gespann – wo würden da noch zwei Schühchen ordentlich vorm Bett stehen? Alles so niedlich; dabei nicht ohne wilhelminische Obertöne. Eine kleine Revision täte da gut. Dem Schweizer Liedermacher Linard Bardill verdanken wir ein zeitgemäßes Gutenachtlied, in dem die Kinder aufgefordert werden, sich nicht nur beim Schlafen zusehen und beschützen zu lassen, sondern gern auch einmal zurückzuschauen: »Luege, was der Mond so macht.« Weil Vertrauen haben und Selbstbewusstsein entwickeln nicht in einem Gegensatz-, sondern einem Komplementärverhältnis zueinander stehen. Mit anderen Worten: Auch wenn die Schühchen quer im Zimmer verteilt sind, sollten die beiden Eckpfeiler einer glücklichen Kindheit fest eingepflockt sein: beschützt sein und neugierig sein dürfen.

Auffällig und bemerkenswert in diesem Setting ist noch etwas anderes: Der Mond hat offenbar eine ausgesprochen Berlinische Neigung. So eine speziell urbane Note. Nicht nur Heino Gaze hat sein Lied aus der »Berliner Luft« gegriffen, sondern noch ein Weiterer hat dem Mond eine Berlinische Prägung gegeben. Und auch der hatte auffälligerweise zwei Berufe: Leutnant der preußischen Landwehr einerseits, Literat und Mime andererseits. Gerdt Bernhard von Bassewitz-Hohenluckow, schauspielernder Offizier aus mecklenburgischem Uradel, ausgewandert nach Berlin, hat hier *Peterchens Mondfahrt* verfasst; man schrieb das Jahr 1912. In diesem, nennen wir es: Bravourstück, hat er einiges verbraten: nicht nur seine Vorliebe für Militärmusik – es rumst und scheppert im Kanonengetöse, dass einem ganz schwummrig wird –, sondern auch das volkstümliche Märchen vom *Mann im Mond*, in dem ein Holzfäller, der selbst im Angesicht eines himmlischen Besuchs den Sonntag nicht heiligt, sondern mit der Axt im Wald zugange ist und dann auch noch lästerlich spricht: Sonntag oder Mondtag, das sei ihm so was von egal. Folglich wird er auf den Mond verbannt. Das hat er nun davon. In *Peterchens Mondfahrt* wurde versehentlich das sechste Beinchen eines Maikäfers, Sumsemann sein Name, mit dorthin expediert.

Anneli und Peter (genau – die Anneli ist nämlich auch dabei und durchaus nicht weniger involviert in das Geschehen als das Peterchen), zwei Kinder, die noch nie einem Tier etwas zuleide getan haben, könnten dieses von Generation zu Generation vererbte Verhängnis eines fehlenden Maikäferbeinchens rückgängig machen. Aber es braucht Mut: So enorm einladend ist die Mondlandschaft nicht, kann man sich denken, wenn raue Gesellen wie dieser Holzfäller dort beherbergt werden. Auch der große Bär ist wahrlich kein Kuscheltier – allerdings lässt er sich besänftigen, und zwar mit Äpfeln, die Anneli (!) geistesgegenwärtig als Reiseproviant eingepackt hat. Dafür kann man dann auf der Milchstraße herrlich Schlitten fahren, und die Nachtfee lädt auf die Sternenwiese zum Kaffeeklatsch. Schon nähern sich die drei Eisgeschwister: Neben Hagelhans und Frau Holle, ist es der Eismax, der das schöne Idiom kräftig auffährt: Artig melde er sich bei der »jnädigsten Nachtfee« zur Stelle, »jereist mit jletscherhafter Schnelle – zwar für mich unjewöhnliche Zeit; aber doch eisbärenmäßig jefreut!«.

Wer möchte es ihm verübeln, dass er um »etwas jekühlte Temperatur!« bittet:

»Und die Sonne, das jreuliche Weib,/
Mir nicht so nahe uff'n Leib./
Kann die Person durchaus nich' vertragen,/
Krieje Triefaugen und weichen Kragen«.

Det is' Balin – auf dem Mond! (Wer sich jetzt vorstellt, Katharina Thalbach könnte sich als berlinernder Eismaxe gut machen, muss nicht enttäuscht werden. Diese Einspielung liegt bereits vor.) Vielleicht war dies von Bassewitz' glücklichste Flucht aus der preußischen Wirklichkeit: die literarische, geradewegs auf den Mond.

Muss man da noch *Frau Luna* erwähnen? Ungern. Nicht, weil *Frau Luna* uns jene gassenhauerische Musical-Melodien ins Ohr gesetzt hat: »Das ist die Berliner Luft, Luft, Luft …«, sondern weil ihr Schöpfer, der Komponist Paul Lincke, geboren 1866 in Berlin–Kreuzberg, ein konservativer Knochen war und sich mit den aufkommenden Nationalsozialisten verbandelt hat. Interessanterweise aber fanden die Nazis gerade die frivol aufbereitete Mond-Thematik nicht so passend. Dennoch wurde Paul Lincke ein Profiteur des Nazi-Regimes, und dennoch ist irritierenderweise eine Kreuzberger Straße nach ihm benannt worden, sogar eine besonders schöne. *Frau Luna,* diese Berlin-Operette, war natürlich lange vor den Nazis, nämlich bereits 1899 uraufgeführt worden und längst in die lokale Seele eingesickert.

Der Mond und Berlin – eine feststehende Verbindung? Nun, letztlich scheint das Mond-Fieber doch pariserisch inspiriert gewesen zu sein, denn von dort aus nahmen die berühmten *Mondrevuen* ihren Ausgang, die die Lust am Nächtlichen und Romantischen und Zukunftsmäßig-Technischen so spielerisch und verrückt unter einen Hut brachten, dass die ganze Sache nur auf einen zurückgehen konnte: Jules Verne. Für Realphantastik dieser Spielart zuständig wie kein anderer, hatte er den Stein ins Rollen gebracht. Bereits 1865 hatte er *Von der Erde zum Mond* geschrieben, und fünf Jahre später folgte die *Reise um den Mond.* Die ingenieurshafte Greifbarkeit des Mondes in diesen Romanen brachte die Leute aus dem Häuschen, obwohl die Columbiade, gestartet übrigens ganz in der Nähe von Cape Canaveral, statt auf dem Mond zu landen, in dessen Umlaufbahn gerät, zum Glück elliptisch und nicht hyperbolisch, sodass sie nicht übers Ziel hinausschießt, sondern die Kurve zurück zur Erde bekommt und im Pazifik landet. Erstaunlich prophetisch. – Das befand auch Kepler von sich selbst, als er in seinem Kommentar zu Plutarchs Mondgesicht sich hoch erfreut darüber zeigte, dass spätere Beobachtungen lunarer Täler bestätigten, was er selbst Jahre zuvor ersonnen hatte: Eine »Vorwegnahme der Wahrheit, die Mut zeigt und eine männliche Miene.« Apropos Mann im Mond ...

Zum Nach- und Weiterlesen:
Plutarch: *Das Mondgesicht. De facie in Orbe Lunae*, Zürich 1968, S. 51. ◐◐◐ Johannes Kepler: *Der Traum, oder: Mond Astronomie: Somnium sive astronomia lunaris. Mit einem Leitfaden für Mondreisende von Beatrix Langner*, Berlin 2012, S. 91. ◐◐◐ Herwig Görgemanns: *Untersuchungen zu Plutarchs Dialog »De facie in orbe lunae«* (Bibliothek der klassischen Altertumswissenschaften Band 33). Heidelberg 1970. ◐◐◐ Lexikon des Internationalen Films: Eintrag: *Wenn der Vater mit dem Sohne* (1955) https://www.filmdienst.de/film/details/7774/wenn-der-vater-mit-dem-sohne-1955 (abgerufen 20.10.2021). ◐◐◐ Klaus Bartels: Vom Mondgesicht zur Mondkarte, in: Cartographica Helvetica 5/1992 https://www.e-periodica.ch/cntmng?pid=chl-001:1992:5::119 ◐◐◐ *Konvention über die Rechte des Kindes* (20. November 1989) Abrufbar unter: https://www.unicef.de/informieren/materialien/konvention-ueber-die-rechte-des-kindes/17528 (Stand 20.10.2021). ◐◐◐ Gerdt von Bassewitz: *Peterchens Mondfahrt*, München 1912. Als Audio-CD: Katharina Thalbach liest: *Peterchens Mondfahrt* (2013). ◐◐◐ Ludwig Bechstein: *Das Märchen vom Mann im Mond*, in: Ludwig Bechstein: *Deutsches Märchenbuch* (1845) darin Kap. 33; neu aufgelegt Hildesheim 2003. ◐◐◐ Eintrag *»Frau Luna«*. Forschungsinstitut für Musiktheater, Hg.: *Pipers Enzyklopädie des Musiktheaters: Oper, Operette, Musical, Ballett*. Band 3, München 1989, S. 507 ff. ◐◐◐ Linard Bardill: *Luege, was der Mond so macht. 21 Kinderlieder*. Audio CD. 1997. ◐◐◐ Jules Verne: *De la Terre à la Lune* (1865), dt.: *Von der Erde zum Mond*, 1873; Neuauflage Köln 2014. ◐◐◐ Jules Verne: *Autour de la Lune* (1870), dt.: *Reise um den Mond*, 1873; Neuauflage Frankfurt 2001. ◐◐◐

2

Graf Keyserlingk
kann nicht schlafen

Man schreibt das Jahr 1741. Es tobt der Österreichische Erbfolgekrieg: Hat doch tatsächlich eine junge Frau, Maria Theresia, die Tochter Karls VI., in Wien den Thron bestiegen und den militant geäußerten Unwillen etlicher europäischer Fürsten hervorgerufen, die allesamt und darüber hinaus jeder für sich, meinten, sie würden die Geschäfte wesentlich besser führen – und es stände ihnen zu. Und dann will dieses junge Ding auch noch ihr Schlesien behalten. Also zieht man am besten gleich doppelt in den Krieg: zum einen gegen Maria Theresia und zum anderen um Schlesien. Im März verbünden sich Großbritannien, Sachsen, Russland, die Niederlande mit Österreich gegen die Preußen, die jedoch bereits im April in der Schlacht zu Mollwitz die Österreicher besiegen. Schon im darauffolgenden Monat wird eine neue bemerkenswerte Koalition geschmiedet: Bayern, Spanien, Preußen und Frankreich zusammen gegen Österreich. Unterdessen wird Maria Theresia auch noch Königin von Ungarn. Großbritannien schaut sich das Ganze aus sicherer Entfernung an und zieht Neutralität vor. Dafür stellt Kursachsen sich auf die österreichische Seite. Unbeeindruckt davon schließen Preußen und Österreich – heimlich – einen Waffenstillstand, für den

Niederschlesien an Preußen verschachert wird. Dennoch fällt Friedrich der Zweite wenig später in Böhmen ein: Die Österreicher hätten sich an die geheime Abmachung nicht gehalten. Außerdem erklärt Schweden Russland den Krieg; ausgerechnet Russland, wo sich inzwischen auch eine Palastrevolution abzeichnet, im Zuge derer ein einjähriges Kind, Zar Iwan der Sechste, nebst seiner Mutter (oder umgekehrt) gestürzt werden wird – um nur die wichtigsten Ereignisse festzuhalten …

Wahrlich, selbst für einen Diplomaten gibt es geringere Gründe, nicht schlafen zu können. Graf Hermann Carl von Keyserlingk jedenfalls, Gesandter des russischen Hofes in Dresden, liegt wach. Der deutsch-baltische Adelsspross in seinen Vierzigern ist ein erfahrener und hochgebildeter Unterhändler. Einige Zeit war er sogar Präsident der Russischen Akademie der Wissenschaften. Aber was kann ein Gesandter tun, wenn eine gerade Dreiundzwanzigjährige in schnellem Takt Thronfolgerinnen und Thronfolger gebiert, während sie gleichzeitig mit größter Zähigkeit ihr habsburgisches Erbkönigreich verteidigt? Wenn anderswo Säuglinge vom Thron gestürzt werden können, weil die heimischen Truppen gerade in Schweden beschäftigt sind? Wenn Frankreich wild entschlossen ist, Österreich zu schwächen, indem es die deutschen Fürsten unterstützt, und Russland Österreich nicht zu Hilfe eilen kann, weil Schweden gerade nichts Besseres zu tun hat, als Russland den Krieg zu erklären? Und seine eigene baltische Heimat immer nur ein Spielball der Mächte. Was kann ein russischer Diplomat am kursächsischen Hof da überhaupt noch bewirken – und wie? Zumal, wenn er nicht gut schläft.

Ob er ihm nicht etwas komponieren könne – etwas, das,

trefflich vorgetragen zu nächtlicher Stunde, sein Gemüt beruhigen könne. Ein Stück mit schöner Grundharmonie, sanft, dabei nicht ohne eine gewisse maßvolle Heiterkeit, fragt er Johann Sebastian Bach, mit dem er freundschaftliche Kontakte pflegt.

Da hat er natürlich den Richtigen gefragt. Einen Spezialisten für Gegenläufigkeiten im Zeichen von Harmonie und Wohltemperiertheit, einen Kontrapunktiker, wie man sich keinen Besseren wünschen könnte. Vielleicht hat genau dies die tiefe freundschaftliche Verbundenheit des barocken Tonsetzers und des politischen Unterhändlers begründet: das Anliegen, Mehrstimmigkeit zu organisieren. Allerdings fragt man sich doch, warum es am Dresdner Hof der Protektion eines Diplomaten in russischen Diensten bedurft hatte, damit Johann Sebastian Bach zum »Königlich Polnischen und Kurfürstlich Sächsischen Hofcompositeur« ernannt wurde. Aber ja, Bach gehört zu denen, deren Rang erst posthum erkannt und gewürdigt wurde.

Jedenfalls kann Johann Sebastian Bach das Anliegen seines schlaflosen Freundes und Förderers verstehen – und liefern: Eine *Clavier Ubung bestehend in einer ARIA mit verschiedenen Veränderungen vors Clavicimbal mit 2 Manualen. Haupttonart G-Dur.* Auch einen begnadeten Cembalisten für die Aufgabe, dieses Wiegenlied zu intonieren, musste man nicht lange suchen. Sowohl Johann Sebastian Bach als auch Graf Keyserlingk schätzen den gerade erst vierzehnjährigen Johann Gottlieb Goldberg, der dem Grafen vom Nachbarzimmer aus das Bach'sche Werk zu Gehör bringen soll.

Aus heutiger Sicht fragt man sich, ob solche Nachtschichten dem jungen Cembalisten in seiner eigenen Entwicklung nicht unzuträglich gewesen sind. Gerade Heranwachsende brauchen ihren Schlaf. Immerhin trägt diese wunderbare Musik seinen Namen, sodass man auf diese Weise auch seiner – er verstarb früh an Tuberkulose – gedenken kann.

Was macht die Goldberg-Variationen so besonders? Eine Aria leitet dreißig Variationen ein, dieselbe Aria beschließt diesen Reigen, weshalb eine schlaffördernde Endlosschlaufe sich geradezu anbietet: War es nun die Aria, die beschließt, oder die Aria, die eröffnet? Egal, Hauptsache, es hört nicht auf. Dieses beruhigende Doppelgesicht eines implementierten Da capo. Die Variationen dazwischen werden getragen und sonor zusammengehalten von der tiefsten Stimme. Im Schutz der Basslinie dürfen sich die anderen Stimmen munter austoben, mal im Kanon, mal im Quodlibet. In Letzterem, es ist die Variation 30, hat Bach zwei Gassenhauer seiner Zeit verhackstückt. Verhackstückt heißt in diesem Fall: mit größter Sorgfalt und geradezu mathematischer Präzision in die Reihe der vorangehenden Variationen eingearbeitet.

Keine Fuge, keine Sinfonie, kein Oratorium. Einfach nur eine Klavierübung hat Johann Sebastian Bach seinem Freund und Förderer zugeeignet. Und doch firmiert dieses Stück als eines der wunderbarsten und zugleich schwierigsten Stücke der Klavier-Literatur, an dem sich die Besten und Allerbesten der Szene probiert haben und auch weiterhin probieren werden. Darunter einer, der kongenial, wie man versucht ist zu sagen, unter chronischer Schlaflosigkeit litt. Das muss irgendwie gepasst haben.

Glenn Gould war dreiundzwanzig Jahre alt, als er 1955 das Stück bei *Columbia Records* zum ersten Mal einspielte. Er starb 1982, wenige Monate, nachdem er die Goldberg-Variationen zum zweiten Mal aufgenommen hatte. So umfassen die Goldberg-Variationen seine Karriere vom Debüt bis zur letzten Aufnahme wie die Aria und ihr Da capo die dreißig Variationen, die zwischen ihnen liegen.

Das ist natürlich ein Stoff, aus dem Legenden geradezu von selbst entstehen. Man kann gar nichts dagegen machen. Und sollte es vielleicht auch gar nicht erst versuchen. Legendär ist ja an sich nichts Verwerfliches. Und wenn man diese Einspielungen hört, ist schon jede für sich legendär. Allerdings auch ihr Verhältnis zueinander: Die zweite Einspielung ist doppelt so langsam wie die erste. Natürlich ist die langsamere Fassung zur inneren Beruhigung etwas besser geeignet. Jedenfalls hat sich da jemand richtig Zeit genommen. Nicht wissend, aber vielleicht ahnend, dass ihm nicht mehr viel Zeit blieb – ganz im Geiste des Kontrapunkts.

Die Zeit, die zwischen diesen beiden Einspielungen lag, war eine, in der Glenn Gould als Exzentriker berühmt wurde: Schrullen, Attitüden, Idiosynkrasien. Es gibt viele Vokabeln für das Verhalten eines Menschen, der sich vielleicht einfach keine Zwänge mehr von der Art antat, die Konventionen nur bedient.

Er sang und brummte mit (das hatte er von seiner Mutter, Florence Gould), hockte sehr tief auf einem Stuhl (das hatte er von seinem ersten Lehrer Alberto Guerrero). Manche sagen, er habe die Beine des Stuhles eigenhändig abgesägt, andere behaupten, er habe einen kurzbeinigen Stuhl eigens anfertigen lassen. Wahrscheinlich stimmt beides. Es wird nicht nur ein Stuhl im Spiel gewesen sein.

Allerdings beschließt er schon bald, nicht mehr öffentlich zu spielen. Er zieht sich zurück. Immer hat er gefroren in dieser Welt. Und das Schlafen verlernt. Nachts hat er Radio gehört und telefoniert. Eines Tages – oder eines Nachts – kam ihm die Idee, Stimmen zusammenzusetzen zu einer Vokalfuge *on air*.

So hat er dem Radio etwas zurückgegeben, etwas Wunderbares, Einzigartiges: das Dokumentarhörspiel *The Idea of North*.

Und das kam so:

Obwohl er eigentlich nicht mehr reist, steigt er 1965 in einen Zug von Toronto nach Winnipeg. Von Winnipeg aus weiter an die Südwestküste der Hudson-Bay, bis es dann nur noch mit einem Auto weitergeht, dorthin, wo er, endlich, seine Blicke über die vereisten Seen nördlich des Polarkreises schweifen lassen kann. Davon hatte er geträumt.

Der Zufall will es, dass er im Speisewagen einen Landvermesser trifft, mit dem er über den Norden ins Gespräch kommt. Kaum zu glauben: ein Mann, der die Kälte flieht und berühmt, geradezu berüchtigt dafür ist, mehrere Mäntel und Mützen übereinander zu tragen, ein Mann, der sein Alleinsein allenfalls durch Telefongespräche unterbrechen mag, reist Richtung Polarkreis und spricht mit einem ihm bis dato unbekannten Menschen Face-to-Face über acht Stunden hinweg. Hier entsteht die Idee, ein Radiostück über den Norden zu machen.

Zurück in Toronto, beginnt Glenn Gould damit, das Projekt zu realisieren. Er interviewt fünf Menschen, die mit dem Norden durch Herkunft und / oder Berufstätigkeit verbunden sind. Nach Ende der Aufnahmen setzt er sich ins Auto, hört die von ihm so hoch geschätzte Petula Clark, aber fährt gerade nicht *Downtown,* sondern wieder in die Einsamkeit des Nordens. In einem Motel schreibt er das Skript zur Sendung *The Idea of North.* Abermals zurück in Toronto, beginnt die Arbeit im Tonstudio. Aber sie will nicht gelingen. Diese vertrackte Linearität: erst spricht der, dann die, dann der, dann wieder die … bringt ihn zur Verzweiflung. Wo ihm doch eine integrierte Einheit vorschwebt, »in der die Textur, das Gewe-

be der Wörter selbst, die Personen differenzieren und traum-
artige Verbindungen innerhalb des Stücks schaffen würden«.
Die Lösung liegt in Rasierklinge und Leim – und im Prinzip
des Kontrapunktes. Gemeinsam mit dem Cutter Lorne Tulk
schneidet er die Bänder und klebt sie auf neue, hoch bedachte
Weise zusammen, bis aus den Einzelinterviews eine – ja, was
eigentlich? – harmonische Simultanität, eine Art Triosonate
entsteht. Nicht nur eine auf- und abebbende Polyphonie, sondern eine, in der die verschiedenen Stimmen in ihrem Gegen-
einander zu einem Zusammenklingen gebracht werden, ohne
dass ihre je eigene Linie je aufgegeben wird. Das war kurz vor
dem Sendetermin am Abend des 28. Dezember 1967 beim Kanadischen Rundfunk, und mit den Ansprüchen eines Glenn
Gould eine kaum zu bewältigende Arbeit. Am Heiligabend
war man noch mitten in der Arbeit, ein Ende kaum abzusehen.
Es wird durchgearbeitet. Gould hält seine Mitarbeiter mit
kleinen Späßchen und seinem unbedingten Willen wach und
bei Laune. Und sie schaffen es. Glenn Gould, der einsame Ra-
diohörende, hat für eine knappe Stunde (58'55) die linearen
Stimmen aus dem Äther in Kontrapunktisches Radio verwandelt. Es lässt jenes Stimmengewebe vernehmbar werden, das
uns in Resonanz mit einer Welt bringt, die uns trägt; auch und
gerade nachts.

Offenbar kann man alles Mögliche machen, wenn man
nachts nicht schlafen kann: Einer tröstlichen Musik lauschen,
sich selbst etwas komponieren oder sich etwas komponieren
lassen. Nur daliegen und Probleme noch größer werden lassen – ob es sich nun um eine russisch-preußische Krise, um
Ängste verschiedenster Art (die Auswahl ist groß) oder um
chronische Einsamkeit handelt – das ist keine gute Idee.

Die Welt ändert sich. Das Einschlafproblem bleibt. Ein-

schlafen 2.0 ist Einschlafen mit Wikipedia. Ein Podcast, der auf der ebenso schlichten wie genialen Idee beruht, die Menschen an der schieren Unerschöpflichkeit des Wissens der Welt zu ermüden, auf sachlich interessierte Weise in den Schlaf zu gleiten zu lassen, sei es mit Details zur Erfindung der Wäscheklammer, sei es zu: Maggi, Satelliten, Schrödingers Katze, die Seidenstraße, Blätterteig, Bermudadreieck, Capoeira, Punk, Baumhaus, Ufos, Pommes, Mount Everest, Klettverschluss ...
Träumt was Schönes.

Zum Nach- und Weiterlesen:
Putzger. *Historischer Weltatlas*, Berlin 2021. ◐◐◐ Ulrich Siegele: *Johann Sebastian Bach komponiert Zeit. Tempo und Dauer in seiner Musik. Band 1: Grundlegung und Goldberg-Variationen.* Hamburg 2014. ◐◐◐ *Über Johann Sebastian Bachs Leben, Kunst und Kunstwerke*, Kassel 1974, S. 91–93 [1802]. ◐◐◐ Diether de la Motte: *Kontrapunkt,* Kassel 2010. ◐◐◐ Otto Friedrich: *Glenn Gould. Eine Biografie*, Reinbek b. Hamburg 1994, S. 225. ◐◐◐ Jonathan Cott: *Telefongespräche mit Glenn Gould*, Frankfurt/M. 1995. ◐◐◐ Anyssa Neumann: *Ideas of the North. Glenn Gould and the Aesthetic of the Sublime,* in: Voice Xchange, Vol. 5 No. 1, Chicago 2011. ◐◐◐ Anthony Cushing: *Examing the New Counterpoint in Glenn Gould's Contrapuntal Radio* (18.10.2010). ◐◐◐ J. D. Connor: *Trans-Canada Express: Glenn Gould, Petula Clark, and the Possibilities of Pop,* nonsite.org Issue 8. ◐◐◐ John Jessop, zus. mit Glenn Gould: *Radio as Music.* Filmversion 1975. ◐◐◐ Glenn Gould: *The Idea of North.* (Erstes Dokumentarhörspiel aus der von Gould verfassten und produzierten *Solitude Triology*), Canadian Broadcasting Corporation (CBC), am 28.12.1967. ◐◐◐ Glenn Gould: *The Search for Petula Clark:* CBC, 11.12.1967. ◐◐◐ Tim Page: *The Glenn Gould Reader,* New York 1984. ◐◐◐ Und zum Einschlafen: Einschlafen mit Wikipedia: https:// einschlafen.podigee.io ◐◐◐ .

3

Polarlicht

Im Herbst des Jahres 2003, genauer gesagt Ende Oktober
bis Mitte November, geschah eine Art Wunder: Der Himmel zeigte sich nach Sonnenuntergang mit grünen, roten und
violetten Lichtern unterhalb des Polarkreises wie sonst nur
oberhalb des Polarkreises. In Deutschland, dort, wo nicht
gerade dichte Bewölkung die Sicht verstellte, schwärmten die
Hobbyastronomen und Fotografen aus, fingen in eupho-
rischer Stimmung das Unglaubliche in die Speicherchips ihrer
Kameras ein und verfassten dazu enthusiastische Begleittexte.
Erstens, wie das Ganze mutmaßlich zustande gekommen war:
Der Sonne hatte es beliebt, mehr Wind als sonst zu machen.
Zweitens, wie sie selbst es geschafft haben, den Lichtern auf
die Spur zu kommen: durch gute Ortskenntnis, langen Atem
und eine erfahrungsgesättigte Ausrüstung im Kofferraum.

Die Hobbyastronomen sind eine von mir sehr geschätzte
Spezies. Ich kann es gut nachvollziehen, dass manche von ihnen sich lieber Sternenfreunde nennen, denn tatsächlich klingt
der Zusatz »Hobby«, oder auch »Amateur«, sobald er vor
einer Berufsbezeichnung steht, sehr nach Halbwissen. Das ist
schade, denn tatsächlich sind es oft gerade diese Menschen,
die nicht nur ungewöhnliche Himmelsphänomene noch vor
den Spezialisten ausmachen, wie erst kürzlich wieder, als
finnische Sternenfreunde die »grünen Dünen« entdeckten –

Polarlichter in sehr niedriger Höhe, die sich in Wellen fortbe-wegen – und sie ihren Fund zur weiteren Erforschung und treuen Händen der Weltraumphysikerin Minna Palmroth von der Universität Helsinki übergaben, sondern auch, weil sie in schöner, oft witziger Sprache informative und verständliche Texte liefern, die Menschen wie mir die Chance eröffnen, et-was zu verstehen, was zu verstehen sie ansonsten kaum hof-fen dürften. (Herzlicher Gruß an dieser Stelle an André, Chris-tian und Sven von der Volkssternwarte Recklinghausen, die die Polarlichter im Herbst 2003 so wunderbar dokumentiert haben!)

Was ich dank der Sternenfreunde verstanden habe, ist, dass Polarlichter gewissermaßen die Beziehungskiste zwi-schen Erde und Sonne sind, die sich auf spektakuläre Weise, also so, dass alle etwas davon haben, an den Polen austrägt. Heftige Eruptionen auf der Oberfläche der Sonne haben nicht minder heftige Winde zur Folge, die elektronisch geladene Partikel auf das die Erde umgebende Magnetfeld prallen las-sen, es zusammenstauchen und sich dann zügig zu den mag-netischen Polen aufmachen. Sobald sie in die Erdatmosphäre eindringen, treffen sie auf Sauerstoff und Stickstoff und – es wird Licht. Atomarer Sauerstoff leuchtet grün oder rot, Stick-stoff violett. Polarlichter sind ein Kollisionsgeschehen. Je mehr Wind, desto heftiger wird das Magnetfeld der Erde angegan-gen, und desto besser stehen die Chancen, dass auch in Mittel-europa, wie im Herbst 2003, die Lichter in Erscheinung treten. In Erscheinung treten trifft es ganz gut. Sie werden erwartet, sie werden erhofft und sind doch unvorwegnehmbar. Gut er-forschte Wunder, die wieder und wieder geschehen; allerdings eben vornehmlich in den Polarregionen: *Aurora borealis* im Norden, *Aurora australis* im Süden. Südlich des südlichen Polarkreises leben bis auf einige abenteuerlich gestimmte Wissenschaftlerinnen keine Menschen, nördlich des nördlichen Polarkreises hingegen wohnen und arbeiten an die vier Millionen Menschen. Das sind nach Adam Riese 0,05 Prozent der menschlichen Bevölkerung dieses Planeten. Sie leben in einer Welt, in der die Sonne es einmal im Jahr mindestens einen ganzen Tag und höchstens acht Wochen lang nicht über den Horizont schafft: Polarnacht. Der Polartag gleicht die Dominanz der Dunkelheit dann perfekt aus: Mindestens einmal im Jahr beziehungsweise bis zu acht Wochen lang geht die Sonne gar nicht unter.

Für die restlichen 99,95 Prozent der Bevölkerung gilt: Wer das Polarlicht oder besser gesagt: die Polarlichter sehen will, muss reisen. Die winterliche Reise nach Norden zu den Lichtern gehört zu den mythischen Reisen, den großen Projekten. Etwas ganz und gar anderes ist das, als in den Sommerferien mit Zahnbürste und Badelaken eben mal an die Adria zu fliegen. (Ehrlicherweise gibt es auch Nordlichter im Sommer, etwa in den kanadischen Northwest Territories – aber ist das nicht wie Glühwein im August?) Es fängt also damit an, dass es mindestens Herbst ist, womöglich schon Winter, wenn man aufbricht, und hört noch nicht damit auf, dass Fliegen zwar grundsätzlich möglich, aber intuitiv nicht das Richtige ist. Weil die ganze Sache eher etwas mit Pilgern zu tun hat. Der Weg ans Nordkap ist eine Art Jakobsweg; am Ende erwartet einen irgendetwas, was mit der Silbe »Er-« beginnt: Erleuchtung, Erlösung, Erweckung, hoffentlich nicht Ernüchterung. Aber mit Rucksack und Pilgerstab durch die Tundra wandern Ende November? Und dann in einem Hotel übernachten? Nach einer Mütze Schlaf die Vorhänge aufziehen,

»Oh, wie schön, das Nordlicht!« rufen und sich dann noch eine Runde aufs Ohr legen? Nein, irgendwie möchte man viel näher dran sein; wobei näher dran auch relativ imaginär ist angesichts der Dimensionen, die hier im Spiel sind: Die roten Lichter entstehen meist in zweihundert Kilometern Höhe, die grünen ab etwa hundert Kilometer Höhe. Näher dran meint in unserem Zusammenhang also vielleicht eher so etwas wie: nomadisch, unbehaust, mobil, jedenfalls so, dass man sich von einem Moment auf den anderen, beim Erscheinen der Lichter diesen leibhaftig aussetzen kann, sodass sie aufgenommen werden können nicht nur durch Augen, sondern auch mit Haut und Haar, um sich wie in einem Notaggregatspeicher damit aufzufüllen und davon zu zehren, wenn die Welt sich wieder verdunkeln sollte oder sie einem einfach wieder mal schrecklich auf die Nerven geht.

Es liegt auf der Hand: Richtung Nordlicht empfiehlt sich das Campingmobil. Womit andere Probleme anfangen. Oder sagen wir: markante Herausforderungen. Schließlich fährt man mutwillig in Schnee und Eis hinein, und das ist genau das, was man normalerweise vermeidet. Einsam wird's auch.

Eine Wallfahrt ist kein Spaziergang. Und Camping ist nicht Glamping. Dem Luxus-Outdoor, wie er sich in den letzten Jahren etabliert hat: Beduinenzelte mit korbgeflochtener Sitzgruppe in der Lounge, Boxspringbetten mit edlem Linnen, Roomservice und Holzpelletöfen für den Fall, dass es beim abendlichen Aperol Spritz in der Dordogne oder an der Costa Brava doch einmal etwas auffrischt. Für solche Annehmlichkeiten fehlt in der subpolaren Tundra jede Resonanz. Hier ist man zurückgeworfen auf das ursprüngliche Camping-Konzept: *Outdoor Survival*. Es ist an der Zeit, über Gasflaschen zu sprechen.

Camping-Gasflaschen basieren auf einem Leih- und Pfand-System. Im normierungsfreudigen Europa gibt es über dreihundert verschiedene Anschlusssysteme. Das ist ein schlichter Satz auf Papier, aber Horror für jeden und jede, der oder die gerade eine Handvoll Ländergrenzen passiert hat und irgendwo in der Pampa sitzt, weit und breit weder Tankstelle, Baumarkt noch irgendein kleiner Laden für alles, und man sich weder Tee kochen noch die Heizung zum Laufen bringen kann. Richtung Nordkap sind Heizquellen ein echter Punkt. Wenn man mit Gas heizt und eine Elf-Kilogramm-Flasche hat, ist die bei einer durchschnittlichen Außentemperatur von minus fünfzehn Grad Celsius nach drei Tagen am Ende. Es lohnt sich, vorab Erkundigungen über Flaschenventiladapter, Tausch- oder Befüllstationen einzuziehen und sich womöglich eine jener wärmehaltenden Abdeckungen für gasbetriebene Campingkühlschränke zuzulegen, auch wenn einem das logisch und semantisch widerstreben mag, aber bei richtig strengem Frost werden selbst Kühlschranksensoren sensibel. Man sollte sich mit Motoröl OW40 eindecken. Was Besseres scheint für Kaltstarts nicht zu haben zu sein. Und da wir schon dabei sind: Alljahresreifen sind auf Straßen oberhalb des Polarkreises, auf denen die Schneepflüge blankes Eis hinterlassen, dramatisch unterqualifiziert. Man sollte sich lieber gleich mit dem Gedanken vertraut machen, Spikereifen aufzuziehen. Ja, genau die, die in Deutschland verboten sind. Tatsächlich gibt es hinsichtlich der Bereifung, ähnlich wie bei den Gasflaschen, europaweit sehr unterschiedliche Regelungen: In winterlichen Straßenverhältnissen ist das Fahren mit Spikereifen in Albanien, Belgien, Dänemark, Estland, Finnland, Frankreich, Großbritannien, Irland, Island, Italien, Lettland, Litauen, Luxemburg, Norwegen, Österreich, Schweden, Spanien und der Schweiz gestattet. Allerdings in Belgien nur vom 1. November bis zum 31. März, in Österreich zwei Monate länger, bis zum 31. Mai, aber nur für Fahrzeuge unter 3,5 Tonnen, dafür darf man hier hundert Stundenkilometer fahren und nicht, wie in Belgien, neunzig Stundenkilometer auf Autobahnen und sechzig Stundenkilometer auf Landstraßen. Und so weiter. Interessant für Nordkap-Reisende ist, dass bei Spikes, mit denen sie in Skandinavien unterwegs sein wollen, nicht mehr als fünfzig Stifte pro Meter Reifenumfang erlaubt sind. (Vielleicht erbarmt sich mal jemand und erstellt mal eine »Gasflaschen-und-Spikes-Regelungen-Tabelle«, kurz: GSRT?) Bereitzuhalten ist weiterhin ein Klappspaten zum etwaigen Sichausbuddelnmüssen. Über die Live-Seite der Norwegischen Straßenwacht kann man sich übrigens über gewisse Gefahrenlagen auf dem Laufenden halten ... Alles klar?

Diese vorwiegend technischen Essentials bleiben jedoch nicht die einzigen Herausforderungen auf der Strecke: Man könnte beispielsweise ein Whiteout erleben, jene weiße Konturlosigkeit, in der absolut unklar wird, wo Straße ist und wo nicht und was da ist, wo Straße womöglich nicht ist. *Für* ein Whiteout braucht es dreierlei: eine Schneedecke, Sonnenschein und Wolken, Nebel oder Schneefall, der aus dem Sonnenschein ein diffuses Licht macht, ein gleichmäßiges Lichtgrau sozusagen, in deren Unendlichkeit man hineingestellt ist und noch nicht einmal mehr einen Schatten werfen kann. *Gegen* ein Whiteout braucht es starke Nerven, einen unverwüstlichen Gleichgewichtssinn und die Fähigkeit, sich Zeit lassen zu können.

Und dann: Egal ob man etwa auf schnellen Straßen von Schweden und Finnland her oder auf den gewundenen Norwegens unterwegs gewesen ist, irgendwann müssen alle durch den knapp sieben Kilometer langen Nordkap-Tunnel, Teil der Europastraße 69, die die Insel Magerøya mit dem Festland verbindet. An seiner tiefsten Stelle liegt der Tunnel etwas mehr als zweihundert Meter unter der Meeresoberfläche, um dann in einer Steigung von etwa neun Prozent auf die Klippe zu führen: Dreihundertundsieben Meter spektakulärer Steilabbruch. Und jetzt: die Kreuzung Skarsvåg.

Skarsvåg gilt als das nördlichste Fischerdorf Europas. Das ist nicht alles, was zu Skarsvåg zu sagen ist. Es handelt sich bei Skarsvåg um einen Ort, der schon seit den 1930er-Jahren vom Nordkap-Tourismus lebte, in dem die Frauen des Dorfes ein Café und einen Souvenirladen betrieben, und der, wie andere Gemeinden dort oben auch, von deutschen Soldaten auf Befehl Alfred Jodls während des Rückzugs der Wehrmacht aus dem damals finnischen Petsamo, nahe der Barentsee nach Nordnorwegen »vollständig und rücksichtslos«, so die Maßgabe, zerstört wurde. Rücksichtslos und Rückzug, das hatte offenbar eine perverse Stimmung, denn tatsächlich wurde dieser widerwärtige Auftrag als Folge der verlorenen Winterschlachten gegen die Rote Armee – Zehntausende Menschen waren auf beiden Seiten gestorben, und nur Schneefall und die anbrechende Polarnacht setzten dem Töten und dem Sterben ein Ende. Vertreiben und zerstören konnte man offenbar auch weiterhin, den ganzen November hindurch bis zum 23. Dezember wurden Skarsvåg, Sarnes, Kamøyvær, Tufjord, Måsøy, Gjesvær Nordvågen, Honningsvåg und Storbukt niedergebrannt: siebenhundertdreiundvierzig Wohnhäuser, dreiundsechzig Fischannahmestellen, zweihundertdreiundsechzig landwirtschaftliche Bauten, dreizehn Werkstätten und Industriegebäude, zehn Gebetshäuser, sieben Schulen, fünf Hotels und darüber hinaus Krankenhäuser, Apotheken, Altersheime,

Cafés. Und zwar, grenzenlos zynisch, im Namen eines alten, wertgeschätzten und lieb gewonnenen Wortes. Welches kranke Gehirn war darauf verfallen, diesen widerwärtigen Befehl verbrannter Erde »Operation Nordlicht« zu nennen? – Man kann es nicht ungeschehen machen, aber vielleicht gibt es ja Möglichkeiten, es offiziell zurückzuerstatten, im Rahmen einer *rückhaltlosen* Aufklärung dieses beschämend wenig bearbeiteten Kapitels des deutschen Angriffskrieges. Nicht genug ist damit getan, dass dieser Rückzug, der ein feiger Feldzug gegen Zivilisten war, eines der Kriegsverbrechen war, derer Alfred Jodl im Nürnberger Prozess angeklagt und schuldig gesprochen wurde. Auch dieser Geschichte also gilt es eingedenk zu sein. Irgendwo ist es mit *Lars dem kleinen Eisbären* auch mal zu Ende. Zum Beispiel an der Kreuzung bei Skarsvåg.

Ab Skarsvåg, dem wiederaufgebauten Skarsvåg, ist manches anders: Hier erfolgt die Mutation vom verschärft Individualreisenden zum superdisziplinierten Teil einer Mannschaft: Die letzten fünfzehn Kilometer zum Kap fährt man im Winter Kolonne – oder man fährt gar nicht, oder man fährt mit Bussen, die Kolonne fahren. Kolonnefahren ist nicht jedermanns Sache. Wem die Verantwortlichen vor Ort das nicht zutrauen, dem dürfen sie es verwehren. Per definitionem gelten Kolonne fahrende Fahrzeuge als EIN Fahrzeug. Keiner darf ausscheren, keiner ein Abseits suchen, der Abstand nach vorn und hinten muss gleich bleiben – ein bisschen wie eine Seilschaft auf den letzten Metern zum Gipfel. Handys zu benutzen ist untersagt. Es dürfen nur so viele Fahrzeuge hinter dem Räumfahrzeug herfahren, wie die Rettungsmannschaft retten kann. Das macht Mut.

Es liegt auf der Hand, dass man für eine Reise zu den Nordlichtern sehr gut vorbereitet sein sollte und nicht von einem vollen Terminkalender im Nacken getrieben sein darf. Von, sagen wir, Puttgarden oder von Hamburg aus sind es an die dreitausend Kilometer bis zum Nordkap – nur, damit man weiß, wovon man spricht. Nicht weniger als Frostschutz, Gasflaschen und Spikes sind Fahrpraxis und Lebenserfahrung von Vorteil. Klingt das nach Seniorenreise? In der Tat könnte es etwas für die rüstige Rente sein, oder für ein Sabbatical, für alle ernst gemeinten Ausstiege aus den Pfaden des Alltags, die nicht in kleine Zeitfenster passen müssen.

Und wenn man nun aber zum Beispiel gar nicht Auto fahren kann oder nicht Auto fahren möchte und Helikopterflüge für amoralisch hält – geht dann noch was?

Hier möchte ich an den Film *Zugvögel ... Einmal nach Inari* erinnern: Nicht nur, weil das finnische bzw. lappländische Inari samt seinem berühmten See idealerweise auf dem Weg zum Nordkap liegt, und zwar ziemlich genau zwischen Polarkreis und Nordkap, jeweils zweihundertfünfzig Kilometer entfernt, sondern weil »Weg« in diesem Fall nicht nur das Ziel, sondern das Schienennetz meint:

Hannes Weber ist Speditionsfahrer in Dortmund, der Prototyp eines gutmütigen, unauffälligen Nerds, dessen überbordende Spezialexpertise in diesem Fall das weltweite Schienennetz betrifft, die Kursbücher der internationalen Eisenbahnen. Und weil er sich so unwahrscheinlich gut auskennt in diesem Metier, will er sich mit den Besten dieses Faches messen: auf dem Wettbewerb *1st International Time-Table Competition,* wo es gilt, auswendig die schnellsten Verbindungen von Ankara nach Barcelona, von Dortmund nach Neapel, von Marseille nach Sewastopol anzugeben. Dafür braucht Hannes ein paar Tage frei, aber der frisch eingesetzte Chef findet freie Tage geschäftsschädigend: »Sie können fahren, aber Sie brauchen dann nicht wiederzukommen.« Und so passiert ihm, dem Chef, was Leuten passiert, die keinerlei Gespür dafür haben, wann jemandem etwas wirklich wichtig ist, und wann Sätze à la »Wer nicht arbeiten will ...« zurückschlagen. Hannes Weber jedenfalls verpasst ihm, mit schönem Wumms von rechts unten, einen Kinnhaken und fährt, oder besser gesagt, flieht dann zum *1st International Time-Table Competition* – mit Zug und Fähre Richtung Inari. Jetzt kommt die Finnin Sirpa ins Spiel. Die ist eigentlich auf dem Weg zurück zu ihrem Mann, einem Softwareentwickler, der dermaßen abwesend ist, dass er selbst im Film nur in Form nicht gegossener Pflanzen auftaucht. Das ihren Lieblingsrosen vorenthaltene Wasser ergießt sich irgendwie folgerichtig auf die Tastatur dieses Treulosen, was den Vorteil hat, dass Sirpa auch die letzte in dieser Wohnung gerauchte Zigarette gefahrlos darauf ausdrücken kann. Sie weiß, wo sie Hannes finden wird. Aber wenn Sirpa ihm nicht verraten hätte, dass der schönste Weg nach Inari über Nordschweden, über Harparanda führt, wobei der schönste nicht der schnellste ist, dann wäre manches anders und eher nicht so gut ausgegangen.

Zweierlei muss man zugeben: Inari, Austragungsort des Contests, ist, von der Station Kemijärvi, dem nördlichsten Bahnhof Finnlands aus, derzeit nur mit dem Bus zu erreichen – auch wenn es eine vage Planung gibt, die Eisenbahn-Strecke bis zum Hafen Kirkenes fortzusetzen. Zweitens: Der Regisseur Peter Lichtefeld hat den Kursbuch-Wettbewerb erfunden; so genial erfunden jedoch, dass wir gar nicht auf die Idee kommen, er könne ihn erfunden haben. Tatsächlich ist diese Erfindung wiederum in der Realität nachgeahmt worden, und zwar in Wildeshausen. (Nach Wildeshausen, südwestlich von Bremen, kommt man beispielsweise, wenn man in Delmenhorst in den RB 58 umsteigt, Richtung Osnabrück). Hier fand im Jahr 2000 der Erste Kursbuch-Lesewettbewerb statt, und die Teilnehmenden legten es darauf an, der offiziellen Auskunft, HAFAS, zu zeigen, wie Fahrplaninformationen auch aussehen könnten: kundenfreundlich und wenig fehleranfällig. Trotzdem scheint dieser Wettbewerb keine Zukunft gehabt zu haben. Zukunftsmusik dagegen bei HAFAS. Das neue Motto lautet: *Mobility as Service*. Wir freuen uns sehr darauf.

Also, sollte es doch der Zug sein, mit dem man zu den Polarlichtern aufbricht, dann könnte das heutzutage so vonstattengehen. Vom norwegischen Narvik übers lappländische Kiruna ins schwedische Luleå. Alle Nachtzüge aus Süden übrigens sind mit den Fahrplänen dieses *Arctic Circle Train* gekoppelt. Ich sage nur: Wo ein Wille ist, ist auch ein Weg. (∗ Siehe das Kapitel *Nachtzug*) Jedenfalls würde man idealerweise aussteigen in Abisko, das liegt etwa zweihundert Kilometer oberhalb des Polarkreises und ist schneesicher bis in den Juni hinein. Dort, genauer gesagt an der *Abisko Turiststation,* ja, es ist ein ausgewiesenermaßen touristischer Ort, steigt man in den Skilift bis zur Gipfelstation, der *Aurora Sky Station*. Die Chance, hier Nordlichter zu sehen, ist groß, denn die Nächte sind aufgrund mikroklimatischer Gegebenheiten sehr klar. Sicherlich auch ein Grund, warum genau hier das schwedische Sekretariat für Polarforschung, in einem Wort das Polarforskningssekretariatet, angesiedelt ist, wo, da wir bei schönen langen Namen sind, etwa das North Greenland Earth-Ocean-Ecosystem Observatory (GEOEO) betrieben wird. Es wird einiges geboten. Ob man oben an der Gipfelstation ein mehrgängiges Menü schmausen oder auf eigene Faust noch ein Stück weiter durch den Schnee stapfen möchte, um mit den Lichtern halbwegs allein zu sein, bleibt jedem und jeder selbst überlassen. Auch wer an der *Turiststation* aus- und wieder einsteigt, darf seine eigene Tour finden.

Da wir gerade beim Touristischen sind: Neben Campingmobil und Zug gibt es natürlich noch den Klassiker. Die legendären Schiffe der *Hurtigruten*. Wie der Name schon sagt, sind sie eine schnelle (*und* schöne) Verbindung in den hohen und höchsten Norden: immer an der Westküste Norwegens entlang, von Bergen über den Polarkreis hinaus nach Kirkenes. Im Hafen von Honningsvåg, einer Zwischenstation mit bemerkenswerter Shoppingmeile, nach etwa zwei Dritteln der Strecke, geht's zum Nordkap mit Bussen weiter. Die letzten Kilometer sind im Winter anders als automobil nicht zu haben. So haben auch die *Hurtigruten* hier auch ein bisschen was von Helgoland-Tourismus. Einsam ist das nicht. Man muss genau das wollen: essen, schlafen, reden, Landschaft bewundern und fotografieren, damit einem die Daheimgebliebenen glauben, dass es wirklich genauso schön ist, wie die Bildbände es versprechen. Vielleicht ist das etwas, was Kinder und Kindeskinder zur Goldenen Hochzeit schenken? Übrigens scheuen sich die *Hurtigruten* nicht, eine Art Versicherung anzubieten, freiwillig und inklusive: Gesetzt den Fall, es gäbe auf der gebuchten Reise keine Nordlichter zu sehen, darf man die Reise auf Kosten der *Hurtigruten* wiederholen. Die Betreiber müssen sich sehr sicher sein, dass es klappt mit den Lichtern – oder über eine wahrhaft himmlische Rückversicherung verfügen.

Vielleicht ist das Polarlicht etwas, was erst dann dran ist, wenn man im Laufe seiner Jahre mit dem Verhältnis von Licht und Ich schon ein paar Klärungen vorgenommen hat und man absehen kann, ob es gerade um Kolonnefahren geht, um ein Zugabteil mit Aussicht oder eine gut versicherte Schiffskabine. Anders gesagt, wenn man eine Idee, mindestens eine Ahnung davon entwickeln konnte, wie stille Selbsterfahrung, politische Verantwortung und himmlische Extravaganzen zueinander stehen und was das Wort »extrem« alles so bedeuten kann: extrem kalt, extrem schön, extrem eindrücklich. Da können schon mal ein paar Lebensjahrzehnte ins Land gehen. Aber *ultima thule,* die nördlichste Insel, wo immer sie sein mag, wird warten.

Zum Nach- und Weiterlesen:
Astronomie-Homepage von Sven Wienstein: http://www.svenwienstein. de/HTML/polarlicht_am_30_10_2003.html (30.10.2022). ◐◐◐ http:// www.polarlichter.info/mitteleuropa.htm (himmelsereignisse.info 2003–2016). ◐◐◐ M. Palmroth, M. Grandin, M. Helin, P. Koski, A. Oksanen, M. A. Glad, R. Valonen, K. Saari, E. Bruus, J. Norberg, A. Viljanen, K. Kauristie, P. T. Verronen: Citizen Scientists Discover a New Auroral Form: Dunes Provide Insight Into the Upper Atmosphere: 28 January 2020 (https://doi.org/10.1029/2019AV000133). ◐◐◐ freytag & berndt: Norwegen Nordkap, 1:400 000 Autokarte, Wien 2019. ◐◐◐ Dirk Heckmann: *Wintercamping in Nordskandinavien,* Wien 2020. ◐◐◐ https:// www.oeamtc.at/thema/reiseplanung/winterausruestungspflicht-in-den-nachbarlaendern-16186968 (30.10.2022). ◐◐◐ Peter Lichtefeld: *Zugvögel ... Einmal nach Inari.* (Spielfilm 1998). ◐◐◐ Willfried Hippen: *Heißer Kampf der Kursbuchleser,* (TAZ, 19.6.2000). ◐◐◐ https://upnorway. com/journeys/hop-on-the-arctic-circle-express-train (30.10.2022). ◐◐◐ Einar Richter-Hanssen: *Nordkapp – Pforte zum Eismeer,* Arctic Souvenir AS, 2011. ◐◐◐ Arnim Lang: *Operation Nordlicht – Die Zerstörung Nordnorwegens durch deutsche Truppen,* erschienen in: Robert Bohn und Jürgen Elvert: *Kriegsende im Norden: vom heißen zum kalten Krieg,* Stuttgart 1995, S. 25-42. ◐◐◐ https://www.nordrouten.de/hurtigruten?

gclid=EAIaIQobChMIrb-u4c2HwIVM4xoCR2YiADjEAAYASAAEgLY
6_D_BwE#Erblicken_Sie_Nordlichter_mit_Hurtigruten (01.10.2022)
● ● ● https://www.rnd.de/reise/norwegen-hurtigruten-bietet-jetzt-eine-
nordlichter-garantie-533GG2MXKFB35C3XJPIO4AX75E.html
(01.10.2022) ● ● ● Gustav Moritz Redslob: *Thule. Die phönicischen
Handelswege nach dem Norden, insbesondere nach dem Bernsteinlande
sowie die Reise des Pytheas von Massilien.* Leipzig 1855. ● ● ●

4

Nachts sind alle Katzen grau

Es gibt wohl kaum ein Biologie-Lehrbuch der Mittelstufe, Abteilung Physiologie des Auges, das auf die Spruchweisheit, nachts seien alle Katzen grau, verzichtet. Sie bietet sich an, sie drängt sich auf, als Überschrift, als Aperçu, als Resümee. Wann hat man schon einmal die Gelegenheit, ein komplexes naturwissenschaftliches Thema auf etwas Sprichwörtliches zusammenzuschnurren und mit nur fünf einfachen Wörtern für sich im Umbau befindliche Gehirne Pubertierender kompatibel zu machen?

Dass es dem menschlichen Auge, anders als etwa dem des Helmkopfgeckos, dem der Frösche allgemein und dem der Nachtfalter von der Art der Schwärmer, nicht möglich ist, in der Dunkelheit Farben zu sehen, liegt daran, dass es hier einen Wachwechsel gibt: Im Hellen arbeiten die Zäpfchen, jene Lichtsinneszellen, die für das photopische Sehen, also die Wahrnehmung von Farben bei Tageslicht gerüstet sind. Im Dunklen übernehmen die Stäbchen, die zwar lichtempfindlicher sind, dafür jedoch die Signale nicht in Farbsehen übersetzen können. Aber lassen wir einmal die physiologischen Details zur Seite und halten fest: Die Natur hat es nun einmal so eingerichtet, dass für unsereinen alle Katzen, die tagsüber weiß oder rot oder braun oder wild gescheckt unsere Wege kreuzen, nachts grau sind. Womit nicht gesagt ist, dass aus menschlicher

Sicht alle Katzen im gleichen Grau durch Wiesen und über Dächer streifen. Dass Grau viele, an die fünfzig, Abschattungen haben kann, diese Tatsache ist ja auch auf dem besten Weg, sprichwörtlich zu werden. Anders gesagt, es leuchtet ein, dass unser Differenzierungsvermögen sich in einem nicht-coloren Bereich schulen kann. Dafür lässt jene Variante, die besagt, dass nachts »alle Kühe schwarz« seien, keinen Raum. Wie plump hier jede Nuancierung schon im Ansatz aufgegeben wird! Nichts, was hell und was dunkel und was überhaupt andersfarbig ist, kann sich hier in Grautönen finden, die die Stäbchen tanzen lassen. Erstaunlich, dass ein wirklich kluger, wenn nicht genialer Kopf wie Hegel gerade die letztere, sagen wir, etwas unterbelichtete Redewendung nutzt, um gegen Schellings Identitätsphilosophie, Natur und Geist als Einheit betrachten zu wollen, zu wettern. Oder war das Absicht? Sollte genauso plump wie die Idee eines letztlich unbewegten und unbewegbaren Subjekts auch die Metapher sein? Jedenfalls ergäbe, so Hegels Kritik an Schelling, die »absolute Identität« von Erkennen und Sein einen »einfärbigen Formalismus«, und es werde da ja wohl, ziemlich naiv und nur vermeintlich tiefschürfend, das Absolute »für die Nacht ausgegeben«, »worin, wie man zu sagen pflegt, alle Kühe schwarz sind«. So schreibt es Hegel ausgerechnet am prominenten Ort seiner Vorrede zur *Phänomenologie des Geistes* und brüskiert damit den ehemaligen Weggefährten, der sie »bei dem gerechten Maß der eigenen Meinung von mir selbst« nicht auf sich selbst beziehen will. So machte man das im frühen 19. Jahrhundert.

Und, ach, einige Jahre später kommt auch noch Goethe daher und lässt im zweiten Teil seines *Faust* den Kaiser, der sich Mephisto als Hofnarr hält, unter gleichem Label einer jedenfalls zu eintönigen Weltsicht das Wort reden. Mephisto hatte gerade, seiner Rolle am Hofe eingedenk, dem Kaiser die herrlichen Bodenschätze als Deckung seiner klammen Kassen empfohlen, als der Kaiser – ist es Gier oder Geläufigkeit? – auf Sichtbarkeit pocht:

> Hat etwas Werth, es muß zu Tage kommen.
> Wer kennt den Schelm in tiefer Nacht genau?
> Schwarz sind die Kühe, so die Katzen grau.
> Die Töpfe drunten, voll von Goldgewicht;
> Zieh' deinen Pflug, und ack're sie an's Licht.

Gleich zwei Karten werden hier gezogen: Katzen und Kühe, das Graue und das Schwarze, um die von Mephisto eloquent gefeierten Güter im Erdinneren (* siehe das Kapitel *Unter Tage*) als ein trügerisches Dunkel zu kennzeichnen, die erst unter der Sonne ihren Wert entfalten. Dennoch: Die Überzeugungskraft hält sich in Grenzen: Soll er doch selbst den Spaten in die Hand nehmen, antwortet Mephisto.

Aber wollen wir das wirklich noch vertiefen? Nein, lieber nicht. Man wird ja nur traurig. Wenn einem klugen und schönen Gedanken derart der Stachel genommen wird. Denn *eigentlich* ging es einst in Hinblick auf das nächtliche Erscheinungsbild von Katzen weder um Stäbchen und Zäpfchen noch um Identitätsphilosophie und Bodenschätze, sondern um das Problem einer streng geschichteten Gesellschaft. In einem sehr ernsthaften Schelmenroman, Cervantes' unnachahmlichem *Don Quichote,* trägt das dreiunddreißigste Kapitel des zweiten Teiles eine bemerkenswerte Überschrift: »Von dem ergötzlichen Gespräche, so von der Herzogin und ihren Jungfräulein mit Sancho Pansa geführt worden und das wohl wert ist, daß man es lesen und sich merken soll«.

Entgegen dieser ausdrücklichen Empfehlung seitens des Autors kennzeichnet ein berühmter nachgeborener Leser, Vladimir Nabokov, der an der Universität Harvard zu Beginn der 1950er-Jahre eine durch und durch kritische Vorlesungsreihe über Cervantes' *Don Quichote* hielt und den Studierenden kommentierte Kapitelzusammenfassungen zur Verfügung stellte, das Kapitel 33 als »ein recht langweiliges«. So dermaßen langweilig muss es ihm in der Lektüre geworden sein, dass er es bereits nach anderthalb Seiten mehr oder minder aufgegeben zu haben scheint, jedenfalls hat er nur einen dort geschilderten und in der Tat mäßig interessanten Liebesschwindel zusammengefasst. Es ist ihm etwas entgangen. Etwas sehr Wichtiges: die Rede des Sancho Pansa nämlich, die ihresgleichen sucht und die man durchaus auch nach mehreren Hundert Jahren »lesen und sich merken soll[te]«. Denn, obwohl gegen die ausgeprägte Ständegesellschaft Spaniens jener Tage gerichtet, ist sie so wenig obsolet geworden, wie Standesdünkel und ererbte Privilegien überwunden worden sind. Einundfünfzig Zeilen ist Sancho Pansas Einlassung lang, pointiert und redundant zugleich – man glaubt ja gar nicht, dass das möglich ist, aber es ist möglich –, und unvergesslich, wie dort augenzwinkerndes Rechtfertigen, furioses Levitenlesen und uneitle Selbstermächtigung zusammengehen. Und weil darin die Katzen, die bei Nacht alle grau sind, sich durch die goldene Mitte dieser Rede schleichen, sind auch sie unvergesslich geworden. Schließlich ist das Buch in achtundsechzig Sprachen übersetzt und in Tausenden von Auflagen verbreitet worden und gilt als wirkmächtigstes Werk nach der Bibel.

Bringen wir uns kurz auf den Stand der Dinge: Die Herzogin, die vor allem im Sinn hat, sich ergötzen zu lassen und zu schauen, wie weit ins Lachhafte sich die Geschichte mit Don Quichote und Sancho Pansa noch treiben lässt, konfrontiert Sancho Pansa mit der Frage, warum er, der sehr genau wisse, dass sein Herr »toll und blödsinnig und verrückt« ist, ihm dennoch folge und vertraue. Sei er somit nicht noch toller und verrückter als sein Herr? So stelle sie sich einen Statthalter, und Statthalter zu werden sei ihm ja halbwegs versprochen, nicht vor: »Wer nicht den Verstand hat, sich selbst zu führen und zu beaufsichtigen, wie kann der die Führung und Aufsicht über andere üben?«

Diese geschickt inszenierte Stimme der Vernunft erheischt irgendeinen Jokus und bekommt: Paroli. Was klug und was lächerlich ist, dies wird gemächlich, aber mit Wucht die Plätze tauschen: Die Herzogin verlangt von ihm zu reden, und wäre er gescheit, meint sie – längst hätte er seinen Herrn im Stich lassen müssen. Aber, so Sancho Pansa, sein Schicksal, sein Pech. Er kann es nicht. Er stamme aus demselben Ort, sie teilten das Brot, er habe ihn lieb, jener sei dankbar, habe ihm einen Esel und vieles mehr geschenkt, und er sei treu: »… und sonach ist es undenkbar, dass uns je etwas anderes trennen könnte als Schaufel und Spaten.«

Haben wir je eine schlicht-ergreifendere Rede über die Freundschaft (gerade nicht: über Ergebenheit) gelesen? Lässt man einen Freund im Stich, nur weil er außer klug und traurig auch noch verrückt ist? Und das Im-Stich-Lassen soll dann auch noch der Maßstab verständigen Handelns sein?

Man muss keinesfalls auf klassische Ritterromane abonniert sein, um Don Quichote und Sancho Pansa ins Herz zu schließen. Zumal es ja eine Parodie auf Ritterromane ist. Eine

Parodie gleichwohl, die in einer Huldigung von Ritterlichkeit resultiert, aber einer, deren klassische Tugenden: Würde, Tapferkeit, Minne (im ursprünglichen Sinne des freundlichen Gedenkens und der Fürsorge), Demut einerseits und hoher Mut andererseits, nicht inflationiert und pervertiert, sondern hier überhaupt erst freigelegt werden und in ziemlich ungewöhnlichen Protagonisten Gestalt annehmen. Eine Ritterlichkeit also, die ihren Namen verdient, ganz ohne Schwülstigkeit und Chauvinismen; bis uns die Tränen kommen, und zwar nicht vor Lachen.

Von »hohem Mut« war eben die Rede, ritterlich gesprochen meint dies die Hochgestimmtheit und ist nicht zu verwechseln mit Hochmut – und schon gar nicht mit »Ihrer Hochmütigkeit« *(vuestra altanería),* wie Sancho Pansa die Herzogin in seiner Rede tituliert; nur fast ein Versprecher:

»Und wenn Eure Hochmütigkeit keine Lust hat, mir die versprochene Statthalterschaft geben zu lassen – mir auch recht, denn aus Staub hat mich Gott geschaffen, und möglicherweise, wenn man mir sie nicht gibt, könnte dies meiner Seele zum Heil gereichen.«

Alsdann wird Ihre Hochmütigkeit in ein Netz von Sprichwörtlichkeiten eingespannt, aus dem sie nicht so leicht herausfinden wird:

»Der Ameise sind zu ihrem Unglück Flügel gewachsen;
es wäre ja auch möglich, daß Sancho der Schildknappe
geschwinder in den Himmel kommt als Sancho der
Statthalter. Man backt hier geradeso gutes Brot wie in
Frankreich, und bei Nacht sind alle Katzen grau; und
der Mensch hat Pech zur Genüge, der nachmittags um
zwei noch kein Frühstück bekommen hat; kein Magen

ist eine Spanne größer als der andre, so daß man ihn, wie es im Sprichwort heißt, nur mit Heu und Stroh stopfen kann; und die Vöglein auf dem Felde haben Gott zum Versorger und Ernährer; und vier Ellen grobes Tuch von Cuenca halten wärmer als vier Ellen hochfeines Tuch von Segovia; und wenn wir von dieser Welt scheiden und uns hinunter in die Erde legen, da muß der Fürst über einen ebenso engen Pfad wie der Taglöhner; und des Papstes Leichnam braucht nicht mehr Raum als des Küsters, obwohl jener soviel höher steht als dieser; und wenn wir in die Grube fahren, da drücken wir uns alle zusammen und ziehen die Glieder ein, oder andre drücken und ziehen uns zusammen, ob wir nun wollen oder nicht, und darin gute Nacht.«

Die Sprichwörter und Volksweisheiten scheinen sich selbst anzutreiben in schneller Folge, die grauen Katzen, die fliegenden Ameisen, die Vöglein auf dem Felde, das grobe und das feine Tuch, das Werden und Vergehen, nehmen in ihrer Vehemenz Züge einer Predigt an: »und darin gute Nacht« – das könnte auch einfach »Amen« heißen.

Sprichwörter, so Walter Benjamin, sind »Trümmer, die am Platz von alten Geschichten stehen und in denen, wie Efeu um ein Gemäuer, eine Moral sich um einen Gestus rankt.« Besser lässt sich das nicht ausdrücken. Das Besondere an Sancho Pansas Rede nun ist, dass hier nicht, wie so oft, wenn Sprichwörter in Serie aufgerufen werden, ein Argument vermieden, sondern dass eines doppelt und dreifach befestigt wird. Alles, was sich äußeren Insignien von Status verbindet, ist und bleibt: Äußerlichkeit. Dünkel. Nimbus. Und hat mit Menschsein im existenziellen Sinne nichts zu tun. Gar nichts.

Selbst wenn »Eure Hochmütigkeit« nach einigen Sätzen doch noch in »Eure Herrlichkeit« umgemünzt wird, hier wird nichts zurückgenommen:

»Und ich sage nochmals, wenn Euer Herrlichkeit keinen Insuln-Statthalter aus mir machen will, weil ich zu dumm bin, so bin ich gescheit genug, mir nichts daraus zu machen.«

Wenn das nicht die ultimative Souveränität ist. Und er wird sie ja bekommen, seine Statthalterschaft. Er wird sie aus freien Stücken wieder aufgeben. Er klammert sich an nichts. Und warum, das hat er ja gerade erklärt.

De noche todos los gatos son grises: Nachts sind alle Katzen grau. Dass man Unterschiede, gut sichtbar im Licht des Tages, nicht an Status heftet, sondern an nichts als das Phänomen der Singularität eines jeden Einzelnen; das ist die tiefe Bedeutung von sozialer Gleichheit; nicht irgendein Identitäts-Gefasel. In genau diesem Sinne sind die grauen Katzen auf leisen Pfoten Vorläuferinnen des ersten Artikels der Menschenrechte geworden, der besagt, dass alle Menschen frei und gleich an Würde und Rechten geboren sind.

Und das ist nun die wahre Geschichte hinter oder neben der Funktionsweise von Zapfen und Stäbchen im menschlichen Auge. Auch wenn die eminente sozio-revolutionäre Botschaft, die einst mit dem Anblick von Katzen zu nächtlicher Stunde romanesk verbunden wurde, im Laufe der Jahrhunderte sich mit funktioneller Physiologie und biederer Erkenntnistheorie bis zur Unkenntlichkeit entschärfen und in größter Beliebigkeit zoologisch erweitern ließ, spricht doch eigentlich nichts gegen eine Rückbesinnung.

Denn so viel Degradierung würden Katzen, egal ob schwarzweiß oder in Farbe, sowieso niemals zulassen. In ihrer Welt.

Katzen sehen uns übrigens nachts auch nicht in Farbe, aber schärfer und detaillierter als wir sie. Sie haben viel mehr Stäbchen als wir und außerdem ein *tapetum lucidum,* eine reflektierende Schicht auf der Netzhaut, die als Restlichtverstärker taugt – weshalb Katzenaugen im Dunkeln leuchten. Das hätte ich doch tatsächlich fast vergessen.

Zum Nach- und Weiterlesen:
Almut Kelber von der Universität Lund in Schweden hin *(Philosophical Transactions of the Royal Society B).* ◗◗◗ Sönke Johnsen von der Duke University in Durham (North Carolina). ◗◗◗ *Deutsches Sprichwörter-Lexikon,* hrsg. v. Friedrich Wilhelm Wander, Berlin 2005. ◗◗◗ Miguel de Cervantes Saavedra: *Der geniale Hidalgo Don Quijote von der Mancha,* Leipzig 1953, S. 336 ff. ◗◗◗ Cervantes: *Don Quijote von der Mancha.* Neu übersetzt von Susanne Lange, München 2021, S. 294ff. ◗◗◗ Georg Wilhelm Friedrich Hegel: *Phänomenologie des Geistes.* Mit einer Einleitung von Wolfgang Bonsiepen, Hamburg 1988. ◗◗◗ Johann Wolfgang Goethe: *Faust,* Zweiter Teil, Düsseldorf 1951. ◗◗◗ Vladimir Nabokov: *Die Kunst des Lesens.* Cervantes' ›Don Quijote‹, Frankfurt/M. 1991, S. 279. ◗◗◗ Walter Benjamin: »Der Erzähler«, in: ders.: *Gesammelte Schriften* Bd. II, 2. S. 438–465, hier 464. ◗◗◗

5

Tagesrest

Tagesrest«, dieses Wort klingt nach Ausschuss, nach Rückstand, nach: Wohin damit? Es erinnert an einen Klacks von Irgendwas, der nach der letzten Mahlzeit im Topf zurückbleibt. Man weiß nicht, soll er in den Kühlschrank, soll er noch rasch aufgefuttert werden, oder überlässt man ihn über Nacht den Fliegen und der Schimmelbildung, bevor er, bestenfalls, auf den Kompost kommt. Tagesrest klingt außerdem danach, als sei es ein versehentlich falsch herum zusammengesetztes Wort. Resttage, das ja. Geschickt zusammengestellt ergeben sie noch einen Kurzurlaub. Und den Rest des Tages, vor dem Fernseher, auf dem Sofa oder mit einem Buch zu verbringen, das erscheint sprachpraktisch und lebenspraktisch normal. Aber »Tagesrest«? Wir verwenden dieses Wort nicht in unserer Alltagssprache. Noch nicht einmal für die letzten Minuten Helligkeit angesichts einer untergehenden Sonne.

Sigmund Freud, der große Seelenforscher, hat den »Tagesrest« erfunden, um jene Gedanken, Gefühle, Eindrücke zu benennen, die in den Verrichtungen des Tages unerledigt, ungelöst, unterdrückt geblieben sind. Als »Störenfriede« drängen sie sich den Träumen, die eigentlich als »Hüter des Schlafes« fungieren, auf, um wenigstens dort noch die ihnen angemessene

Aufmerksamkeit zu bekommen und mit etwas Glück sogar zu Ende bearbeitet zu werden. Egal, wie trivial oder auch wie peinlich sie sind, diese Reste, sie schleichen sich ein in den Schlaf, mit viel Widerstand ist ja nicht zu rechnen, und mischen unbewusste Wünsche auf. Ungebetene, geltungssüchtige Gäste, die spät anklingeln. – Es spricht sehr für Sigmund Freud, dass er sich selbst nicht zu gut ist, als Beispiel herzuhalten: In seinen Traumdeutungen berichtet er von einem Traum, der ihn in der Nacht nach dem Besuch seines engen Freundes und Hausarztes der Familie, Otto, heimsucht. Tags war Otto ihm müde und abgespannt vorgekommen, des Nachts erscheint er ihm mit den Anzeichen der Basedowschen Krankheit – wie einst ein Herr, der vor Jahren, nach einem Unfall mit einer Kutsche, ihm selbst, Sigmund Freud, und einem Begleiter, ein Professor R., freundliche Hilfe anbot, die allerdings ihre Grenzen hatte. Offenkundig, so Freud, hatte er in diesem Traum seine Angst um den Freund, dessen müdes Gesicht, mit den Symptomen der Basedowschen Krankheit überblendet. Hatte ihn die Angst davor, Otto würde als Schutzpatron der Familie Freud ausfallen, dazu getrieben? Zu der Angst gesellt sich als Triebkraft ein unerfüllter Wunsch: Dass nämlich ausgerechnet Professor R., der, genau wie er selbst, eigene Wege außerhalb der Akademie gegangen war und erst spät den ersehnten Titel erhielt, ihm im Traum erscheint, zeige, so Freud, dass sich sein bis dato unerfüllter Wunsch, endlich zum außerordentlichen Professor berufen zu werden, an der Zensur (wie selbstsüchtig! wie peinlich!) in den Schlaf geschlichen hatte: »Ich will also wieder einmal Professor werden«, so kommentiert er seinen Traum, ärgerlich kindlicher Großmannssucht nicht entwachsen zu sein und gleichzeitig froh, ein derart authentisches Beispiel präsentieren zu können: Voilà, ein Tagesrest mit der Triebkraft eines Wunsches, den man sich nicht erlauben mag. Alles da.

Als Freud das Wort im Jahr 1900 in die Psychoanalyse und damit auch in die deutsche Sprache einführte, ließ er keinen Zweifel daran, dass die Traumarbeit Züge einer nachgerade kämpferischen Aushandlung trägt, und das Träumerische an der Traumdeutung dementsprechend nicht poetisiert, sondern rationalisiert werden müsse. Aber wie? An seinen eigenen Fallstudien fand er suspekt (oder vielleicht hat er auch nur damit kokettiert?), dass sie »wie Novellen zu lesen seien« und »sozusagen des ernsten Gepräges der Wissenschaftlichkeit entbehren«. Dabei war die innere Folgerichtigkeit schwer zu übersehen: Weil er für den neuen Kontinent des Unbewussten, den er da gerade entdeckte, eine unabgegriffene Sprache brauchte, sind es halt Novellen geworden. Unerhörte Begebenheiten sind es sowieso: Vor ihm hat keiner die bürgerliche Gesellschaft, deren Angehöriger er zweifellos war, durch das Sichtbarmachen ihrer Begehrensstrukturen dermaßen aufgestört. Dennoch, er wollte Wissenschaftler sein, nicht Dichter, auch und gerade dann, wenn es um Träume ging, also hat er konsequent Tag und Nacht in eine kühle ökonomische Begrifflichkeit eingespannt, die der Gesellschaft der Gründerjahre hoch kompatibel gewesen sein dürfte:

Der »Tagesrest« sei der Unternehmer, so Freud, wohingegen die Träume die Kapitalisten seien. Dem Unternehmer mit Namen Tagesrest fehle für sein Projekt das nötige Kapital, also wende er, wie es ja üblich sei, sich an einen Kapitalisten, der die Mittel bereitstellt – was in diesem Fall die Wunsch-Träume aus dem Unbewussten seien. Natürlich laufe das nicht immer so mustergültig ab, räumt Freud ein. Es komme –

die Wirklichkeit liefere das Vorbild – durchaus vor, dass Kapitalist und Unternehmer in Personalunion agieren, zum Beispiel, wenn im Tagesverlauf ein unbewusster Wunsch angestoßen worden sei, dann sind Stoff und Traummotiv bereits miteinander verschränkt. Oder der Tagesrest-Unternehmer kann selbst etwas Traum-Kapital aufbringen. Oder mehrere unbewusste Wünsche bieten sich einem ungelösten Tagesrest als Material an. Auch das kann sein. Egal, wer wen wie in Gebrauch nimmt, immer intensiviert sich das Ganze, weil die übliche Kontrolle gerade schläft. Und tags drauf darf man sich dann damit auseinandersetzen – oder auch das wieder verdrängen. Beides ist Arbeit.

Wie diszipliniert man sein muss, um alle Tagesreste wieder wegzuschieben, und was dann so alles passieren kann, dies zeigt der feinnervige Schriftsteller Kazuo Ishiguro in seinem Roman *Was vom Tage übrig blieb*. Im Original lautet der Titel *The Remains of the Day*. Ishiguro hat hier also nicht auf die englische Übersetzung des Wortes »Tagesrest« zurückgegriffen, die offiziell *day residue* lautet, was in der Tat angemessen nüchtern und szientifisch klingt, denn schließlich belegt man Störgrößen in der Mathematik und die Restluft in der Lunge mit dem Wort Residuum. Vielleicht lag Ishiguro eine Anspielung auf Freud auch gar nicht nahe, aber dennoch passt das Ganze – fast zu gut. Denn auch in *Was vom Tage übrig blieb* geht es um Nichtgelebtes, um vertane Chancen, um Verpasstes, Unabgegoltenes, Liegengebliebenes, und zwar nicht bloß am Ende eines Tages, sondern nach Ablauf einiger Jahrzehnte. Es hat sich einiges angesammelt in Darlington Hall seit den 1930er-Jahren:

Der Butler Stevens, im Dienste eines gewissen Lord Darlington, führt ein großes, ein sehr großes Haus, unter rühriger

Mithilfe einer beträchtlichen Zahl von Dienstboten und der mehr als tüchtigen Hauswirtschafterin Miss Kenton. Stevens (zumeist ohne Vornamen) ist Inbegriff seines Berufsstandes: Alles und jedes hat er in beziehungsweise unter die Maxime des Dienens gestellt. Auch sein Privatleben, und auch seine politische Willensbildung. Warum will er nicht wahrnehmen, dass Miss Kenton sich nichts mehr wünscht, als von ihm geliebt zu werden, so wie sie ihn lieben gelernt hat? – Kann er sich wirklich nicht kritischer dazu verhalten, dass sein Dienstherr, mit zunächst durchaus guten Absichten, die Appeasement-Politik des Premierministers Chamberlain und dessen Außenminister Lord Halifax unterstützt, die in grober Verkennung des Hitlerismus tatsächlich glaubten, eine Tolerierung der Annexion von ›Sudetenland‹ und Tschechoslowakei würde den Frieden in Europa retten. Weil man meinte, danach würde er schon aufhören. – Ist es nicht erkennbar, auch für Stevens, dass man in Darlington Hall dem deutschen Botschafter Ribbentrop auf den Leim geht und dann auch noch den »Schwarzhemden«, einer Kampftruppe des britischen Faschisten Oswald Mosley, viel zu nahe kommt? – Warum wendet er sich nicht entschiedener gegen die Entlassung zweier Dienstmädchen, die aus keinem anderen Grund erfolgt als dem, dass sie jüdischen Glaubens sind und man die deutschen Gäste nicht verprellen möchte? – Warum fällt ihm die Verkehrtheit einer Welt nicht wie Schuppen von den Augen, in der mit angenehmen Räumlichkeiten, wohlmeinenden Reden und exzellentem Essen Hitler aufgehalten und die Welt gerettet werden soll? Und wenn nicht die Welt, so doch eine privilegierte Lebensform, deren Diener er ist; so sehr Diener ist, dass ihm die Zeit fehlt, sich von seinem sterbenden Vater zu verabschieden, und sich stattdessen um die wunden

Füße eines französischen Diplomaten kümmern zu müssen meint?

Liebe und Verrat, Wunschbilder und falsche Freunde, Lügen und Verleugnung: alles im Namen der Disziplin und der Maximen professionellen Unangefochtenseins unter den Tisch gekehrt – nein, dieses Bild passt hier nicht, wo weder Staub noch Unordnung irgendeine Chance haben. Aber wohin damit?

Wohin in der gediegenen Welt eines englischen Landsitzes mit den Tagesresten dieser Zwischenkriegszeit von Kriegshetze einerseits und Beschwichtigung andererseits? Nun, das Unbewusste eignet sich eine Weile ganz gut als Verschiebebahnhof. Aber eben nur eine Weile. Einige Zeit nach Kriegsende, Lord Darlington ist geächtet und verbittert verstorben, und ein schwerreicher Amerikaner hat den Landsitz Darlington übernommen, auch Miss Kenton ist schon lange aus dem Haus, so lange, dass sie heiraten, ein Kind bekommen und ihre Ehe den Bach hinuntergehen sehen konnte, als Stevens' Idee, dass, wenn nur eine Hauswirtschafterin wie Miss Kenton, ja, wenn Miss Kenton selbst, wiederkäme, auch Darlington Hall wieder angemessen zu Glanze kommen könne, ihn dazu bringt, das Angebot seines neuen jovialen Arbeitgebers anzunehmen, mit dem alten Ford, einem gut gepflegten Oldtimer, über Land zu reisen. Er wird sie fragen.

Auf dem Weg von Oxfordshire nach Cornwall kommt auch die Erinnerung in Bewegung – als ob die Tagesreste zweier Jahrzehnte sich auf dem Rücksitz des alten Ford versammelt hätten und »Jetzt! Letzte Chance!« rufen würden. Ja, jetzt möchte Stevens, kaum gesteht er sich dies ein, die Uhr zurückstellen und Fehler korrigieren. Aber »Uhr zurückstellen« ist nun einmal nicht die Antwort auf den Aufstand der Tagesreste. Zu erwarten, dass Versäumtes einfach darauf wartet, bis man selber Zeit hat, und es dann sagt: »Gut, dass du dich jetzt auch mal um mich kümmerst, gern habe ich darauf gewartet, ich habe ja Zeit«, ist ein Trugschluss, eine fromme Hoffnung. So devot ist Versäumtes in der Regel nicht. Es kann auch mal zu spät sein. Dann sagt der Tagesrest-Unternehmer: »Die Gegebenheiten zu investieren – sie sind nicht mehr so.« Und der Traum-Kapitalist investiert ganz schnell anderswo. Ausgeträumt. Vorbei. Wie Freud es auf den Punkt gebracht hat: »Das Ich ist nicht Herr im eigenen Haus.« Und schon gar nicht bei jemandem, der sein Ich restlos in Dienst eines fremden Hauses gestellt hat, wie Stevens.

Wenn von »ganz in den Dienst stellen« und überhaupt von »ich diene« die Rede ist, sollte man sowieso hellhörig werden: Dienen ist nämlich ein echter Trickster: Mal ganz auf der Seite von Würde und noblem Verzicht, mal auf der Seite eines kleinmütigen Sich-Wegduckens. Man muss genau hinhören, wie das Wort gebraucht wird, und herausfinden, wie es gemeint ist. Ob damit gemeint ist, von eigenen Interessen abzusehen »im Dienste« einer guten Sache, oder ob es bloß als Entschuldigung dafür eingesetzt wird, aus Bequemlichkeitsgründen seinen eigenen Verstand an der Eingangstür der Institution abzugeben, der man »dient«, um sich dann aus allem raushalten zu dürfen.

Am Ende des Tages jedenfalls, an dem Stevens in Little Compton, Cornwall, ankommt, kommt er einerseits, natürlich, strahlend pünktlich, andererseits viel zu spät. Miss Kenton, deren Tochter demnächst ein Kind erwartet, will in der Nähe ihrer Familie bleiben und wird es wohl auch mit ihrem reuigen Ehemann noch einmal versuchen. Eine Rückkehr nach Darlington Hall ist damit ausgeschlossen. Und Stevens? Er wird dorthin zurückkehren und das Beste machen »aus dem, was vom Tage übrig bleibt« – »*of what remains of my day*«. Was ist das überhaupt für ein ungewöhnlicher Dreh im Gebrauch von Singular und Plural in dieser Wendung: »the remains of the day«? Genau umgekehrt kennt die deutsche Sprache die Wendung »der Tage Rest«, zumindest seit Mitte des 18. Jahrhunderts. Aber wann ist denn bitte der Tag, von dem an sich Tage in Rest verwandeln? Ist diese Frage nicht völlig imaginär und zudem grundfalsch gestellt: »Rest« ist aufs Ganze des Lebens gerechnet, und das ist nun einmal in aller Regel eine hoch variable Angelegenheit. Außerdem sollte man keinen Tag als Teil eines Rests behandeln. Das färbt auf die Tage ab. Haben sie das verdient? Wie wir bereits bei Freud gesehen haben, ist es Sache der Tage selbst, Reste zu lassen. In diese Ökonomie sollte man nicht zu sehr eingreifen.

In diesem Zusammenhang der Rat, bei Menschen, die häufig auf die Wendung »Am Ende des Tages« zurückgreifen, Vorsicht walten zu lassen. Abgesehen davon, dass sie oft zu laut und zu schnell und dennoch insgesamt zu lange reden (meine Einlassungen fußen im Wesentlichen auf stundenlangem unfreiwilligem Mithören von Telefonaten in den Zügen der Deutschen Bahn), sind sie viel zu häufig und viel zu rasch bei Resultaten, die sie selbst gern als sachlich oder auch als realistisch bezeichnen. Aber ist dieses notorische Vorab-Bilanzieren wirklich das, was man braucht, wenn man jemanden sucht, mit dem man, sprichwörtlich natürlich, Pferde stehlen kann? Sind es nicht genau solche Leute, die einen im entscheidenden Moment irgendwo allein in der Pampa stehen lassen werden, weil sie – am Ende des Tages – vor allem ihre Haut retten müssen? Und man selbst bis zum Ende seiner Tage den ganzen Mist am Hacken hat?

Zurück zu Stevens. Er ist ernüchtert, er ist am Boden zerstört, seine Pläne null und nichtig. Aber er gehört nicht zu dieser Art Nervensägen. Er stellt sich. Zwar nicht der Vergangenheit, so doch mindestens einer neuen Aufgabe: Er nimmt sich vor, etwas mehr Leichtigkeit zu lernen. Denn Leichtigkeit, die Fähigkeit zu scherzen, scheint ihm Teil eines zeitgemäßen Butlerprofils zu sein, das nicht auszufüllen ihm nicht in den Sinn kommen will. Wenn er sich in Leichtigkeit trainiert, wird er damit schon bald seinem Arbeitgeber dienlich sein können.

Das ist einerseits schwer auszuhalten und geht andererseits schon ein kleines bisschen in Richtung dessen, was am Gegenpol der Am-Ende-des-Tages-Schwadroniererei steht (die übrigens von der englischen Börsensprache seit der Jahrtausendwende Eingang in die deutsche Sprache gefunden hat), nämlich jene Aufforderung aus Horaz' Ode *An Leukonoë*, die Klardenkende oder auch Klugdenkende, aus dem Jahr 23 vor unserer Zeitrechnung. Klar beziehungsweise klug denken bedeutet in diesem Fall: zu dem Schluss kommen, dass jeder Tag unwiederbringlich ist und es gilt, ihn zu genießen wie einen frisch gepflückten Apfel, und zwar mit Strunk und Stiel und Kernen. Die sind manchmal bitter, aber auf die mandelmarzipanige Art. Nur in zu großen Mengen sind sie giftig. In kleinen Mengen sind sie aufgrund ihrer Mineralstoffe dagegen nahezu gesund, und außerdem ist unser Körper sogar in der Lage, dieses Gift, Amygdalin, abzubauen, mithilfe von Vitamin B12, das extra dafür bereitsteht. Wie gut ist doch die menschliche Konstitution für Restbestände gewappnet! Aber, wie heißt es bei Horaz? »Noch während wir hier reden, ist uns bereits die missgünstige Zeit entflohen:

Genieße den Tag! *Carpe diem!*«

Zum Nach- und Weiterlesen:
Sigmund Freud: *Die Traumdeutung.* Die Studienausgabe Bd. II, Frankfurt/M. 2000 [1900] (S. 525 ff.). ●●● Sigmund Freud: »Die Fixierung an das Trauma, das Unbewusste«, in: Ders.: *Vorlesungen zur Einführung in die Psychoanalyse.* Studienausgabe Bd. 1, Frankfurt/M. 2000 [1916/17], S. 273–284. ●●● Walter Muschg: *Freud als Schriftsteller,* München 1975. ●●● Stefan Goldmann: »*Alles Wissen ist Stückwerk*«. *Studien zu Sigmund Freuds Krankengeschichten und zur Traumdeutung.* Gießen 2019. ●●● Kazuo Ishiguro: *The Remains of the Day,* London 1989. ●●● Kazuo Ishiguro: *Was vom Tage übrigblieb,* Reinbek bei Hamburg 1990. ●●● https://www.sprachlog.de/2010/01/15/am-ende-des-tages/ ●●● Tim Bouverie: *Mit Hitler reden: Der Weg vom Appeasement zum Zweiten Weltkrieg.* Hamburg 2021. ●●● Horaz: *Oden und Epoden,* Stuttgart 1986. ●●● https://www.openscience.or.at/hungryforscience-blog/sind-apfelkerne-giftig/ (30.10.2022). ●●●

6

Nachtmahl

Ich habe eine Freundin mit untrüglichem semantischem Instinkt. Sie ist in mehreren Sprachen zu Hause und übersetzt »Nachtmahl« spontan in: »Mitternachtssüppchen«. Das gefällt mir sehr gut, weil damit dieses Wort, das irgendwo zwischen Abendessen und Abendmahl, zwischen Stulle und Oblate, ein etwas unsicheres Dasein führt, sowohl eine zeitliche als auch eine kulinarische Einordnung erfährt – und doch angenehm viel offenlässt.

Mitternachtssüppchen also: Wenn wir davon ausgehen, dass es eine Mahlzeit ist, die zu nachtschlafender Zeit eingenommen wird, verweist das auf einen gewissen Ausnahmecharakter; den Umstand, dass es einer zusätzlichen Stärkung außer der Reihe bedarf, aus welchem Anlass auch immer. Weiterhin zeigt das zärtliche Diminutiv an, dass es sich nicht um ein nächtliches Gelage handelt, sondern um etwas Kleinmaßstäbigeres, leicht Verdauliches. Die Zusammensetzung der beiden Wörter jedenfalls transportiert etwas – Köstliches, woraus das Süppchen auch immer zusammengerührt sein mag, welches Brot auch immer dazu gereicht wird. Brot ist vielleicht die einzige Verbindung zu einem herkömmlichen Abendessen, dem Abend*brot* eben. Langweilig muss auch das nicht sein, denn in deutschen Landen gibt es an die dreitausendzweihundert Sorten Brot, sagt das Bäckerhandwerk. Meistens schmeckt es sehr gut, und in der Vollkornvariante ist es nachgerade gesund. Insofern ist gegen das klassische deutsche Abendbrot erst einmal nichts einzuwenden. Allerdings handelt es sich definitiv um: kalte Küche. Vom Kühlschrank direkt auf den Tisch kommen Butter und Käse, Aufschnitt und Gürkchen. Oh ja, es fröstelt einen ein bisschen. Ein bunter Schnittchenteller zur Sportschau ist das eine – jeden Abend die gleichen Stullen, deren Komponenten es in der Zeit des Zubereitens kaum von 7 Grad auf Zimmertemperatur schaffen, das ist etwas anderes. Es gibt die Empfehlung, die Lebensmittel etwa eine halbe Stunde vor Verzehr aus dem Kühlschrank zu nehmen, allerdings kenne ich niemanden, der das macht. Wer *das* schafft, hat wahrscheinlich auch genug Zeit und Energie, eine warme Mahlzeit zuzubereiten. In der Tat verschieben sich in Deutschland die Abendessen-Gewohnheiten: Die eine Hälfte der Bevölkerung speist kalt, die andere warm, sagen entsprechende Untersuchungen. Kulturgeschichtlich ist das kalte Abendessen noch sehr jung. Es stammt aus der Zeit, in der immer öfter mittags warm gegessen werden konnte: in Kantinen, Mensen, sogar in Schulen, ohne dass eine Frau am Herd stand. Die wurde nämlich gerade zu einem Wesen, das selbst berufstätig war – und nach Feierabend das Kochen nicht noch ausführlich nachholen konnte oder wollte. Zusammen mit der Erkenntnis, dass auch Männer, und ab einem gewissen Alter sogar Kinder oder aber alle zusammen kochen können, gewann die Gewohnheit einer gemeinsamen warmen Mahlzeit am Abend Terrain zurück. *Quality time* lässt sich mit Spaghetti Napoli irgendwie nachhaltiger gestalten als mit Graubrot und Gouda. Hinzu kommt, dass die moderne Gesellschaft offenbar so sehr der Wärme bedürftig ist, dass man sie sich von überallher, auch aus den Mahlzeiten holt. Deshalb gibt es bei vielen Menschen schon morgens *Hot Hafer* (früher: Haferbrei oder Porridge), mittags ein warm gehaltenes Irgendwas aus der Großküche oder wenigstens ein gegrilltes Panino, und abends ein selbst gekochtes familienkompatibles Gericht. Und zuweilen eben ein Mitternachtssüppchen. Allerdings weiß ich nicht, wie man das nennt, was Fast-Erwachsene deutlich nach Mitternacht in der Küche fabrizieren, wenn sie aus den Clubs nach Hause kommen und in den Vorräten stöbern. Ein Pfund Pasta, drei Dosen Baked Beans und ... ach, reden wir nicht weiter drüber. Ja, vielleicht heißt es einfach: Ernährung. Oder Speisung? Ich nehme an, es schmeckt ihnen. Sie haben ja einige Stunden durchgetanzt. (∗ Siehe das Kapitel *Night Fever.*)

Zurück zum »Nachtmahl«:

Nach Angabe des Duden handelt es sich beim »Nacht-mahl« um ein Wort aus dem süddeutschen, insbesondere österreichischen, genauer gesagt: ostösterreichischen Raum, das allgemein für die abendliche Mahlzeit steht. Analog spricht man in der Schweiz von »z' Nacht«. Es sieht so aus, als würde man Richtung Alpen weniger das Ende des Tages als den Beginn der Nacht im Blick haben, für die man sich mit einigen Kalorien rüsten muss. (Womöglich hat man noch Berge zu versetzen, wenn andere schlafen.) Davon abgesehen macht der alpenländische Sprachgebrauch für mich, in freier Assoziation, das Nachtmahl zu etwas Köstlichem. Ich denke an Vogerlsalat mit Kernöl, an Rote Bete mit geriebenem Kren, an ein Schüsselchen Liptauer mit einer Kümmelsemmel, an Frit-taten- oder Mutschelmehlsuppe, und an ein Glas Zweigelt oder eines vom Veltliner. Das Ganze serviert in einem Wiener Caféhaus, wo zu später Stunde dies alles noch bereitgehalten wird. Weil man dort darüber im Bilde ist, dass die späten Gäs-te zur Zeit des ordentlichen Abendessens in der Oper oder im

Burgtheater oder egal wo waren; jedenfalls waren sie wo – wo es nichts zu essen gab. Aber jetzt.

Dies wäre sozusagen meine Idee von einem Nachtmahl, und ich weiß, dass sie mit dem tatsächlichen Sprachgebrauch nur teilweise konform geht und außerdem sehr *bourgeois* ist. Stimmt schon, dass einem Mitternachtssüppchen, das sich Richtung Schmankerl und Souper auswächst, etwas Dekadentes anhaftet. Das kulinarische Gegenstück dazu wäre übrigens das »Gabelfrühstück«. »Gabelfrühstück« ist eine Lehnübersetzung des französischen *déjeuner à la fourchette* und benennt eine kleine Mahlzeit zwischen frühem Frühstück und spätem Mittagessen oder wiederum frühem Abendessen. Für ein Gabelfrühstück ging man seinerzeit nicht nur in Paris, sondern auch in Berlin in ein großes Hotel – ins Adlon oder so. Zwischen 11 und 12 Uhr nahm dort die gründerzeitliche Hautevolee kleine mundgerechte Speisen zu sich. Nicht ohne ein Schlückchen Alkohol. Wieder einmal ist das Ganze in Österreich zu vollendeter Form gekommen. In seinem Kochbuch, nein, das klingt zu profan angesichts eines Verfassers, der, auf dem Titelblatt belegt, »geprüfter Chemiker und pens. Küchenmeister Sr. Durchl. des Fürsten zu Schwarzenberg, Herzogs zu Krumau« ist, sagen wir also, eine Handreichung für *Die Küche des wohlhabenden Wieners* aus dem Jahr 1846, widmet F. G. Zenker sowohl dem Gabelfrühstück als auch dem Nachtmahl jeweils eigene Kapitel. Bezeichnenderweise gibt es jedoch eine große Schnittmenge: Das gereichte Fleisch, sei es vom Kalb, vom Lamm oder von der Gans, muss bereits aufs Feinste tranchiert – ich möchte nicht ins Detail gehen – und mit Limonenstreifen, Semmelbröseln oder Kren garniert sein. Der Heringssalat kommt daher mit fein geschnittenen spanischen Zwiebeln. Die größeren Unterschiede finden wir

bei der Auswahl der Weine: Während zum Gabelfrühstück
starke Weine gereicht werden, »weil hier die Lebensthätigkeit
aufgeregt werden darf«, zum Nachtmahl hingegen, das dem
Verfasser zufolge »nach und nach an die Mitternacht verrückt
worden ist« und mit Rücksicht auf den anschließenden Schlaf
aus leicht verdaulichen Komponenten zusammengesetzt und
nicht zu stark gewürzt sein sollte, werden nur Weine gereicht
werden, »die sich durch Milde und Lieblichkeit auszeichnen«.
Überhaupt bleibt er uns in puncto Nachtmahl eine konkrete
Empfehlung nicht schuldig: Idealerweise bestehe es aus: »Wei-
ßem Eingemachten, einem Braten und Compote nebst etwas
leichtem Zuckerwerk. Die klare Suppe (Brühe) oder Gerstenschleim wird in Kaffeebechern herumgereicht.«
    Jetzt wissen wir Bescheid.
    Dieser urbane Snobismus war selbst dem Autor irgendwie
nicht mehr ganz geheuer: Die Rede vom wohlhabenden Wiener möge bitte nicht missverstanden werden, schreibt er in
seinem Vorwort. Dass die hohe Küche sich der bürgerlichen
annähere, durch Solidität und Verstand, dies werte er als »ein
wahrhaft erfreuliches Zeichen des Zeitgeistes«. Dennoch ist
anerkanntermaßen das 19. Jahrhundert zu lang (gewesen).
Warum also heute nicht noch etwas mehr Brokat und Damast
und Kapital rausnehmen? Dazu Folgendes:
    Einst wurde ich Zeugin und Teilnehmerin der Tradition auf
dem Land, irgendwo in der Mitte Deutschlands, sehr früh
morgens nur einen Happs und einen Kaffee zu sich zu nehmen,
um dann gegen 10 Uhr, nach Schweinefüttern, Hühnerstall
und Ausmisten aller Art, ein Zweites Frühstück zu nehmen,
das meines Erachtens durchaus Ähnlichkeiten zum Gabelfrühstück aufwies; rustikaler natürlich, in der Wohnküche
und ohne Alkohol. Wenn der Briefträger kam, aß der mit. Die

Hühner bekamen die Eierschalen aus der ausgeschüttelten Tischdecke directement retour. Von wegen bourgeois. Muss gar nicht sein. Ähnlich beim Nachtmahl. Kann man nicht, zum Beispiel, auch ein durch und durch informelles Sich-Zusammenfinden im Innenhof einer Herberge, unter einem Sternenhimmel, ein Nachtmahl nennen? Wenn Gäste, die von irgendwoher spät eintreffen, von einer ausgedehnten Wanderung, einer komplizierten Anreise, einem langwierigen Arbeitseinsatz, aus Zimmern, Taschen und Gästekühlschrank zusammentragen, was gerade so da ist? Das ist dann vielleicht doch eher wieder abendessensartig kalt, aber in der Zusammenstellung so außerordentlich, dass es sich der schönen Bezeichnung »Nachtmahl« vollkommen würdig erweist. – Ich erinnere mich daran, dass auf einer der Alphütten, die auch ohne regulären Gastbetrieb darauf halten, Menschen, die aus wetter- oder anderen ernstlichen Gründen um freundliche Aufnahme für die Nacht bitten, zu beherbergen, vor einigen Jahren, als ich mich eine Zeit lang dort aufhielt, zwei Wanderer zu später Stunde anklopften. Zwar waren sie durch irgendeine Unwegsamkeit aufgehalten worden und weit hinter ihr Tagespensum zurückgeraten, zauberten jedoch wohlgemut Tiroler Brot und Speck aus ihren Rucksäcken, das zusammen mit dem vor Ort hergestellten Bergkäse ein wirklich wunderbares Z' Nacht ergab.

Wie aber verträgt sich so etwas Schönes wie ein Nachtmahl mit der verbreiteten Empfehlung, am Abend – manche sagen: ab dem frühen Abend! – nicht zu viel zu essen, am besten: gar nichts? Warum sollte ein gut gefüllter Teller Pasta mit reichlich Parmesan nach viereinhalb Stunden *Götterdämmerung* oder nach einem Stadionbesuch mit Verlängerung und anschließendem Elfmeterschießen online auf die Hüften gehen?

Vorausgesetzt natürlich, dass man sich nicht mit Müsliriegeln und Bratwurst zwischenernährt hat. Liegt nicht das ganze Ernährungsproblem, auf das die verschiedenen Am-Abend-nichts-mehr-essen-Diäten ja nur antworten, einfach darin, dass es bei uns immer und überall irgendwas zu essen gibt? Snacks, auf die Hand, *to go,* auf dem Sofa, sind der neue Imbiss und sozusagen in aller Munde. Und wenn man die Gewohnheit, diese kleinen Stärkungen hier und dort zu sich zu nehmen, mit der früheren Heißhunger-Tradition kombiniert, kann das auf Dauer nicht gut gehen. Wenn sich allerdings das Intervallfasten quasi natürlich ergibt, durch zeitgreifende Aktivitäten oder das kaum bewusste Überspringen einer Mahlzeit oder zweier, weil das Leben gerade so fesselnd oder so fordernd ist, was spricht dann gegen ein leckeres Abendessen oder ein schmackhaftes Nachtmahl?

Ich persönlich finde, dass die Maxime, abends wenig oder auch gar nichts zu essen, ein absoluter Spaßverderber ist. Ersonnen von humorlosen und freudlosen Menschen und nicht wirklich belegt, obwohl derlei Theorien viele verschiedene Namen haben und allesamt mit Tabellen aufwarten, die das Gegenteil von dem beweisen (wollen), was ich so dazu denke. Und ja, ich fürchte, einige überambitionierte Auslegungen des Protestantismus haben ihren Anteil daran.

Hier ergibt sich quasi natürlich der Übergang vom Nachtmahl zum Abendmahl, denn diese Bezeichnung entstammt der Lutherbibel.

Das letzte Abendmahl Jesu vor seiner Hinrichtung in Jerusalem setzte einen Anfang für Mahlzeiten, in denen Sättigung und Sakrament noch zusammengingen. Um die Mitte des zweiten Jahrhunderts hat sich diese Verbindung dann aufgelöst. Da wurde einerseits die *Eucharistie* gefeiert, jene liturgisierte Danksagung, mit Brot, Wasser und Wein, die ganz im Zeichen der Wesensverwandlung steht: Unter den Einsetzungsworten und der Gnade Gottes werden Brot und Wein zu Leib und Blut Jesu Christi. Und wie kann der, der sich diese Verwandeltheit einverleibt, unverwandelt bleiben? – Die Speisung der Armen der Gemeinde wiederum, die *Agapen,* entwickelten sich unterdessen zu Gemeinschaftsmahlzeiten im Zeichen der Armenfürsorge und Frömmigkeit. So sollte es sein. War es so? Nicht, wenn wir den Berichten des Kirchenschriftstellers Clemens von Alexandria Glauben schenken. Notdürftig bemäntelte Festgelage seien aus den *Agapen* geworden, üppig würden Spezereien aufgetischt. Diese verschwenderische Opulenz eines frühen »All you can eat« zog nicht nur eine Verstimmung der Mägen nach sich, sondern auch eine der Synoden: »Speisesofas« und »zischende Bratpfannen« unter dem Dach der Kirchen – nein, in dieser Form ging es dann doch zu weit. Fortan rang man ums rechte Maß, und nicht selten schoss man auch auf der Seite des Maßhaltens über das Ziel hinaus.

Tania Blixen hat in ihrer Novelle *Babettes Gastmahl* (oder auch *Babettes Fest*) ein unvergessliches Anschauungsmaterial dazu geliefert: Denn um die Frage, wie bloße Sättigung und freudiger Genuss zueinander stehen, nicht weniger um das Thema der Verwandlung durch Speisung, geht es auch in ebendieser Novelle, dänisch *Babettes Gæstebud.* Und wie anders hätte eine Geschichte auch betitelt werden sollen, in der eine Köchin, die in Frankreich zu den Besten des Faches gehört hatte, bevor sie in den Wirren der Pariser Kommune aus dem Land flüchtet, in Nordnorwegen strandet, im Haus zweier alternder Schwestern aufgenommen wird, dort ebenso sanft wie beharrlich Stockfisch und Brotsuppe kulinarisiert und nach einem unverhofften Lottogewinn ein mehrgängiges Menü mit den allerbesten Zutaten kreiert – für eine Tafel, an der zwölf Menschen sitzen werden. Nun ja, eigentlich sollte es zunächst nicht mehr als eine bescheidene Gedenkzusammenkunft – »ein karger kalter Imbiss mit einer Tasse Kaffee« sein, für den Propst, den Vater der beiden Schwestern, der einst die Gemeinde aufbaute und prägte. Ein wohlmeinender, aber in seiner großen Entschiedenheit wohl auch ein selbstbeschränkter und letztlich nicht nur gott-, sondern selbstgefälliger Mensch, der seiner Gemeinde puritanistische Gefolgschaft und seinen beiden Töchtern ein pietistisches Nachfolgeleben abverlangt hat. So etwas kennt man. Immer wieder die gleiche Geschichte. Aber nicht bei Tania Blixen. Und nicht mit Babette, die ihren eigenen Plan einer Danksagung hat – an die beiden Schwestern und die Gemeinde, die sie einst freundlich aufgenommen hatten. Sie reist, sie plant und lässt liefern: Wein, Wachteln, eine Schildkröte. (Wie schon Zenkers *Kochbuch für den wohlhabenden Wiener* ist auch diese Novelle nichts für Vegetarier.)

Mit Argwohn und Sorge werden die Vorbereitungen auch von den Schwestern und Brüdern der Gemeinde betrachtet, die, obgleich im Laufe der Jahre zerstritten und verbittert, sich immerhin im Negativen einigen können: Kein Wort über Speis und Trank soll über ihre Lippen kommen: Rein machen wollen sie ihre Zungen »von allem Geschmack … und sie reinigen von aller Lust und allem Ekel der Sinne, um sie zu bewahren und zu behüten für das höhere Geschäft des Lob- und Dankgesanges«.

Dann ist es so weit. An einem Winterabend – gerade hat es angefangen zu schneien – finden sich die Gäste ein. Zunächst reicht Babette den Gästen ein Glas Wein. Genauer gesagt, einen eigens importierten Amontillado, einen durchaus ungewöhnlichen und ungewohnten Tropfen. Schon röten sich die Wangen, und wen wundert es, dass mit dem an den Sherry anschließenden Champagner der Marke *Veuve Clicquot,* dass mit den *Blinis Demidoff* und den *Cailles en Sarcophage* sich die Zungen doch lösen? Dass Worte hin- und herschwirren, dass ein Lächeln in die Gesichter findet, auf denen sich »Zwietracht und Zank« eingenistet haben? Bei *dieser* Verwandlung kann man zusehen und zuhören: »Die Tafelnden wurden leichter von Gewicht und leichter von innen her, je mehr sie aßen und tranken.« Sie sprechen, und sie sprechen sich aus.

Anders als beim Ersten Abendmahl, das gleichzeitig ein Letztes Abendmahl war, weil da unter den Jüngern ein Judas anwesend war, der Jesus seinen Peinigern auslieferte, und zwar durch einen Bruderkuss, gibt es an Babettes Tafel zwar einen, der aus der Reihe fällt, nämlich der weit gereiste Leutnant Löwenhjelm, der nach langer Zeit zufällig vor Ort und der Einzige ist, der weiß und ermisst, was hier alles aufgetischt wird, und es nicht fassen kann, dass *darüber* nicht gesprochen wird. Aber gerade er ist es, der sich als ein treuer Jünger christlichen Geistes zu einer Tischrede aufschwingt, in welcher er Wahrheit und Erbarmen, Rechtschaffenheit und Seligkeit, inniglich und unverbrüchlich (und ein kleines bisschen weinselig) zusammenkommen lässt – wie in einem Kuss! Dieser Kuss konkretisiert sich hernach in einem Paar, das sehr lange aufeinander gewartet hat und das gute Ende mit einem ebensolchen besiegelt.

So sind die zehntausend Francs, die Babette in dieses Abendmahl investiert hat – »ein Diner für zwölf Personen im Café *Anglais,* das hat immer seine zehntausend Francs gekostet« –, besser und förderlicher angelegt als die dreißig Silberlinge, die, dem Mainstream der Überlieferung zufolge, Judas für seinen verräterischen Bruderkuss kassiert hat.

Während die fein abgestimmten Gänge im Hause des jedes Genusses abhold gewesenen Propstes aufgetischt werden, feiert Babette ihr eigenes Fest: das der Auferstehung ihrer einzigartigen Kochkunst. Dieses Nachtmahl, das nicht nur ein Gedenkmahl, das auch ein Gastmahl und gleichzeitig die Eins-zu-eins-Wiederaufführung eines klassischen Diners im Pariser *Café Anglais* in einem schlichten Häuschen am Berlevåg-Fjord ist. (Berlevåg hatte das gleiche Schicksal wie Skarsvåg, ∗ siehe das Kapitel *Polarlicht*.) Ein Nachtmahl, das ein in allen Aspekten fein komponiertes, wahrhaftes Kunstwerk ist und gerade nicht ein »künstlerisches Abendessen«, wie es von Thomas Bernhard in seinem Roman *Holzfällen* beschrieben wird, denn in diesem Nachtmahl einer Wiener Schickeria passt nichts zusammen; außer vielleicht die beiden Komponenten Künstlichkeit und Nimbus einer an sich selbst berauschten Gesellschaft.

Es ist tiefe Nacht geworden, als in Berlevåg die kleine Gemeinde aufbricht. Befeuert vom guten Essen, den erlesenen Weinen, verwandelt sich selbst die Kälte und Beschwernis des in Massen gefallenen Schnees, der die Nacht erhellt, in eine freudig übermütige Reminiszenz an leichtfüßige Kindertage. Die Spanne des Lebens zu erfahren, in der man offensichtlich hin- und herwandern kann, die Freude, die im Wechsel von Alltag und Festtag, von Stockfisch und in Teigmantel gehüllte Wachteln liegen mag, in Verlieren und Wiedergewinnen – dafür ist es an diesem Abend, in dieser Nacht nicht zu spät gewesen. (∗ Siehe das Kapitel *Tagesrest*.)

Da es unablässig weiterschneit, werden die Gesättigten den Tagesanbruch gar nicht mitbekommen, sondern bis in den nächsten Nachmittag hinein schlafen. Endlich einmal.

Kleiner Nachtrag zum Mitternachtssüppchen: F. G. Zenker spricht, wie wir gesehen haben, in diesem Zusammenhang von klarer Brühe und Gerstenschleim. Ich finde, das sollte nicht das letzte Wort zu diesem Thema gewesen sein. Wenden wir uns vielleicht doch abschließend den Chefköchen dieser Tage und Nächte zu: Bei denen firmiert die Mitternachtssuppe als etwas ausnehmend Kräftiges; etwas, das in Partyzusammenhängen auch gern als »Grundlage« bezeichnet wird. Man braucht: Paprika, Mais, Karotten, Zwiebeln, Cornichons, passierte Tomaten, Salz, Pfeffer, Majoran, Knoblauch und Tabasco. Dann ergibt sich eigentlich alles von selbst. Gesegnete Nachtmahl-Zeit!

Zum Nach- und Weiterlesen:

F. G. Zenker: *Die Küche des wohlhabenden Wieners. Oder neuestes allgemeines Kochbuch. Enthaltend: eine sorgfältige und vollständige Auswahl der bewährtesten Recepte zur besten und schmackhaftesten Bereitung aller Gattungen Fleisch-, Fisch-, und Mehlspeisen, nebst der Kunstbäckerei, und dem Einsieden der Früchte, ferner einer Anleitung zur Aufbewahrung der Viktualien und deren vorteilhaften Auswahl beim Einkaufe, samt einer ausführlichen Tafelkunde, unter Beseitigung alles Übergekünstelten und für den allgemeinen Gebrauch Ungeeigneten; mit einem Anhange: die Lehre des Kochens mittelst Dampf*, Wien 1846, S. V, 333, 343. ●●● Tania Blixen: *Babettes Fest*, Zürich 2000 [1950], S. 36, 44, 61, 67, 75. ●●● Günter Helmes: *Novellenkunst: Karen Blixens Meisternovelle ›Babettes Fest‹*, Hamburg 2021. ●●● Christoph Markschies: *Das Antike Christentum. Frömmigkeit, Lebensformen, Institutionen*, München 2006. 172 ff., 175 (Tertullian). ●●● Thomas Bernhard: *Holzfällen*, Frankfurt/M. 1984. ●●● https://www.chefkoch.de/rs/so/mitternachtssuppe/Rezepte.html (7.11.2022). ●●●

7

Unter Tage

»Wenn Zoppo Trump so ein Lügner ist,
warum wollen ihn dann die anderen
Erdmännchen als König haben?«
»Die wenigsten wollen ihn, seine Trumpe
unterstützen ihn natürlich.«
»Warum wird bei euch der Stärkste König
und nicht der Beste?«
Kalle machte eine unbestimmte Hand-
bewegung. »Das ist ein altes Gesetz. Es
ist leichter, den Stärkeren zu erkennen als
den Besseren. Ihr Menschen wählt euch
ja auch nicht immer die Besten zu euren
Herrschern.«

Tilde Michels, *Kleiner König Kalle Wirsch*

Der Kleine König Kalle Wirsch, König der Erdmännchen, ist
von Zoppo Trump zum Kampf um den Königsposten heraus-
gefordert worden. Allein, Zoppo Trump, selbst ernannter
Zoppo der Starke, bekommt kalte Füße und möchte lieber
ohne Kampf gewinnen. Geniale Idee, meint er, Kalle Wirsch
über Tage in einen Gartenzwerg einbacken zu lassen. – Nicht
anders als in *Peterchens Mondfahrt* bedarf es auch hier der

Unerschrockenheit zweier Kinder – diesmal, wir schreiben das Jahr 1969, heißen sie nicht Peter und Anneli, wie im Jahre 1912, sondern Max und Jenny –, um die Sache wieder ins richtige Fahrwasser zu bringen. Max und Jenny also werden Kalle Wirsch befreien, ihm in das Innere der Erde folgen und ihn dortselbst im Kampf gegen diesen Feigling unterstützen, – wie heißt es doch so treffend in *Don Quijote:* »*cuyo nombre no quiero acordarme*« –, an dessen Namen ich mich nicht erinnern möchte« ... (* Siehe das Kapitel *Nachts sind alle Katzen grau.*)

Was mag Tilde Michels, diese begnadete Kinderbuchautorin – ich sage nur: *Karlines Ente* und *Es klopft bei Wanja in der Nacht* – dazu bewogen haben, im Jahr der mutmaßlichen Mondlandung, nicht ins Planetarische aufzubrechen, sondern, quasi mit Umkehrschub, unter Tage zu gehen? Zweifellos und buchstäblich war es: subversiv. Statt Mond und Milchstraße: Flöze und Höhlen. Statt Nachtfee, Hagelhans und Eismax: Kohlenjuke, Fährmann und der schreckliche Murrmesch. Aber in beiden Fällen gibt es ein gutes Ende: ein zurückerstattetes Maikäferbeinchen in dem einen, ein zurückerkämpfter Uranstein in dem anderen Fall. Sachgerecht bleiummantelt liegt er als Zeichen der Königswürde nun wieder um Kalle Wirschs Hals, dort sicher vor allen unzurechnungsfähigen Gesellen à la Trump.

Bergbau und Literatur – das scheint ziemlich gut zusammenzupassen; lange schon. Um 1500 erschien *Ein Nützlich Bergbüchlin*, in dem ein gewisser sokratisch gestimmter Ulrich Rülein von Calw einen bergverständigen Daniel auftreten lässt und dazu einen Knappen, der die richtigen Fragen stellt, und zwar nicht in lateinischer Sprache, sondern in deutscher, zuweilen wird betont: in obersächsischer. Der Knappe erfährt, dass ohne das Firmament Bodenschätze nicht zu denken sind. Das Gold entstamme der Sonne, dem Mond das Silber, das Zinn dem Jupiter, das Kupfer der Venus, das Eisen dem Mars, das Blei dem Saturn, das Quecksilber dem Merkur. Neben dem Planetarischen fehlen nicht Beschreibungen der Bergwerksarbeit und auch nicht Hinweise darauf, wie der Bergbau wirtschaftlich und weitsichtig zu betreiben sei, dennoch verlangt es den Knappen nach weiteren Instruktionen: Die Kunst der Metallerzeugung habe sich ihm aus dem Gesagten noch nicht erschlossen: »Morgen gehen wir zu den Hütten«, erhält er zur Antwort, und mit dieser schönen Aussicht ist auch die Leserschaft verabschiedet. Lediglich sechsundvierzig Seiten und dreizehn Holzschnitte braucht Ulrich Rülein von Calw, um seine humanistische Sicht auf die Welt unter Tage vorzustellen. Georg Agricola dagegen – eigentlich hieß er Georg Bauer, aber seinerzeit latinisierte man gern – entfaltet einige Jahre später in nicht weniger als zwölf Büchern die Wunderwelt der Kristalle und Erze und ihre Gewinnung. Das Allerbeste an diesen zwölf Büchern aber ist, dass es noch ein nachgeschobenes dreizehntes gibt, in dem die Lebewesen unter Tage behandelt werden. Nicht nur die, die sich in Höhlen und Spalten verkriechen, sondern namentlich die, die wirklich und wahrhaftig unter Tage hausen: der Basilisk etwa – ja, genau so einer, wie er auch in der Kammer des Schreckens tief unter dem See von Hogwarts haust, oder auch die Kobolde, die dem Kobalt seinen Namen geben – haben sie doch das Silber geklaut und dafür jenes blau färbende, bei Erhitzung übel riechende Metall hinterlassen. Ein Name übrigens, der sich aus »koben« (Haus) und »hold« (Diener) zusammensetzt, wovon es auch nicht mehr weit ist zu Dobby & Co, den Hauselfen der Potterschen Zauberwelt. Drachen jeglicher Couleur gibt es ebenfalls. Mit ihrem üblen Atem vergiften sie den Bergleuten die Luft. Dass diese unterirdischen Fabelwesen über die Jahrhunderte hinweg die künstlerische Fantasie beflügelt hat, ist wirklich kein Wunder: Zu Beginn des 19. Jahrhunderts etwa hat E. T. A. Hoffmann nach einer wahren Begebenheit *Die Bergwerke zu Falun* veröffentlicht und darin jenen von der opaken Bergkönigin gelockten, verschütteten, in Vitriolwasser (apropos Harry Potter: Vitriol galt den Alchemisten als Stein der Weisen) seltsam vollkommen konservierten Bergmann beschrieben, dessen Zutageförderung nach vielen Jahrzehnten seine ordnungsgemäß gealterte Braut zu Tode erschüttert. – Zeitgleich lässt ein weiterer Romantiker, Ludwig Tieck, in seiner Novelle *Der Alte vom Berge* seine Protagonisten von jener Wunderwelt erzählen, in der die zwischen »rauchenden Kohlen«, »dampfenden Gruben« und »schwarzen Schlacken« lebenden Kobolde und Berggeister gegen die Ausbeutung der Erde protestieren und dagegen, dass dem Erdinneren nicht nur Güter, sondern auch alle Geheimnisse entrissen werden: Namentlich der Kobold Zohori – *zohori* bedeutet auf Spanisch Hellseher, Wahrsager, Schlaukopf – rächt sich mit der Fähigkeit, beträchtliche Mengen Geldes, indem er sie nur denkt, verschwinden und erscheinen zu lassen. Diese Banker der magischen Welt! Sicherlich könnte Zohori auch bei Gringotts Karriere machen.

Wie wir sehen, verzweigt sich die einschlägige Bergbau-Literatur mindestens so weit wie die Schächte eines Bergwerks. Zu Zeiten Tiecks und Hoffmanns, Goethes und Humboldts gab es kaum einen ernst zu nehmenden Literaten, der nicht montan unterwegs war. Vor allem aber verbindet sich die Kombination Bergwerk und Poesie mit einem, der sie leibhaftig in sich selbst verbunden hat: Georg Friedrich Philipp von Hardenberg, oder auch, offenbar aus Spaß an der Freud, Friedrich Leopold von Hardenberg oder Friedrich Kurt oder Fritz Albert oder Friedrich Ludwig von Hardenberg oder eben einfach: Novalis. Im Dunkeln kannte er sich aus. Aus Sehnsucht und Schmerz nach dem Tod seiner noch sehr, sehr jungen Verlobten hat er ›Hymnen an die Nacht‹ verfasst: *Abwärts wend ich mich/Zu der heiligen, unaussprechlichen/Geheimnißvollen Nacht.* Dort nämlich würden einem die Augen erst recht geöffnet, dort werde man der wahren Zusammenhänge inne – so die eminente Hoffnung angesichts der Trauer und Verlorenheit in der irdischen Welt. *Muß immer der Morgen wiederkommen?/Endet nie des Irdischen Gewalt?/Unselige Geschäftigkeit verzehrt/Den himmlischen Anflug der Nacht ...*

Glücklicherweise ist er immer wieder aufgetaucht – auch um einen Roman zu schreiben, der mindestens teilweise über Tage spielt und dessen Held, Heinrich von Ofterdingen, auf der Suche nach einer, nein, nach *der Blauen Blume* ist, die für die Wiederkehr eines Goldenen Zeitalters steht, in der kein Blatt mehr passt zwischen Wissenschaft und Dichtung, zwischen Welterfahrung und Naturerkenntnis. Ganz fertig geworden ist er damit nicht. Wie auch? Muss nicht eigentlich jede Utopie im Grunde unvollendet bleiben? Fertig geworden ist immerhin das fünfte Kapitel, in dem wiederum ein alter Mann den richtigen Weg weist. Einer, der immer schon magisch angezogen war von den Bergen und ihren inwendigen Kostbarkeiten, der die Bergleute beobachtet und belauscht hat, bis er dann endlich mit dem Steiger zum ersten Mal selbst ins Bergwerk einfährt und die Welt dort unten ihn wie ein unterirdisches Feuer antreibt: Nie würde er fertig werden mit

Sehen und Staunen, und sein Lebtag habe er jene wunderliche Baukunst zu lernen, »die unsern Fußboden so seltsam gegründet und ausgetäfelt hat«. Einmal Bergmann, immer Bergmann. Und dass diese wundersame Natur geschätztes Gegenüber sein will, nicht Besitz, jedenfalls nicht über Gebühr, daran wird auch kein Zweifel gelassen. Romantisches Urgestein hat Novalis hier erschaffen.

Lange hat man in dem Autor der *Hymnen an die Nacht* und des *Ofterdingen* vor allem den Schwärmer gesehen. Einer jener gefühlsseligen Leute, die im Grunde nicht bis drei zählen können, keinen Nagel in die Wand bekommen und schmachtende Balladen absondern, die Generationen junger Menschen in ihre Tagebücher übertragen und mit Herzchen und gepressten (blauen) Blumen verziert haben. Und dann tauchten eines Tages, 1983, die seit dem Zweiten Weltkrieg verschollenen *Salinen-Schriften* in der Krakauer Jagiellónska-Bibliothek auf. Und mit einem Male, durch die technischen, die verwaltungsförmigen, mit anderen Worten: die hoch sachlichen Notate hindurch, sieht man einen extrem gut ausgebildeten, einen enorm engagierten und unfassbar fleißigen Montaningenieur, der sich durch den umständlich bis grotesken Verwaltungsapparat eines kursächsischen Beamten der Salinen-Verwaltung pflügt beziehungsweise fräst: Prüfungen der Abrechnungen von Schichtmeister und Obersteiger, Anfertigungen von Protokollen, Gutachten, Erstellung von Generaltabellen, Inspektionen der Hüttenbetriebe, Protokollführer bei Haushaltskonferenzen, Feuerungskostenberechnungen, und sich gleichzeitig noch um Gebirgsuntersuchungen auf Erdkohlen kümmert, um optimale Ofenkonstruktion für die Salztrocknung, um die Erforschung der Braunkohlelager in Mitteldeutschland, Juristisches und Polizeiliches in Salinenangelegenheiten obliegt ihm sowieso.

Kein Zweifel: Dieser Angestellte muss, neben seiner Liebe zum Dunkel und allem Nächtlichen, das Tageslicht voll ausgeschöpft und mit beiden Beinen sowohl fest auf der Erde als auch zuweilen, trittsicher, in den Schächten gestanden haben. Kurz gesagt, der Chef-Romantiker war eminent berufstätig; vollzeitbeschäftigt mit Buchhaltung (Kameralistik) und Erdkenntnis (Geognosie). So hat der, der die *Hymnen an die Nacht* geschrieben hat, auch, nur beispielsweise, einen »Bericht in Sachen Martins, des Erbrichters zu Hermsdorf contra Fiscum, in Betreff der Contractmäßigen Gewährleistung der zeitherigen Steuerbefryung seines Gutes« geschrieben; und zwar anlässlich seiner Ernennung zum Supernumerar-Amtshauptmann. Was ist ein Supernumerar? Ein Beamtenanwärter. Supernumerar klingt deutlich weniger nach katzbuckelnder Warteschleife, das muss man schon zugeben.

Wann und wie hat dieser Supernumerar bloß neben dieser fordernden Tätigkeit die Zeit gefunden für seine Gedichte, für seinen Roman, für das enzyklopädische Projekt *Das Allgemeine Brouillon*, in dem das Wissen der Welt auf nicht dogmatische Weise vollkommen neu geordnet werden sollte? Nicht, indem er sie von seiner anderen Tätigkeit abgetrennt hat, sondern indem er sie dort hineingezogen hat. Trennung an sich kostet so viel Zeit und Kraft. Wenn einer an und in sich selbst erfährt, wie Produktivität gerade dadurch zustande kommt (und sich erhält), dass die Gegenstände des Denkens wie auch das Denken selbst sich nicht Disziplinen unterwerfen dass man also durchaus Salinenfachmann und Dichter zugleich sein kann, dass man in der einen Funktion zur Produktionssteigerung – das Land brauchte mehr Salz – angehalten ist, und in der anderen zur Mahnung gegen die Ausbeutung der Erde Stellung nehmen kann, setzt das offenbar nahezu übermenschliche Kräfte frei. Durchaus visionär ist dieser Fritz von Hardenberg und immer zwischen allen Stühlen. In die Salinen-Fachterminologie schreibt er Sonette hinein. Wir finden Besoldungs- und Ausstattungslisten Seite an Seite mit Versuchen für Reimpaarungen, die in den *Ofterdingen* eingehen sollen. Und ebendies ist die wahre, die echte Romantik: Nicht das Herzschmerzliche, nicht das Traumverlorene ist ihr echtes Signum, noch nicht einmal die blaue Blume, sondern jene Haltung, die die Spannung zwischen Traum und Tag nicht nur aushält, sondern Funken daraus schlägt; eine Haltung, die unter den eigenen Füßen gräbt und Halt in fantastischen Zwischenräumen findet. Das Dunkle, die Nacht, steht in diesem Zusammenhang nicht vordergründig für das Raunende und Schön-Schaurige, sondern für Innenschau und Konzentration auf all das, was im Tageslicht entgeht; und das ist nun mal so manches.

Anders als beim Untertauchen unter die Meeresoberfläche, wo das Sonnenlicht noch mehr als zweihundert Meter tief reicht und dann auch noch nicht das absolute Dunkel herrscht, sondern zunächst noch eine Dämmerzone zwischengeschaltet ist, bevor es wirklich ganz finster wird und die Tiere ihre Biolumineszenz zum Einsatz bringen müssen (∗ siehe das Kapitel *Nachtaktiv*), ist es unter Tage ziemlich unmittelbar zappenduster. Was kann man tun?

Max und Jenny, unter Anleitung von Kalle Wirsch, tauchen ihre Augen in das Wasser des »Sees der Finsternis«. Ein paarmal geblinzelt, und sie können in der Dunkelheit des Erdinneren sehen. Das Beste: Sie werden diese Fähigkeit nicht verlieren, auch nachdem sie wohlbehalten wieder über Tage an-

83

gekommen sein werden, denn laut Kalle Wirsch gilt: »Wer einmal seine Augen in der Schattenquelle reingewaschen hat, wird für immer auch im Finstern sehen; genau wie wir Unterirdischen.«

Aber wenn gerade eine Schattenquelle nicht zur Hand ist? Dann doch hoffentlich eine Grubenlampe, das »Geleucht« der Bergleute. Wie soll man Erz von taubem Gestein unterscheiden können ohne Licht? Im Hallstädter Salzabbau hat man Milliarden abgebrannter Leuchtspäne aus Kiefernholz aus prähistorischer Zeit gefunden. Man hat sich gefragt, ob es Kinder waren, die mit offener Flamme den Bergleuten geleuchtet haben. Unter all den technischen und logistischen Problemen im Bergbau war »offene Flamme« sozusagen immer das brennendste. Denn den Grubengasen, »böse Wetter«, in der Sprache der Bergleute, reicht die kleinste Zündquelle für eine Explosion. Daran änderten auch die ersten Lampen, Froschlampen genannt, nichts. Die ließen sich zwar hinstellen oder aufhängen, aber eine Zündquelle waren sie weiterhin.

Bis wiederum Humphry Davy, seines Zeichens ebenfalls ein waschechter Romantiker, in diesem Fall von der englischen Art, eine Lösung fand, und die ging so: Weil Metall Wärme schlecht leitet, wurde die Flamme in ein Drahtgeflecht eingelassen, das nach außen hin die Temperatur rasch unter den Explosionspunkt sinken ließ. Und weil unter den Metallen Platin ganz besonders schlecht leitet, brachte er am Docht der Spirituslampe einen spiralförmig gebogenen Platindraht an, der in die Flamme hineinragte, dort zum Glühen gebracht wurde und bis zu zwanzig Stunden weiterglühen konnte, auch wenn die Flamme gelöscht wurde. Solange die Flamme brannte, konnte sie weitere wertvolle Dienste leisten, nämlich anzeigen erstens, indem sie kleiner wurde, ob genügend Sauerstoff da war – ja, unter Tage ist selbst das Atmen gefährlich, weil es, nicht anders als die offene Flamme, den knappen Sauerstoff verbraucht und für »matte Wetter« sorgt, in denen die Flamme erlischt und die Atemluft knapp wird –, und zweitens, indem sie größer wurde, ob Methan mit im Spiel war, das zusammen mit Sauerstoff ein explosives Gemisch ergibt. Vor allem die Kanarienvögel der Region dürften begeistert gewesen sein, denn sie waren es, die nicht mehr auf Leben und Tod mit in die Grube einfahren mussten, um mit ihrem ausbleibenden Gesang die Bergleute vor unguten Gasverdichtungen zu warnen.

Dass das Metallgitter, auch Flammensieb genannt, ziemlich schnell verrußte, war gegenüber den mehrfachen Vorteilen ein hinzunehmender Nachteil, und der stoisch weiterglühende Platindraht jedenfalls besser als nichts, jedoch: Die Leuchtkraft ließ insgesamt zu wünschen übrig. »Wo man Feuer ohne Licht haben will, ist diese Lampe herrlich« – so heißt es in einem Bericht dazu. »Feuer ohne Licht« war nicht exakt das, was die Grubenarbeiter brauchten, also war dies naturgemäß noch nicht das Ende der Entwicklung, sondern nur ein Schritt hin zur Karbidlampe und LED-Stirnleuchte. Die technische Entwicklung bedeutete nicht, dass das Licht weniger wertgeschätzt wurde: Über Tage gab es eine Lampenstube. Dort wurden die Lampen aufgeladen und gewartet. Strenge Regeln galten für das Licht: immer angeschaltet lassen, niemals im Dunkeln gehen. In diesem Sinne sind und waren Bergleute die Lichtgestalten der Arbeitswelt. (* Siehe das Kapitel *Im Dunkeln tappen*)

Ralf Rothmann, ein Autor aus dem Ruhrgebiet, beschreibt, was Salz mit dem Licht unter Tage macht, oder das Licht mit dem Salz, wie man es nimmt: Um explosiven Kohlenstoff zu binden, streut man Salz in gefährdete Streckenteile. Jedoch, das Salz bindet nicht nur, es fängt den Staub, es kristallisiert ihn, kann nicht damit aufhören, bis alles, wirklich alles: Wände, Werkzeuge, Boden, in das kristalline Weiß eingefasst ist. Es gleißt, es funkelt: »Als wüchse hier Licht, junges Licht in winzigen Kristallen.«

Warum ist dieses Wort »junges Licht« so anrührend? Weil es die Gegenbewegung zum Abbau ist? Weil der embryologische Blick auf das Licht es in die Vertrautheit der organischen Welt eingliedert? Weil es die Wunden der Habgier wie mit Schneestaub zudeckt, seltsam unschuldig? Oder weil es an die frühen Überzeugungen der Bergleute rührt, dass auch die Metalle im Mutterleib des Bergwerks wachsen und reifen – unter dem hellen Schein der Planeten, und nicht einzusehen ist, warum nicht auch dem Licht selbst ein *statu nascendi* zukommen darf?

»Junges Licht« – gehörte das nicht unbedingt ins Lexikon der Bergarbeitersprache? Das *Bergwörterbuch* des Heinrich Veith aus dem Jahr 1871 kennt es nicht, aber zwischen »Junge, auch Berg-, Grubenjunge …« und »Junghäuer« oder auch zwischen »Lettenstampfer« und »Lichtloch« würde es gut hineinpassen: »Junges Licht: erwächst in bestimmten Streckenabschnitten aus Streusalzkristallen, ungetrübt und hochbrechend; nicht entzündlich und anmutend dem Rauhreif oder Schneestaub.«

Ich gehe mal davon aus, Friedrich von Hardenberg alias Novalis hätte diese Vokabel gefallen. Mit Fug und Recht kann er als ein Sammler und Bewahrer der Sprache der Bergleute gelten. In den Salinenschriften finden wir heute Wörter, von denen wir ohne sie nicht wüssten, dass sie in Gebrauch gewesen waren: Von lange vergessenen Ämtern wie etwa dem des Nachtgradiermeister erfahren wir hier, von Brodemfangsnägeln und Kolbenzwecken. Zu gestrig? Dann erstaunt vielleicht, dass schon Novalis von »Nachhaltigkeit« eines Kohlenlagers sprach? Und dies offenbar schon seinerzeit ein bergmännisch etabliertes Wort war? (Ursprünglich stammte es wohl aus der Holzwirtschaft des frühen 18. Jahrhunderts; zumindest hat Hans Carl von Carlowitz 1713 eine »nachhaltende« Nutzung als eine »unentbehrliche Sache« eingefordert. Dieser schöne Gedanke, dass nicht allein das Holz unentbehrlich ist, sondern das rechte Augenmaß seiner Nutznießung ...).

1798 notiert Novalis: »Erwerbsbergbau – wissenschaftlicher, geognostischer Bergbau – kann es auch einen schönen Bergbau geben?« – Schön im vollen Sinne des Wortes: behutsam und umsichtig und gerecht und nicht einseitig an Ertragssteigerung und Gewinn orientiert. Das Goldene Zeitalter ist ihm jedenfalls keines, in dem man sich eine goldene Nase verdient. Ob Ernst Bloch es nun unzulässig findet oder nicht, dem jungen Herrn von Hardenberg einen vorkapitalistischen Anti-Kapitalismus zuzusprechen, es trifft etwas. »Man muß die ganze Erde, wie Ein Gut betrachten«, schreibt Novalis an anderer Stelle, »und von ihr Oeconomismus lernen«. Orthografie und Zeichensetzung sind hier, meiner Meinung nach, eindrücklich und nicht verbesserbar. Und genauso schön geht es übrigens an anderer Stelle, in der Schrift Blütenstaub, weiter:

»Allen Geschlechtern gehört die Erde; jeder hat Anspruch auf Alles. Die Frühern dürfen diesem Primogeniturzufalle keinen Vorzug verdanken.« »Primogeniturzufall« ist ein erfrischendes Wort und sagt im Grunde alles.

Geniale Wörter umschwirren den jungen kursächsischen Beamten reichlich. Sie in feste Rubriken zu pressen ist seine Sache nicht. Vielmehr geht es ihm um jene leidenschaftliche

Feinsortierung jenseits von »Einseitigkeit und Pedanterey«, an die sich sein Vorgesetzter, Kreisamtmann August Just, gut erinnert, sich gleichzeitig auch fragt, wer wohl vermuten würde, dass der junge Herr von Hardenberg »sich ganze Seiten von gleichbedeutenden oder abweichenden Wörtern aufzeichnete, um die Abwechslung und Präcision des Ausdrucks bei Geschäftsaufsätzen in seine Gewalt zu bekommen?«.

Das bringt uns zurück zum wunderlichen Kohlen-Juke, diesem treuen Gesellen, der, nach Kalle Wirsch, »töricht genug ist, die Menschen zu bewundern«, dem es in seinen Stollen und Schächten an nichts fehlt – nur manchmal an einem Wort. Die Menschensprache hat es ihm angetan, einen Trichter bis an die Erdoberfläche hat er gebaut, um die Gespräche und die Lieder der Menschen ins Ohr zu bekommen: »Hört doch nur [...] ›wer von uns Unterirdischen kann singen? Und sie reden von Dingen, die wir nicht kennen.‹« Aber nicht, dass ihm diese unbekannten Wörter abhandenkommen – lieber legt er sich, Kreide auf Kohle, ein weiß-schwarzes Wörterbuch an. Darauf greift er zurück, wenn er die Geschichten der oberirdisch Vorbeiziehenden, die in Fetzen zu ihm dringen, vervollständigen muss. Ja, er muss! Er muss sie unbedingt beenden – sonst wird er wahnsinnig! Kalle Wirsch findet Kohlen-Jukes Fantasie zu hitzig; Wortspinnerei sei das Ganze, dann auch noch ansteckend! Aber, ach Kalle! Wir brauchen wirklich mehr Leute von der Art des Kohlen-Juke! Die nach Wörtern schürfen wie nach Edelsteinen, die nicht lockerlassen, bis sie an der richtigen Stelle stehen, die sie schützen und bewahren wollen, weil sie sonst fehlen, um den Geschichten zu einem guten Ende zu verhelfen (∗ siehe das Kapitel *Scheherazade*).

Mit dem von Hardenberg war es doch auch nicht viel anders – wenn wir Friedrich Schlegel Glauben schenken wollen, der 1792 seine Bekanntschaft macht und in einem Brief an seinen Bruder August Wilhelm Schlegel von »einem noch sehr jungen Menschen« berichtet, der mit »unbeschreiblich viel Feuer – er redet dreymal mehr und dreymal schneller wie wir andre – schöne philosophische Gedanken zu bilden versteht.«

Dringend benötigt werden solche feuerigen Wortschürfer auch und gerade im anbrechenden nach-karbonischen Zeitalter, besser früher als später! Leute, die an der Sprache so interessiert sind, dass sie sich in Gängen und Schächten durch die sedimentierten Schichten der Sprache wühlen und weit offene Trichter anlegen, um der Welt neue Entwicklungen und Erfordernisse abzulauschen und diese weiterzudenken. – Welcher Wortschatz da wohl auf uns zukommen wird? Wir können nur hoffen, dass es etliche vom Schlage eines Georg Friedrich Philipp oder eines Friedrich Leopold oder eines Friedrich Kurt oder eines Fritz Albert oder Friedrich Ludwig von Hardenberg oder eben einfach einen: Novalis geben wird, die die Sache aufmerksam begleiten. Im wahrsten Sinne sind *Glück auf, Glück auf!*, Kohlen-Juke und Novalis unsere Steiger, unsere Vorarbeiter: Sie haben *ein helles Licht bei der Nacht – schon angezünd't, schon angezünd't* …

Zum Nach- und Weiterlesen:
Tilde Michels: *Kleiner König Kalle Wirsch*. Mit Zeichnungen von Tilman Michalski. München 1999. ◕ ◕ ◕ Novalis: *Schriften und Dokumente aus der Berufstätigkeit (»Salinenschriften«)*, hg. von Gabriele Rommel und Gerhard Schultz, Stuttgart 2006. Teilband 6.3/4, Nr. 96, S. 543. ◕ ◕ ◕ Novalis: *Heinrich von Ofterdingen*, Göttingen 2022 [posthum 1802]. ◕ ◕ ◕ Helmut Gold: *Erkenntnisse unter Tage. Bergbaumotive in der Literatur der Romantik*, Opladen 1990. ◕ ◕ ◕ *Deutsches Bergwörterbuch. Mit Belegen von Heinrich Veith*, Vaduz 1992 [1871], hier S. 282, 326. ◕ ◕ ◕ *Verzeichnis und Erklärung der vornehmsten Wörter/Werckzeuge/Gebäu-*

de und andere Sachen so bey dem Saltz-Sieden gebrauchet werden. Mit einem Nachwort von Hans-Hennig Walther, Freiberg 2003 [1720]. ●●● I. L. Comstock: *Über die aphlogistische Lampe, oder die Lampe ohne Flamme.* In: Johann Gottfried Dingler (Hrsg.): *Polytechnisches Journal.* Band 9. J. G. Cotta, Stuttgart 1822, S. 178–183. ●●● Ralf Rothmann: *Junges Licht,* Frankfurt/M. 2004. ●●● Novalis: *Hymnen an die Nacht,* Göttingen 2019 [1800]. ●●● Josef Dürler: »Die Bedeutung des Bergbaus bei Goethe und in der deutschen Romantik«, in: *Wege zur Dichtung,* Bd. XXIV, Frauenfeld/ Leipzig, S. 137 f.; 233. ●●● Ernst Bloch: *Prinzip Hoffnung,* Frankfurt/M. 2022 [1959], Bd. 2, S. 642. ●●● Georg Agricola. *De Re Metallica. Zwölf Bücher vom Berg- und Hüttenwesen,* Berlin 2004 [1541–1556]. ●●● Ulrich Grober: »Nachhaltigkeit – Ökologie, Ökonomie und soziale Verantwortung in den Netzwerken des Wissens im 18. Jahrhundert«, in: *Bergbau und Dichtung – Friedrich von Hardenberg (Novalis) zum 200. Todestag,* hrsg. v. Eleonore Sent. Weimar/ Jena 2003, S. 109–126 besonders S. 110 (Primogeniturzufalle). ●●● *Friedrich Schlegels Briefe an seinen Bruder August Wilhelm,* Berlin 1890, S. 34 f. ●●● Ulrich Rülein von Calw: *Ein nützlich Bergbüchlein von allen Metallen als Golt, Silber, Zeyn, Kupferertz, Eisenstein, Bleyertz und vom Quecksilber,* Erfurt 1527. ●●● Heino Neuber: »Glück auf! Der Steiger kommt. Allerlei zur Geschichte und Bedeutung eines sächsischen Volksliedes«, in: *Schriftenreihe zum Sächsischen Berg- und Hüttenwesen,* 2020. ●●● Mircea Eliade: *Schmiede und Alchemisten. Mythos und Magie der Machbarkeit,* Freiburg 1992, S. 26, 49f., 53f. ●●● D. G. H. Schubert: *Ansichten von der Nachtseite der Naturwissenschaft,* Dresden 1808. ●●● Hans-Henning Walter: *Das sächsische Hütten- und Salinenwesen und die Bergakademie Freiberg,* in: Bergbau und Dichtung – Friedrich von Hardenberg (Novalis) zum 200. Todestag, hrsg. v. Eleonore Sent. Weimar/ Jena 2003, S. 57f., 91. ●●● Hermann Wirth: *Salzkristall und Blaue Blume. Das salinistische Umfeld Friedrich von Hardenbergs,* in: Bergbau und Dichtung – Friedrich von Hardenberg (Novalis) zum 200. Todestag, hrsg. v. Eleonore Sent. Weimar/ Jena 2003, S. 93-107, hier S. 93. ●●● Novalis: *Schriften und Dokumente aus der Berufstätigkeit* (»Salinenschriften«), hg. von Gabriele Rommel und Gerhard Schultz, Stuttgart 2006, Vorwort von Gerhard Schulz: S. XI-XXIV ff.; Vorwort von Gabriele Rommel, S. 3–35. ●●●

8

Night Fever

Nacht und Fieber stehen in einem Verhältnis zueinander, das die Linguisten Kollokation nennen: die Chance, dass sie gemeinsam auftreten, ist sehr groß, sie unterhalten, so wird das tatsächlich genannt, »eine wesenshafte Bedeutungsbeziehung«. Das klingt schon fast nach Ehe, nach eingetragener Partnerschaft, wenn nicht gar nach Familienaufstellung. Liegt es daran, dass man Fieber mit Fieberträumen kurzschließt und sich so direkt in die Nacht hineinassoziiert? Hat es physiologische Gründe? Oder ist das nächtliche Eintreten von Fieber einfach nur notorisches Pech, so, wie man sich immer nur nachts ausschließt und ein halbes Monatsgehalt für den Schlüsseldienst ausgeben muss? Schwer zu sagen. Es gibt so viele Arten von Fieber: das ominöse Dreitage-Fieber, das langwierige Pfeiffersche Drüsenfieber, das remittierende Fieber mit Schwankungen von ein bis zwei Grad, aber immer über 37 Grad, das intermittierende Fieber, das morgens schon mal unter die Fiebermarke fällt, aber bis zum Abend um mehr als 2 Grad anziehen kann, das undulierende Fieber – klingt nach Dauerwelle und verläuft tatsächlich über längere Zeit wellenförmig –, das rezidivierende Fieber, das zwischen seinen Schüben ein oder auch einige Tage so tut, als sei es verschwunden. Tatsächlich ist es bei den meisten Fieberarten so, dass am Morgen eine deutlich niedrigere Temperatur gemessen wird als am Abend. Und in der Nacht ist es eben eine Wackelpartie.

Nächtliches Fieber, sofern es nicht einen selbst betrifft, verbindet sich mit wachbleiben und darüber wachen, dass nichts aus dem Ruder läuft. Die zu umwickelnden Waden, der einzuflößende Fiebersaft, die aufzulegende Hand, die zu tragende Sorge. Das Gerundivum, Partizip der Notwendigkeit, ist die grammatische Struktur solcher Nächte. (* Siehe das Kapitel *Nachtwache.*)

Wenn Kinder fiebern, bleiben die Eltern wach, kontrollieren die Temperaturschwankungen, flößen Fencheltee mit Traubenzucker ein und taumeln dabei von einer Kurzschlafphase in die nächste. Wenn es nicht lange fieberfreie Strecken gäbe, während derer Kinder wohltemperiert heranwachsen, wäre das für die Mitfiebernden ziemlich ruinös. Dennoch, nach etlichen Jahren fast fieberfreien Aufwachsens kommt es verstärkt wieder, dieses nächtliche Fieber, das Wachbleiben und Sorgetragen; aber anders.

Irgendwann, so um ihr fünfzehntes Lebensjahr herum, oft früher, manchmal später, entdecken Kinder, die gerade dabei sind, herauszufinden, wie es ist, kein Kind mehr zu sein, die Nacht, und das dauert ungefähr so lange, bis sie selbst Kinder haben und Wadenwickel machen oder Zäpfchen verabreichen müssen.

Entwicklungsphysiologisch und entwicklungspsychologisch ist diese Orientierung weg vom Tag in Richtung Nacht oder auch die Vertauschung derselben, so weit erforscht, dass man weiß: Man kann nichts dagegen machen. Mindestens zum Teil verantwortlich dafür ist das Melatonin, ein in der Zirbeldrüse hergestelltes Schlafhormon, dessen Produktion sich bei Jugendlichen für fast ein Jahrzehnt im Tagesverlauf immer weiter nach hinten verschiebt – Richtung Nacht shiftet. Sie werden später müde, gehen später schlafen und sind, weil sie trotzdem früh rausmüssen, morgens extrem verpeilt. Obwohl vonseiten der pädiatrischen Verbände unablässig ein späterer Schulbeginn gefordert wird, ist bislang kaum etwas geschehen. Die Industrie würde zusammenbrechen, natürlich. Wie es ja in England, Schweden und Portugal, in Frankreich und Italien der Fall ist, wo kein Auto vom Laufband rollt und kein Halbleiter montiert wird, weil dort die Schule der Kinder um acht Uhr dreißig oder, unfassbar, um neun Uhr beginnt.

Jedenfalls, für die Jugendlichen, deren Gehirn tatsächlich im Umbau begriffen ist und die morgens als Zombies in der Schule sitzen, ist – angestiftet von diesem renitenten, nicht arbeitsmarktkompatiblen Melatonin – die Nacht der andere Tag. Leuchtend, lebendig, und vielversprechend. Ihr Revier.

Wer hat eigentlich diesen dummen Spruch, »hässlich wie die Nacht«, in der deutschen Sprache eingeschleust? Wir können es den Brüdern Grimm in die Schuhe schieben. In dem Märchen *Brüderchen und Schwesterchen* (1819) heißt es über die leibliche Tochter einer extrem bösartigen Schwiegermutter, sie sei »hässlich wie die Nacht«. Dieses insgesamt ungute Setting wirkt doch recht massiv auf die Nacht zurück, und das hat sie wirklich nicht verdient. Die Nacht, die auf der einen Seite mit Warten und Sich-Sorgenmachen lang wird, ist für die andere Seite nun mal die Nacht, die mit Freunden *downtown* oder in einem Park viel zu schnell vergeht; die Nacht, die man in wilder Lebensfreude durchtanzt; die Nacht, die man zum ersten oder egal zum wievielten Mal mit einem Menschen verbringt, zu dem man in Liebe entbrannt ist – die soll hässlich sein? Es gibt Grenzen. Das sollte auch für Märchen gelten.

Der Beleg ist erst zweihundert Jahre alt, das ist sprachge-schichtlich betrachtet: gestern. Und was geht uns das Gerede von gestern an?

Halten wir fest, dass mit Tageslicht allein sich das Groß-werden nicht bewerkstelligen lässt. Auch Kinder müssen, wie Tomaten und Kartoffeln, zeitweilig in Ruhe gelassen werden, damit sie nachts ordentlich wachsen können. (* Siehe das Kapitel *Nachtaktiv.*) Wie gute Gärtner müssen auch Eltern eine Zeit lang ihre Nachtschattengewächse nur ab und zu gießen, weggucken und abwarten. Während das Melatonin in den Zwischenhirnen der Jugendlichen auf sich warten lässt, lassen die Jugendlichen ihre Eltern auf sich warten. Das ist quasi ein naturgegebener Ringtausch. Kann man nichts ma-chen.

Das Ganze war also schon immer so, hat aber einen Sound-track, der mit den Generationen wechselt. In den später 1970er-Jahren haben die *Bee Gees* dem Phänomen jedoch einen unvergesslichen Namen, einen ganz eigenen Beat und einen ziemlich hohen Ton gegeben: *Saturday Night Fever* (in Deutschland runtergerockt zu: *Nur Samstag Nacht* – dass et-was anbiedernd und bieder zugleich sein kann, sieht man hier) ist ein durch den gleichnamigen Film berühmt gewordenes Al-bum, in dem sich Funkiges und Balladiges auf hypnotische Weise verschwistern. John Travolta und Karen Lynn Gorney haben dazu getanzt. Und wie.

Wir befinden uns im Stadtteil Bay Ridge, im New Yorker Bezirk Brooklyn. Im Job läuft es für Tony Manero, einen itali-enischstämmigen neunzehnjährigen Farbenverkäufer einiger-maßen, mit den Eltern zu Hause dagegen richtig schlecht, aber samstagnachts, auf der Tanzfläche, ist er König. Er probt und posiert, er erfindet und kombiniert seine, wie wir heute sagen,

Moves, wie kein anderer. In seinem Zimmer sehen ihm Sylvester Stallone und Al Pacino dabei zu, außerhalb davon seine Kumpels, allesamt klassische Halbstarke, erbarmungswürdig, aber viel zu oft auf Speed und aggressiv gegen Frauen und Schwule. (Komme bitte keiner und sage: *Tempi passati.*) Als ein Tanz-Wettbewerb ansteht, spitzt sich einiges zu. Stephanie Mangano wird Tony Maneros Partnerin auf dem Parkett, aber sie ist schon halb auf dem Weg aus Brooklyn raus und rein nach Manhattan, in ein »besseres Leben«. Als im Finale des Wettbewerbs nicht das Latino-Paar den verdienten ersten Platz gewinnt, sondern Tony und Stephanie, ist das für Tony Verrat am Tanzen. Und Tanzen ist für ihn: alles. Also ist auch dieser Verrat, der den Stolz der Peergroup und den ethnischen Zusammenhalt über die tatsächliche Leistung stellt, ein Verrat, wie er umfassender nicht sein könnte. Da ist er raus aus dem Ganzen. Aber Verrat ist ansteckend wie ein bösartiger Virus, und sein Zorn wird blind – er verwickelt sich in sexuelle Gewalt, schwere Trunkenheit und einen tödlichen Balanceakt. Insofern ist *Stayin' alive,* der vielleicht berühmteste Song aus dem Film, nicht nur eine völlig irrwitzige Single, sondern eine Selbstbeschwörung und ein Appell: *Life goin' nowhere, somebody help me ...* Es ist die Subway, die ihm hilft. Sie fährt ihn so lange durch die Nacht, bis er weiß, was zu tun ist ...

Das Gute an dem Film ist, dass er offenlässt, ob und wie Tony Manero nach den nächtlichen Ereignissen ein anderer werden wird, und ob das Tanzen oder Stephanie ihn noch ein Stück Weg begleiten wird, und wenn ja – *How deep is your Love?*

Weite Teile der damaligen westdeutschen Kritikerschaft – in der DDR durfte der Film nicht gezeigt werden – zeichneten sich nicht durch eine solche offene Haltung aus, sondern ließen ihrer Arroganz gegenüber Pop-Kultur ungehemmt ihren Lauf: ein Underdog-Drama, das mit Klamotten von der Stange gedreht wurde, das junge Leute einlullt – mit hellen Polyester-Anzügen, Disco-Glitzer und halbgarem Aufstiegsgequatsche. Party machen, statt politisch zu intervenieren. Wo bleibt da der kritische Geist? – Man hatte wohl sehr viel Angst davor, die Jugend würde geschlossen von den *Sit-ins* auf die Tanzfläche desertieren. Aber warum sollten Tanzen und Demonstrieren in einem Ausschlussverhältnis stehen? (Zumal ja *Nur Samstag Nacht* fürs Tanzen reserviert war.) Und warum, bitte schön, sollte Bewegungsfreude sich nicht auch ins Subversive auswachsen können? Ist, dies anzunehmen, nicht Zeichen einer geradezu unfassbar ignoranten Jugendkulturverachtung? Der Einwand, dass *Saturday Night Fever* einen narzisstisch-kapitalistischen Körperkult beförderte, ist nicht unberechtigt, allerdings wurde dieser größtenteils bereits im Film gleich wieder mit ausgeschwitzt. Gerade in der betonten Körperlichkeit ist der Film viel mehr als alles andere ein echtes *Coming of Age:* Derb und knallig, ordinär und sentimental. Mit einem Wort: heftig. Ja, man fürchtete, eine ganze Generation an einen konsumfreudigen, denkfaulen »Lord Extra«-Lifestyle zu verlieren. Aber der *Lord Extra*-Nimbus, liebe Kulturkritik, war so kurzlebig wie die herablassenden Kommentare kurzsichtig. Doch genau wie Tony Manero hat natürlich auch die Kulturkritik jedes Recht, sich weiterzuentwickeln und nicht immer wieder nur dieselben alten Riten aufzuführen.

Natürlich wurde der Film ein Riesenerfolg, nicht nur wegen John Travolta und weil harsche Sozialkritik bei den jungen Menschen viel besser ankommt als beflissene Kulturkritik, sondern auch wegen des damals neu erprobten Cross-Marketings, im Zuge dessen sich Soundtrack und Movie gegenseitig immer neu befeuerten. Bereits in den ersten elf Tagen spielte der Film elf Millionen Dollar ein. Ein klassischer Blockbuster. Und dann passierte etwas sehr Bemerkenswertes: Der Film hatte eine Altersfreigabe ab sechzehn Jahren. Warum? Weil es Szenen darin gab, die soziale Verwerfungen in ihren gewaltsamen Auswirkungen zeigten. Diese Szenen wurden jetzt rausgekürzt, um eine niedrigerstufige Altersfreigabe ab sechs Jahren zu erzielen. Fünf Minuten Entschärfung, und auch Kinder und Teenies duften mitfiebern. Anders ausgedrückt: Um noch mal Kasse zu machen, wurde getilgt, was kruder Kapitalismus so alles an Effekten produziert. Eine Win-win-Strategie, wie sie im Buche steht. Letztlich wurden zweihundertfünfunddreißig Millionen US-Dollar eingespielt.

Ich weiß nicht, ob es die Hundertachtzehn-Minuten-Fassung oder die Hundertdreizehn-Minuten-Fassung war, die der Entscheidung zugrunde lag, jedenfalls wurde *Saturday Night Fever* im Jahr 2010 zu einem »besonders erhaltenswerten« Film gekürt und ging somit als einer unter mehr als achthundert anderen in das National Film Register der Library of Congress ein. Das ist eine beachtliche Karriere innerhalb einer so riesigen Filmindustrie wie die der USA. Irgendwie hatte man realisiert, dass der Film ein Meilenstein war, eine klassische Ethnologie der eigenen Kultur. Dazu noch unterhaltsam. Man höre und staune.

Tatsächlich basierte das Drehbuch auf einer Reportage, die in mehrfacher Hinsicht interessant ist: *Tribal Rites of the Saturday Night* hieß der Beitrag, der 1976 in der Zeitschrift *New York Magazine* erschien. Der britische Journalist Nik Cohn berichtet darin von einem Tanzlokal im New Yorker Stadtteil Brooklyn, in dem sich vor allem Migranten aus Süditalien einfinden. Mit Recht wurde die Frage aufgeworfen, ob es sich hier bloß um ein Aufwärmen von Klischees über südeuropäische Einwanderer oder um eine Ethnologie der amerikanischen Kultur handele, die dem britischen Journalisten zumindest partiell fremd gewesen sein dürfte. Viel Verantwortung wollte der Autor im Nachhinein jedenfalls nach keiner Seite hin übernehmen. Im Grunde habe er gar nicht ausführlich genug recherchiert und sich selbst ein bisschen die Zügel gelassen. Ihm war gerade danach. Nun, es hat gereicht, etwas anzustoßen, was Millionen von Menschen bewegt und beeindruckt hat.

Niemand, der John Travolta als Tony Manero die Tanzfläche des *2001 Odyssey* hat freipflügen sehen, wird das vergessen: weil die zäh trainierte Leichtigkeit seines Tanzens in einer Samstagnacht mühelos beiseiteschiebt, was an allen anderen Tagen und Nächten der Woche schwer ist. Niemand, der gesehen hat, wie ein nicht verdienter erster Platz in seinem Gesicht Bewunderung in Ungläubigkeit und Ungläubigkeit in Zorn übergehen lässt, wird dieses Mienenspiel vergessen, weil es zeigt, dass hier etwas schwergenommen wird, was immerfort zu leichtgenommen wird: Rassismus und Begünstigung.

So war es schließlich genau dieser Film, der nachhaltig demonstriert hat, dass Fieber eine Abwehrerscheinung ist, die das Immunsystem stärkt. Zu schnell abfiebern ist nicht empfehlenswert.

In welche *tribal rites* die Jugendlichen derzeit gerade so reinwachsen? Man erfährt es meist im Nachhinein, wo sie in ihren Peer Groups was und wodurch und womit begreifen, und was nicht – *in the heat of the night*. Zuweilen erfolgen Mitteilungen über amtliche Quellen am Telefon: Hier spricht Wachtmeister soundso, Abschnitt soundso, wir haben hier soundso mit einer Spraydose aufgegriffen, es wird jetzt Anzeige erstattet nach Paragraf soundso und ob man dann bitte zur Abholung komme. Die Erleichterung, dass es nur das ist – nach der hochgeschnellten Panik –, darf nicht zu schrill ausfallen. Man tut, was zu tun ist. Über Kunst am Bau wird dann später noch zu sprechen sein. Aber immerhin hat man mal einen Einblick bekommen …

Die Kinder wachsen heran, werden erst volljährig, dann irgendwann erwachsen. Derweil sackt man selbst immer mehr zusammen, weil man nachts so oft wartet. – Sind da nicht Schritte auf der Treppe? Aber das ist nicht nur eine Person, oder? Hm. Hört sich das nach Schlüsselsuche an? Klingle ruhig. Ich bin ja froh, dass du da bist. Und übrigens ist noch eine Stulle im Kühlschrank und ein Rest Suppe auf dem Herd. Reicht notfalls auch für zwei. Stulle und Rest Suppe sind Paracetamol und Ibuprofen gegen das nächtliche Fieber Heranwachsender. Samstagnacht-Fieber lautet die Indikation, Abklingen und Bettschwere bekommen die Wirkweise. Nebenwirkungen sind nicht bekannt.

Du magst die Nacht? Ich auch. Ich mag, dass sie auch heute gut zu dir war. Aber jetzt lass mich schlafen.

Zum Nach- und Weiterlesen:
Annelies Häcki Buhofer, Marcel Draeger, Stefanie Meier und Tobias Roth: *Feste Wortverbindungen des Deutschen. Kollokationenwörterbuch für den Alltag.* Francke; Tübingen 2014. ◗ ◗ ◗ Horst F. Neißer, Werner Mezger, Günter Verdin: *Jugend in Trance? Discotheken in Deutschland,* Heidelberg 1979, S. 76. ◗ ◗ ◗ Alice Echols: *Hot Stuff: Disco and the Remaking of American Culture,* New York 2010. ◗ ◗ ◗ *Fieber und fiebersenkende Maßnahmen bei Kindern und Jugendlichen,* in: e-Medpedia. die digitale Enzyklopädie für Ärztinnen und Ärzte. (https://www.springer-medizin.de/emedpedia/paediatrie/fieber-und fiebersenkende-massnahmen-bei-kindern-und-jugendlichen?epediaDoi=10.1007%2F978–

3–642–54671–6_139 (11.11.2022). ● ● ● Alexa Geisthövel: »Ein spät-moderner Entwicklungsroman: ›Saturday Night Fever‹/›Nur Samstag Nacht‹ (1977)«, in: *Zeithistorische Forschungen/Studies in Contemporary History 10 (2013)*, S. 153–158. ● ● ● Nik Cohn: »Tribal Rites of the Saturday Night«, in: *New York*, 7.6.1976. ● ● ● Maren Möhring: Die Regierung der Körper. ›Gouvernementalität‹ und ›Techniken des Selbst‹, in: *Zeithistorische Forschungen/Studies in Contemporary History 3* (2006), S. 284–290. ● ● ● Peter Cornelsen: *John Travolta: Mit Tanzkurs*. Film- und Diskographie, Bergisch-Gladbach 1978. ● ● ● Tom Holert und Mark Terkessidis: *Mainstream der Minderheiten. Pop in der Kontrollgesellschaft*, Berlin 1997. ● ● ● Nik Cohn im mit Richard Brody: DVD of the week: Saturday Night Fever. Interview. In: The New Yorker, 1. September 2010. ● ● ● http://www.movie-censorship.com/report.php?ID=811400 (01.10.2022) ● ● ● *Brüderchen und Schwesterchen*. In: Brüder Grimm: Kinder- und Hausmärchen, Wiesbaden 2003 [1819]. ● ● ●

9

Tagundnachtgleiche

»Wir werden die Welt schon in
Ordnung bringen. Wir sind ja
schließlich keine Menschen!«

Erich Kästner, *Die Konferenz der Tiere*

K'uk'ulkan, Quetzalcoatl, Tlahuizcalpantecuhtli: Die
Gottheit der grün gefiederten Schlange hat viele Namen – die Aussprache ist schwierig, die Schreibweise fraglich,
die bildlichen Darstellungen sind eindrucksvoll. Aber wie eindrucksvoll erst ist ihr Erscheinen! Zweimal im Jahr, jeweils
genau zur Tagundnachtgleiche, schlängelt sie sich die nördli-
che Steintreppe einer Pyramide der Ruinenstätte Chichén Itzá
hinunter, auf der Halbinsel Yucatán, im Land der Maya.

In einem fein justierten Zickzack zwischen Himmel und
Erde, zwischen Winter und Sommer, zwischen Sommer und
Winter, gemahnt das göttliche Wesen an Aussaat beziehungsweise Ernte – nicht ohne dabei gleichzeitig die Baukunst derer
zu repräsentieren, die ihr huldigen. Es hat Federn gelassen dafür, dass es reinstes Licht sein darf – die Sonne selbst.

So regelmäßig, wie die Tagundnachtgleiche wiederkehrt, so
regelmäßig beschäftigen sich die Fachjournale mit dem Phänomen der gefiederten Schlange, der immerhin schon vor

mehr als tausend Jahren die Bühne für diesen spektakulären Auftritt errichtet wurde und die – nicht schwer – bereits um die zweitausend Mal den Erwartungen an sie entsprochen haben mag, würdig und geschmeidig, wie es ihre Art ist. Es werden Neigungswinkel von Pyramide und Treppe, die Schrägen der Seitenwangen im Verhältnis zur Sonne nachberechnet, es werden Mythen nacherzählt und gewagte Spekulationen darüber angestellt, warum um das Jahr 900 herum auf einmal Schluss war mit dieser erstaunlichen Baukunst, die ihre Inspiration offenbar aus einer großen Vertrautheit mit dem Lauf der Gestirne nahm. War es eine unheilvolle Dürre, gegen die man auch mit unterirdischen Bewässerungskanälen und kleinen Stauseen nicht mehr ankam? War es ein verheerender Angriff von außen, der den Bau- und Repräsentationswillen dieses selbst nicht unkriegerisch gestimmten Volkes gebrochen hat? Es bleiben offene Fragen, die die Neugier und Rekonstruktionslust von Wissenschaft und Journalismus immer wieder neu anfeuern.

Was wir wissen, ist, dass das Schauspiel der gefiederten Schlange sich beharrlicher und sorgfältiger Studien verdankt, die in dem Observatorium, El Caracol (Schnecke), durchgeführt wurden, das ebenfalls auf Chichén Itzá allmählich verfällt. Die namensgebende Wendeltreppe führt in einen hohen Turm, zu drei Öffnungen, die perfekt ausgerichtet sind zur Beobachtung der Himmelsphänomene. Insbesondere die Venus, von der die Maya früher als andere Kulturen wussten, dass sie Abend- und Morgenstein in einem ist, hat von hier aus wohl eine wichtige Konstante der Berechnungen abgegeben – eine Konstante, die in sich hoch variabel ist, denn von El Caracol ließ sich genau verfolgen, wie sie als Morgenstern zweihundertdreiundsechzig Tage lang am Himmel erst hoch und höher, dann weniger hoch und immer niedriger aufsteigt, bis sie dann fünfzig Tage lang überhaupt nicht zu sehen ist, bevor sie als Abendstern wiederkehrt, abermals zweihundertdreiundsechzig Tage lang zu sehen ist, bevor sie acht Tage lang verschwindet. Dann das Ganze wieder von vorn. In ihrem auf- und absteigenden Lauf am Firmament, und selbst in ihrem Nichterscheinen, ist sie also ein verlässlicher Faktor für Himmelsberechnungen aller Art.

Dass die Maya kein Problem mit Lücken hatten, zeigt auch ihr Kalendersystem, das zwar genau wie unser heutiges von dreihundertfünfundsechzig Tagen für einen Jahreslauf ausging, aber bei ihnen verteilt war auf achtzehn Monate à zwanzig Tage – und fünf namenlose Tage. Weiße Flecken im Jahr. (Warum nicht? Ich kenne eine Menge Leute, die über einige unbeschriftete Tage im Jahr sehr glücklich wären.) Die Maya-Gelehrten wussten so vieles so genau, war es da vielleicht klug, etwas leer zu lassen? Dass sie belastbar rechnen konnten, mussten sie ja nicht tagtäglich unter Beweis stellen. Haben sie, die nicht eben zimperlichen Experten fürs Gnädigstimmen der Götter, da womöglich fünf Tage – geopfert? Um sich die Gunst des Himmels, beobachten und berechnen zu können, mindestens für dreihundertsechzig Tage im Jahr zu sichern? Jedenfalls waren sie Meister der Ephemeridenrechnung, die den Stand einzelner Himmelskörper auf den einzelnen Tag (ephēmeros) vorausberechnen konnten.

Die Ephemeridenrechnung gehört eigentlich der astronomischen Phänomenologie an; der Astrophysik, der Himmelsmechanik. Aber es ist auch einiges an Mathematik im Spiel – insofern eine beträchtliche Formelarbeit, das Anlegen von Tabellen und Koordinatensystemen vonnöten ist.

Das hört sich kompliziert an, ist aber offenbar kein Buch

mit sieben Siegeln, im Gegenteil. Die einschlägigen Einführungen in die Ephemeridenrechnung für interessierte Laien gehen von einer Auflage in die nächste. Woraus zu schließen ist, dass man nicht nur in Yucatán (und Babylon) jene elaborierte Formelsprache bereits beherrschte, sondern auch heute etliche Menschen sich mit dieser Sparte einer zugleich beobachtenden und rechnenden Naturwissenschaft von Grund auf vertraut machen und sie womöglich anwenden können. Ich gebe zu, ich bin neidisch und gleichzeitig auch etwas ungehalten, dass niemand den Versuch unternommen hat – zu Zeiten, in denen dafür Gelegenheit gewesen wäre –, mir diese Grundlagen beizubringen: in der Schule. Da hätte sich am Ende in mir doch noch das Gefühl eingestellt, etwas wirklich Sinnvolles gelernt zu haben, wovon ich noch heute profitieren könnte. Aber Ephemeridenrechnung schien und scheint nicht in die Curricula zu gehören. Allerdings bin ich im Zuge meiner Recherchen auf ein mutmaßlich freiwilliges Astronomie-Projekt eines Wuppertaler Gymnasiums gestoßen, im Rahmen dessen zur Positionsbestimmung der Asteroiden Ceres und Vesta auf dem Dach des Schulgebäudes eine professionelle Sternwarte eingerichtet wurde; natürlich durch Sponsoren. Exzentrisch? Nur im Sinne der dadurch ermöglichten Entfernungsberechnung einer Umlaufbahn zum Mittelpunkt. Überflüssig? Nur wenn man auch GPS für verzichtbar hält.

Ich plädiere entschieden für Ephemeridenrechnung als Schulstoff. Ob das der Mathematik oder Physik zugeordnet wird – egal. Natürlich müsste dafür an anderer Stelle etwas rausgenommen werden. Allgemeine Mengenlehre zum Beispiel oder Statistische Quantenmechanik. – Wie wohl bei den Maya das Ephemeridenrechnen weitergegeben worden ist? Gab es Schulen? Sind die Heranwachsenden regelmäßig nachts die Treppe von El Caracol hinaufgelaufen und durften durch die Öffnungen schauen? Irgendwo und irgendwie muss ja diese Kunst gelehrt und gelernt worden sein. Wieder einmal wissen wir vom Wissen zu wenig.

Erstaunlicherweise haben die spanischen Eroberer, die zu Beginn des 16. Jahrhunderts einen völkermordenden Unterwerfungskampf gegen die indigene Bevölkerung führten, nur *fast* alles zerstört. Die Stufenschlange und die Turmschnecke jedenfalls sind der Nachwelt erhalten geblieben – und mit der Verbreitung des Wissens darüber und der Bilder davon ist Chichén Itzá besonders an den Daten der Tagundnachtgleichen ein international attraktiver Place-to-be geworden: vielfach beworben und unnötigerweise mit Lichtshows inszeniert. Es wird millionenfach gepostet und millionenfach gelikt. Somit gibt die altamerikanische Schlange Gelegenheit zu feiern, was in weiten Teilen der Welt nicht gefeiert wird, obwohl es dort exakt das gleiche Phänomen gibt. Das ist es ja gerade: Mit Ausnahme der Gegenden direkt an den Polen geht die Sonne an den beiden Tagundnachtgleichen im Jahr, also 19., 20. oder 21. März und 22., 23. oder 24. September, überall auf der Erde (fast) genau im Osten auf und (fast) genau im Westen unter. Mit anderen Worten: Egal wo man sich gerade befindet, an diesen Daten sind überall auf der Erde Tag und Nacht gleich lang, nämlich jeweils zwölf Stunden.

Tagundnachtgleichen sind demnach Gleichmacher im besten Sinne des Wortes. Als forderten sie dazu auf, angesichts einer Gleichheit planetarischen Ausmaßes zusammenzurücken und eine Welt zu genießen, die endlich mal im Lot ist, wenn auch nur kurz. Ein Atemzug im Geist der Parität. Eine Weltsekunde, von der man weiß, dass sie sich nicht festhalten lässt, ja, dass sie, kaum tritt sie auf den Plan, sich selbst unterläuft.

Immer ist es nur ein »fast«, ein »annähernd«, ein »eben gerade«, ein »schon vorbei«. Gerade angesichts dieser schiefachsigen elliptischen Konstellation von Mutter Erde im All, der man irgendwie nicht zutraut, dass da auf einmal ein exaktes Gleichmaß hergestellt wird. Wie immer, wenn etwas eigentlich sehr schön ist, aber vielleicht nicht ganz perfekt, treten Zweifler, Nörgler und Pedanten auf den Plan. Die Astronomen haben die Unterscheidung zwischen »wahren« und »mittleren« Äquinoktien eingeführt. »Wahr« ist ein Äquinoktium dann, wenn der tatsächliche Zeitpunkt, an dem der Mittelpunkt der Sonne den Himmelsäquator quert, bis auf die Sekunde genau angegeben wird. (Es kann immer noch irgendwelche kleinen Störungen geben.) Wenn hingegen ein Äquinoktium nur aufgrund langfristiger Daten ermittelt wird, ist es eben dies: ein mittleres. Aber ob das hilft? Womöglich trägt es nur zur Unzufriedenheit derer bei, die planetarische Gleichheit sowieso für Schummelei halten.

Erschwerend hinzu kommt diese eklatante Ungerechtigkeit und Ungenauigkeit in der Sprache der Gelehrsamkeit selbst: Äquinoktium – die offizielle Bezeichnung, hat nur die Nacht im Blick. Als ob die Nacht nicht den Tag bräuchte, um überhaupt mit etwas gleich sein zu können. Nehmen wir also stattdessen die lexikalisch ausgewogenere Tagundnachtgleiche beim Wort. Hier ist alles sehr schön ausbalanciert: Es hat achtzehn Buchstaben, und wenn man es in zwei gleiche Teile trennen würde, wie die Sache, die es beschreibt, Tag und Nacht, müsste man »ch« trennen, was man keinesfalls tun sollte, denn, wie beim »st«: Es tut beiden weh; und zwar immer noch. Im Grunde sagt das alles, weil die Trennung in der Wortmitte einerseits perfekt wäre und sie sich andererseits verbietet, denn sind nicht Tag und Nacht an diesen Tagen so komplementär, dass Trennung einem wie eine absurde Idee vorkommt: Wer würde sich zutrauen, Yin von Yang oder Yang von Yin zu trennen? Und warum auch?

Obwohl das Wort so ausgesprochen schön gefügt ist, hat es offenbar in unseren Breiten nicht genügend Strahlkraft, die Daten, die es bezeichnet, mit feierlichen Momenten zu füllen. Wie es scheint, feiert man hier lieber die Extreme: Sommersonnenwende (Mittsommer) und Wintersonnenwende (Yule). Die Zwillinge des Äquinoktiums figurieren als die langweiligen Geschwister in der Familie der Ekliptik, von der Temperamentslage ungefähr so, wie sich ein Pilateskurs zu Elfmeterschießen verhält. Dabei sind sie es, die uns das Phänomen der Gleichheit gleichzeitig bewundern und immer wieder neu befragen lassen könnten. Wie sähe eine zeitgemäße Version des Festes der gefiederten Schlange aus? Mit welchen Bräuchen, welchen Ritualen ließe sich das Phänomen friedlichen Ausgleichs gegenläufiger Kräfte bestärken und feiern?

Man könnte auf den Gedanken verfallen, alle wichtigen Treffen der UNO-Vollversammlung auf die Tagundnachtgleichen zu verlegen. Sozusagen als *Memento Aequalitatis*. Und tatsächlich hat es sich ergeben, dass sie zumeist im September stattfindet. Wenn nicht zufällig genau zum Zeitpunkt der Tagundnachtgleiche, was hin und wieder vorkommt, dann zumindest nicht weit davon entfernt. Als sei selbst die Erdachse beziehungsweise die Erdachse selbst dem Vorhaben des internationalen Friedens zugeneigt. Ist es ein Zufall, dass auch der UN-Weltfriedenstag, der Idee nach ein Tag des weltweiten Waffenstillstands und der Gewaltlosigkeit, exakt am 21. September 1981 von der damaligen Vollversammlung ausgerufen und auf ebendiesen 21. September für alle folgenden Jahre festgelegt wurde? Na also, jetzt braucht es doch nur noch einen Link zwischen den Wikipedia-Einträgen zur *Tagundnacht-gleiche* und den *Vereinten Nationen* – und schon haben wir zwar nicht eine pyramidale Schlange, aber doch erste Voraussetzungen für ein Fest, das die Gleichheit der Nationen und ihren Frieden untereinander in Ehren hält.

Frieden in der Welt – das war das erklärte Ziel bei Gründung der Vereinten Nationen. Aber es war vollkommen klar, dass dieses Vorhaben nur dann gelingen kann, wenn man ein Prinzip zugrunde legen würde, das auch die UN-Menschenrechtserklärung prägt:

> »Alle Menschen sind frei und gleich an Würde und Rechten geboren.«

Ein erster Satz – und gleich eine Utopie. Wer wüsste nicht, dass er der Realität nicht entspricht? Und doch kann man nicht dahinter zurück. Denn man kann ja nicht hinter die Wahrheit zurück, wenn sie so klar ausgesprochen ist, nur weil diese Wahrheit immerzu mit Füßen getreten wird. An jeder Ecke lauern Zynismus, Selbstherrlichkeit, Phrasendrescherei. Und doch muss es so gesagt werden, ohne rhetorische Schnörkel und juristische Verrenkung.

> »Alle Menschen sind frei und gleich an Würde und Rechten geboren.«

Genau dieses Prinzip nun hat die UNO auf ihre Friedensarbeit übertragen: Jede Nation hat eine Stimme – unabhängig von territorialer Größe, von Wirtschaftskraft oder Bevölkerungszahl. Gut so. Aber Gleichheit ist – wie wir bei den Tagundnachtgleichen gesehen haben – etwas sehr Sensibles und Störungsanfälliges, selbst wenn sie Teil einer Charta ist, und selbst wenn sie nicht menschengemacht ist. – George Orwell war es, der in *Farm der Tiere,* einer Parabel, in der die Tiere es schaffen, die Unterdrückung durch die Menschen abzuschütteln, gezeigt hat, wie aus sieben sorgsam bedachten Maximen des »Animalismus« – 1. Alles, was auf zwei Beinen geht, ist ein Feind, 2. Alles, was auf vier Beinen geht oder Flügel hat, ist ein Freund, 3. Kein Tier soll Kleider tragen, 4. Kein Tier soll in einem Bett schlafen, 5. Kein Tier soll Alkohol trinken, 6. Kein Tier soll ein anderes Tier töten und 7. Alle Tiere sind gleich – wie aus diesen schönen Regeln erst ein paar windige Kompromisse, dann Tilgungen und schließlich durch Zusatzartikel eklatante Umdeutungen werden. Im Wesentlichen sind es hier die Schweine, die jenen schönen Artikel 7, der einzige, der übrig bleibt und infolgedessen eigentlich keine Nummerierung mehr braucht, etwas genehmer machen wollen. So hängt eines Tages an der Scheune eine neue Resolution:

»Alle Tiere sind gleich. Aber manche sind gleicher.«

Ein logisch indiskutabler, aber sprachlich unauffälliger Komparativ, der die nassforsche Bemäntelung von Privilegien durch den Kakao zieht. *»Some are more equal«:* Da will man etwas durchaus nicht wahrhaben. Diese trotzige Steigerung dessen, was sich so wenig steigern lässt wie etwa das Wort »absolut«, das, genau wie das Wort »gleich«, eben ein sogenanntes »Absolutadjektiv« ist, entlarvt, semantisch wie politisch, nichts als Dummheit und Verlogenheit – beides Verfasstheiten, die sich, anders als Absolutadjektive, leider als steigerbar erweisen; selbst da noch, wo man es absolut nicht für möglich hält.

Zugegeben – denken wir an das Vetorecht, das nur einigen Nationen zugebilligt wird, dann sind auch in der UNO noch immer einige gleicher als andere. Dennoch ist bemerkenswert, dass sich diese Organisation nicht davon abhalten lässt, den Satz über die Gleichheit zu setzen und in die folgenden Abschnitte ihrer Charta so einzuhämmern, dass man nur dann daran vorbeikommt, wenn man bereit ist, für sein Vorhaben als Erstes die Menschenrechte über Bord zu werfen. Die Idee der Vereinten Nationen ist es, in einem solchen Fall die Unverständigen wieder mit vereinten Kräften ins Boot zu holen, damit nicht am Ende die gesamte Welt kentert.

Woher nahmen die Streiter für Internationales Recht ihre wilde Entschlossenheit? Zum einen aus den furchtbaren Erfahrungen zweier großer Weltkriege, die eine dem entgegengerichtete Anstrengung geboten erscheinen ließ. Und zum anderen aus dem Werk von Immanuel Kant. Woodrow Wilson, der 28. Präsident der USA, war da etwas in die Hände und unter die Augen gekommen, was ihn nicht losließ: eine Schrift jenes Philosophen aus Königsberg aus dem Jahr 1796, die in aktuelle Politik zu übersetzen er nichts unversucht lassen wollte. *Zum Ewigen Frieden,* so der faszinierende Titel, den Kant mit vollem Bewusstsein irgendwo zwischen Wirtshausschild und Friedhofsportal angesiedelt hat, ist ein zwingend argumentiertes Plädoyer für einen weltweiten Friedensbund. Wie es seine Art war, hatte Kant sehr gründlich nachgedacht, ob die Menschheit dereinst es wohl vermag, sich in friedliche Rechtsverhältnisse zu fügen, statt einander mit Kriegen zu überziehen. Die Resultate seines Nachdenkens hat er im Genre eines völkerrechtlichen Friedensvertrages zu Papier gebracht. Schon mal zur Ansicht.

So ist es erst zu Friedenskonferenzen, dann zum Völkerbund und schließlich, am 24. Oktober 1945, zur Gründung der UNO als Völkerrechtssubjekt gekommen. Eine mitgliederstarke Organisation, die mit eminenten Schwächen ringt: Ihre Resolutionen sind völkerrechtlich nicht bindend. Und ihr juristisches Organ, der Internationale Gerichtshof in Den Haag, hat keine Exekutivgewalt. Damit er überhaupt in Aktion treten kann, braucht es eine »Unterwerfungserklärung«. Das klingt nach Kapitulation. Ist es aber nicht. Es ist das Gegenteil von einer Aufgabe oder sogar Selbstaufgabe: Denn es handelt sich um die freiwillige Anerkenntnis einer Gerichtsbarkeit, die, international besetzt und ausdrücklich verschiedene Rechtstraditionen berücksichtigend, Territorialkonflikte von der Warte des Weltfriedens aus fest im Blick hat. Wenn doch nur jede Unterwerfung unter einem solchen guten Stern stünde! Zwei Drittel der Mitgliedsstaaten sehen das auch so und haben: sich unterworfen. Allein für diese Bedeutungsverschiebung hat sich die Inaugurierung der UNO schon gelohnt.

Ansonsten ist natürlich Vieles zum Nichtmitansehenkönnen. Insbesondere, wenn es sich um die außerordentlichen Vollversammlungen handelt, immer aus Anlässen fürchterlicher, zumeist kriegerischer Anlässe, riskiert die UNO ihr eigenes Versagen, weiß das, und macht trotzdem weiter, so gut es eben geht – weil Aufgeben keine Option ist. Wir sehen ihr dabei zu und raufen uns die Haare.

Ähnlich wie Orwell es getan hat, hat auch Erich Kästner diese blanke Verzweiflung über kriegerische Eskalationen und ergebnislose Verhandlungen den Tieren in den Mund gelegt. Eines Tages – wieder einmal haben die Menschen alles vermasselt – kontern die Tiere mit einer eigenen Konferenz. Den Menschen müssen Ultimaten gestellt werden: Gegen den Hunger, gegen die Umweltzerstörung und gegen den Krieg. Noch während die Tiere darüber beraten, versammeln sich die Menschen zu einer weiteren Konferenz, und wieder streiten sie sich herum, stecken fest in ihren Uniformen, in ihren Akten. Schnelles Handeln ist gefragt, und die Tiere zeigen, wie es geht: Die Mäuse zerfetzen die Akten, wie nur sie es können. Die Motten widmen sich den Uniformen und lassen die Würdenträger nackt dastehen. Dennoch lässt der Durchbruch weiterhin auf sich warten, und dem Frieden läuft die Zeit davon. Da bleibt nur noch – Oskar, der Elefant, ist hier der Vordenker – eine äußerste List. Dazu allerdings muss es erst Nacht werden …

Ich kenne kein Kinderbuch, das dermaßen *für Kinder* geschrieben ist. Für die nächste Generation, die nächste, die übernächste und die überüberübernächste … Indem es *für die Kinder* geschrieben ist, ist es für die Zukunft geschrieben, die, wie wir wissen, in den Sternen steht; aber nicht festgeschrieben. Das Skript liegt in unseren Händen – sagte das Buch vier Jahre nach Ende des Zweiten Weltkrieges. Hat uns dies auch heute noch zu sagen und wird es wohl noch lange zu sagen haben.

Was also haben Ephemeridenrechnung und Völkerrecht gemeinsam?

In beiden Fällen rechnet man mit gegebenen Größen in die Zukunft hinein. Mit Wahrsagung hat das weniger zu tun als mit Wahrheit aussprechen. Selbst die Maya hatten für astrologische Themen einen parallelen, mit dem astronomischen nicht kompatiblen Kalender. Schicksalsgläubigkeit und Gestaltungswillen gehen nicht so leicht zusammen. Der UNO bleibt nichts anderes übrig, als auf ihren Versammlungen zur Zeit der Tagundnachtgleichen (und an allen anderen Tagen und Nächten) die Gleichheit der Menschen und der Nationen als die unumstößliche Wahrheit zu proklamieren, die Frieden möglich macht. Hat da jemand gerade geseufzt und was von »Schön wär's« gemurrt? Nein, nein, nein – oder, wie Kant selbst es so unnachahmlich formulierte, ein Weltbürgerrecht ist »keine phantastische und überspannte Vorstellungsart des Rechts, sondern eine nothwendige Ergänzung des ungeschriebenen Codex sowohl des Staats- als Völkerrechts zum öffentlichen Menschenrechte überhaupt und so zum ewigen Frieden, zu dem man sich in der continuierlichen Annäherung zu befinden nur unter dieser Bedingung schmeicheln darf«.

In diesem Zusammenhang plädiere ich dafür, »Tagundnachtgleiche«, egal ob die wahre oder die mittlere, immer schön zusammen-, und »wahr sagen« immer schön auseinanderzuschreiben; weniger Vermutung und mehr Verantwortung. Damit jener schlimmste Tag der Menschheit, von dem Erich Kästner schreibt, nicht eintreten wird, muss die UNO stur sein, stur wie Oskar der Elefant, dem die rettende Idee in der Nacht vor dem vierten Tag der siebenundachtzigsten Konferenz der Menschen kam, als er auf Zehenspitzen … Ach, lest es doch einfach selbst –

Zum Nach- und Weiterlesen:
Bertold Riese: *Die Maya. Geschichte, Kultur, Religion,* München 1997, S. 46 ff. ◕◕◕ Hanns J. Prem: *Die Azteken. Geschichte, Kultur, Religion,* München 2011. S. 66 ff. ◕◕◕ Tom Clynes: »Archäologen suchen in alter Pyramide nach Spuren der Maya-Unterwelt« https://www.schuelerlabor-astronomie.de/wp-content/uploads/2019/09/Positions-und-Bahnbestimmung-von-Ceres-und-Vesta-Fries-2013.pdf (20.11.2022). ◕◕◕ Rachel A. Becker: »Das Äquinoktium ist da! Aber was ist das eigentlich?« (https://www.nationalgeographic.de/wissenschaft/2017/09/das-aequinoktium-ist-da-aber-was-ist-das-eigentlich) 22.11.2022. ◕◕◕ Oliver Montenbruck: *Grundlagen der Ephemeridenrechnung,* Heidelberg 2009. ◕◕◕ Immanuel Kant: *Zum ewigen Frieden. Ein philosophischer Entwurf.* [1796] In: Ders.: *Schriften zur Anthropologie, Geschichtsphilosophie, Politik und Pädagogik* (Werkausgabe Bd. XI von Wilhelm Weischedel, Frankfurt/M.

1977, S. 191–251, 216 f. ◉◉◉ Konstantin Pollok: *Die Vereinten Nationen im Lichte Immanuel Kants Schrift Zum ewigen Frieden,* Sic et Non 1996. ◉◉◉ George Orwell: *Farm der Tiere,* [Animal Farm, 1945] Zürich 1982, S. 113. ◉◉◉ Erich Kästner: *Konferenz der Tiere,* Hamburg 2008 [Zürich 1949], bes. S. 90 ff. ◉◉◉ Hermann Schnorbach: *Jella Lepman oder: deutsche Vergeßlichkeiten – 50 Jahre Konferenz der Tiere.* In: *Beiträge Jugendliteratur und Medien.* Heft 4, Weinheim 2001, S. 252–258. ◉◉◉ https:// www.nationalgeographic.de/geschichte-und-kultur/2017/09/archaeo-logen-suchen-in-alter-pyramide-nach-spuren-der-maya-unterwelt (22.11.2022). ◉◉◉ https://osr.org/de/blog/kinder/el-caracol-altes-maya-observatorium/ (22.11.2022). ◉◉◉ *Charta der Vereinten Nationen.* Kommentar. Hrsg v. Bruno Simma, München 1991. ◉◉◉ *Charta der Vereinten Nationen.* Statut des Internationalen Gerichtshofs. Mit einer Einleitung hrsg. und eingeleitet von Hartmut Krüger, Stuttgart 1995. ◉◉◉

10

Starry Starry Night

> »Und er stand auf und nahm das Kind-
> lein und seine Mutter zu sich bei der
> Nacht und entwich nach Ägyptenland.«

Matthäus 2:14

Wie kann ein Bild, das mitten in einem atemlosen astronomischen Wettlauf entstanden ist, eines, das noch
dazu das Wort »Flucht« im Titel führt, nur eine solche himmlische Ruhe ausstrahlen?

Ich spreche von Adam Elsheimers *Flucht nach Ägypten*, einem zu Beginn des 17. Jahrhunderts entstandenen Gemälde,
das die Heilige Familie zeigt, wie sie kurz nach der Geburt
Jesu auf der Reise in jenes Land ist, das der Engel, der Josef im
Traum erschien, angegeben hatte. Dort, in Ägypten, würden
sie vor den Verfolgungen des Herodes sicher sein.

In den Worten Joachim von Sandrarts, einem zeitgenös-
sischen Maler und Kunsthistoriker, wird das Bild vor unseren
Augen lebendig. Wie Elsheimer hier

> »die Flucht in Egypten mit dem Kindlein Jesu, das unsere
> liebe Frau in ihren Mantel eingefaßt und auf einem Esel
> sitzt, ausgebildet; den durch ein mit Kräutern erfülltes

Wäßerlein gehenden Esel führet Joseph, welcher in der andern hand einen brennenden Span zum Nachtliecht träget. Von weitem sihet man die Feldhirten mit ihrem Vieh bey einem brennenden ins Wasser scheinenden und reflectierenden Feuer, vor ihnen einen dicken Wald, über welchen an dem heitern Himmel das Gestirn, sonderlich die Jacobsstraße, hinter der aber noch verwunderlicher der klare volle Mond, als bey dem hintern Horizont neben den Wolcken aufgehend und seinen Widerschein in das Waßer ganz vollkommen werfend, abgebildet zu sehen, desgleichen vorhero niemalen gemacht worden und ein Werk, das in allen Theilen zugleich und in einem jeden besonderlich ganz unvergleichlich ist […].«

In der Tat: Wie auf einer kleinen Kupferplatte (31 mal 41 cm) Himmel, Erde, Wasser, Feuer, wie Gesichter von Menschen und Tieren, wie Gesten der Innigkeit, wie das nächtliche Spiel von Licht und Schatten in diesem Nachtstück ihren Raum finden, grenzt an ein Wunder. Man sagt von Elsheimer, er habe das Wesen der Natur eingefangen wie kein anderer, dass er den Malern seiner Zeit, aber auch den kommenden Generationen die Augen geöffnet habe. Sein Geheimnis war, dass er zwei Traditionen zu etwas Neuem zusammenführte. Figürliche Erzählung der italienischen Tradition mit der niederländischen Tradition landschaftlicher Beschreibung. Aber nicht nur deshalb fand und findet das Bild auch heute noch weltweite Beachtung. Die wissenschaftliche Fachwelt fokussiert die Sterne, fokussiert den Mond in diesem Gemälde. Beide sind, in mehr als einem Sinne, eine Offenbarung.

Denken wir uns zurück in eine sommerliche Vollmondnacht in Rom, Mitte Juni 1609. Adam Elsheimer, ein 1578 in Frankfurt geborener und in Italien sesshaft gewordener Künstler, schaut in den Himmel, und zwar nicht mit bloßem Auge, sondern durch ein Fernrohr. Anzunehmen ist, dass es sich um ein einfaches Exemplar jenes Instruments handelt, das der niederländische Brillenschleifer Hans Lipperhey erfunden und sich dabei überlegt hatte, dass insbesondere das Militär hochgradig interessiert sein dürfte. Jedoch, nachdem das Fernrohr auf einer Messe in Frankfurt bekannt gemacht worden war, stürzten sich vor allem die Astronomen auf diese optische Sensation. Vielleicht gelangte ein Fernrohr über die *Accademia dei Lincei,* deutsch die Akademie der Luchsäugigen, eine 1603 in Rom gegründete naturwissenschaftliche Gesellschaft, in Elsheimers Hände. Oder über den Kardinal Scipione Borghese? Das Collegio Romano der Jesuiten? Einerlei. Er schaut also durchs Teleskop, wahrscheinlich nicht nur in einer, sondern in einer Reihe von Nächten, und überträgt, was er sieht, mit Pinsel und Farbe auf eine kleine Kupferplatte, und damit hat er gut zu tun, denn er sieht die Milchstraße nicht als Nebel – ein paar kräftige Pinselstriche würden da vielleicht genügen –, er sieht sie als eine Ansammlung unzähliger Sterne und übersetzt das »unzählige« in eintausendfünfhundert Sterne. Er sieht den Mond nicht als glatte plane Fläche, sondern schattig und zerklüftet, mit Kratern und erdgleichen Formationen. (* Siehe das Kapitel *Der Mann im Mond.)* Das ist sensationell, weil die astronomische Forschung noch gar nicht so weit ist, zu sehen, was Adam Elsheimer sieht – was sie beflügeln und was sie in Schwierigkeiten bringen wird. Galileo Galilei jedenfalls, so die Forschung, erfährt wohl erst im Mai 1609 von der niederländischen Erfindung und ist in Padua dabei, eines nachzubauen. Es wird noch etwas dauern.

Elsheimers Nachthimmel, wiewohl er Entscheidendes wie

nebenher präsentiert, ist keine Kartierung, keine reale Himmelssicht. Ein strahlender Vollmond und eine leuchtende Milchstraße sind eigentlich nicht zusammen zu haben – eine Frage konkurrierender Leuchtkraft. Im Jahr 2005 haben gut informierte Wissenschaftler eine »Bildfeldabschätzung durchgeführt, eine gründliche Rechenoperation, die Größenverhältnisse, Lichtverhältnisse, galaktische Ebene, Winkel zueinander in Beziehung setzt, und diese hat ergeben, dass der Mond im Verhältnis zu den anderen Objekten zu groß ist. Angesichts der Tatsache, dass immerhin wichtige Aspekte seiner Gestalt zu sehen gegeben wurden und dass zudem Adam Elsheimer dem Aristoteles, der in seiner *Meteorologie* die Milchstraße als dicht besetzt mit Sternen beschrieben hatte, über Jahrhunderte beschränkterer Sicht hinweg die Hand reichte, stört das wenig. Eine andere Schrift des Aristoteles, *De Colore,* ist es vermutlich auch, die Elsheimer in seiner bemerkenswerten »Lichtregie« angeleitet hatte. Jedenfalls ist er nicht nur der Erste, der eine vielsternige Milchstraße ins Bild setzte, sondern auch der Erste, der ein Nachtbild mit mehreren Lichtquellen malte: ein kühler Schein des sich im Wasser spiegelnden vollen Mondes, das Sternenzelt, flackernde Feuer der Hirten, der leuchtende Kienspan in Josephs Hand. Lange Zeit war dieses Nachtstück zugleich Lehrstück für die künstlerische Gestaltung von Licht und Schatten in der Nacht. – Außergewöhnlich sorgfältig hat Elsheimer die Sterne gemalt, mit unverdünnter Farbe und unter der Lupe – *pastos* – aufgesetzt in Hellgelb und Weiß. Auch hier Aristoteles folgend: »Glänzend heißt aber nichts anderes als Zusammenhalt und Dichte des Lichtes«.

Elsheimer ist ein ungewöhnlicher, ein geduldiger und mit Hingabe malender Künstler; jedoch, er arbeitet langsam. Melancholie, eine gewisse Schwermut, heute würden wir sagen:

Depression, hindert ihn daran, seinen Lebensunterhalt zu verdienen. Er gerät in Schulden, dann in den Schuldturm, stirbt wenig später an den Folgen der Haft, zweiunddreißigjährig. In diesem Fall einmal nicht: vergessen und verarmt, sondern: verarmt und verzweifelt. Die Welt weiß, dass ein großer Künstler gestorben ist, die römische Malergilde trägt ihn zu Grabe. (Das ist ein Trost, aber hätte sie ihn nicht zu Lebzeiten stützen können?) Sein Freund Peter Paul Rubens möchte aus dem Nachlass insbesondere *Die Flucht nach Ägypten* in guten Händen wissen. Das Bild ging jedenfalls durch mehrere Hände, bis es 1799 in der Alten Pinakothek in München landete – wo auf der dazugehörigen Webpage geschrieben steht, es basiere auf den Forschungen Galileis:

» Vor der Kulisse eines dunklen Waldes zieht
die Heilige Familie auf der Flucht vor Herodes durch
die Nacht. Elsheimers detailreiche Wiedergabe
des Firmaments und der Milchstraße basiert auf
den Beobachtungen von Galileo Galilei und Federico
Cesi mit dem jüngst erfundenen Fernrohr. «

Warum steht das da? Weil es immer noch so unvorstellbar ist, dass die Kunst der Wissenschaft voraus sein könnte? Weil man einfach davon ausgeht, die Kunst könne nur abpinseln, was die Wissenschaft bereits festgestellt hat? Wenn man schon unbedingt in der Logik von Wettbewerb denken möchte, sollte der nach beiden Seiten offen sein. Mindestens so offen, wie Kunst und Wissenschaft bereits in der Renaissance füreinander waren.

Jedenfalls war Galilei noch dabei, konvexe und konkave Linsen so zusammenzumontieren, dass sie ein veritables Fernrohr ergeben würden, als Elsheimer bereits in aller Ruhe auf Kupfer brachte, was er so alles an Neuartigem gesehen hatte. Wir wissen nicht, ob er sich der Bedeutung des am Firmament von ihm Gesehenen und auf Kupfer Festgehaltenen bewusst gewesen war oder, ob es ihm wichtig gewesen war, als Erster Zeugnis davon abzulegen, oder aber ob er ganz darauf konzentriert war, zu berichten, »wie ein flüchtendes Kind als Licht durch die Welt zieht« (R. Baumstark). – Wir wissen nur, dass *Die Flucht nach Ägypten* sein letztes Bild gewesen ist, und, so viel können wir festhalten, diese Flucht hat er unter bestmöglichen Sternen stattfinden lassen.

Galilei indessen, der wahrscheinlich erst im Spätsommer des Jahres 1609 durchs Fernrohr zu forschen beginnt, ist sich vollkommen darüber im Klaren, dass mit dem neuen Instrument auch eine neue Sicht in die Welt kommt, und es ist ihm enorm wichtig, dass sich zuallererst *sein* Name damit verbindet. Im März 1610 erscheint seine Schrift *Nachricht von den neuen Sternen – Sidereus Nuncius,* eine »Astronomische Mitteilung«, worin er, atemlos und enthusiasmiert von den Möglichkeiten des Fernrohrs, detailliert über *Das Antlitz des Mondes* Kunde gibt. Rau sei es und vielgestaltig, nicht anders als das Antlitz der Erde selbst, was von niemandem vor ihm beobachtet worden sei. Auch die Milchstraße gehört gewissermaßen *ihm*. Deren Sterne seien von jedem einzelnen Astronomen bis auf den heutigen Tag *Nebel* genannt worden. Dabei sind es Haufen eng beieinanderstehender Sterne, wie *er* sah.

Galilei ist sechsundvierzig Jahre alt, es ist seine erste Veröffentlichung, und bereits in dieser Schrift werden weitere angekündigt: Der geneigte Leser mag in Kürze Weiteres erwarten … er werde bei anderer Gelegenheit eine vollständige Theorie herausgeben … – jenes immer prekäre Futurum der

Ankündigungen bricht sich Bahn. Endlich geht es los. Endlich will er auf die großartige, die öffentliche Bühne, auf der über Weltall und Wahrheit, über Himmel und Erde verhandelt wird und wo Kopernikus, Kepler, Brahe bereits ihre Einsätze haben – allerdings die Inquisition mit Folter demjenigen droht, der die Welt zu sehr aus den Angeln heben will.

Wie soll er es denn anfangen? Wie soll er angemessen und umsichtig und dennoch selbstbewusst und aufrichtig kundtun, was er sieht? Nämlich nicht nur, dass die Milchstraße kein Nebel und der Mond keine helle glatte Scheibe ist, sondern, ja genau, dass dann logischerweise die Erde ein Stern ist, um nicht zu sagen: Stern unter Sternen. Dies sei »ein ausgezeichnetes und durchschlagendes Argument« dafür, »denjenigen die Bedenken zu nehmen, die zwar das Kreisen der Planeten um die Sonne im Kopernikanischen System noch ruhig hinnehmen, aber von der einzigen Ausnahme, daß der Mond sich um die Erde dreht, während beide eine jährliche Kreisbahn um die Sonne vollenden, sich so verwirren lassen, daß sie dieses Weltbild als unmöglich verbannen zu müssen glauben«. Genau dies schreibt er tatsächlich und weiß natürlich, es könnte schon zu viel geschrieben sein. Es wird die Frage auftauchen, ob Gott das gewollt haben konnte, dass der Mond so terrestrisch ist wie die Erde stellar und dass damit jeder Anhaltspunkt für den Mittelpunkt, der die Erde nun einmal sein soll, verloren geht. Der Himmel auf Erden steht nicht nur unter Beobachtung, sondern auch unter religiöser Verwaltung. Und natürlich, es gibt eine göttliche Allmachtsklausel.

Kein Wunder, dass Galilei nicht vergisst, seinen mit Verve, mit Begeisterung verfassten Bericht mit den ehrfürchtigsten Widmungen auszustatten: Seiner Durchlaucht Cosimo von

Medici II, IV. Großherzog von Toskana, um dort für gutes Wetter zu sorgen: »Ich aber, mein durchlauchtigster Fürst, kann Euer Hoheit weitaus wahrere und glücklichere Prophezeiungen machen: denn kaum noch haben die unsterblichen Vorzüge Eures Herzens auf der Erde zu strahlen begonnen, da bieten sich am Himmel leuchtende Sterne dar, um Eure unübertrefflichen Tugenden wie Zungen für alle Zeit zu künden und zu feiern.« Das klingt nicht viel anders als die nachtnächtlichen Vorab-Versicherungen einer Scheherazade: »O glücklicher König und Herr des rechten Urteils ...« Und wie könnte es auch anders sein? Dem Astronomen droht die Hinrichtung nicht weniger als der Erzählerin; mindestens die Folter, vielleicht aber auch der Scheiterhaufen im Auftrag der Inquisition. – Aber was kann er, Galileo Galilei, dafür, dass es am Himmel ist, wie es ist? Schließlich hat er, wie er in einem berühmten Brief an die Großherzogin der Toskana, Christine, schreibt, »derartige Erscheinen nicht selbst an den Himmel geheftet, um die Wissenschaft zu trüben«.

Im Feld astronomischer Forschungen jener Jahre gilt es etwas zu sagen und gibt es etwas zu widerrufen, gilt es etwas zu entdecken und gibt es anderes zu verdecken, gilt es an der Wahrhaftigkeit festzuhalten und gibt es einen Handel mit Wahrheiten. Im Sommer 1633 ist es dann so weit: Galileo Galilei wird verhört, er wird vernehmlich abschwören, murmelnd widerrufen – und weiter daran glauben, was er sieht: eine Erde, die sich bewegt: »Eppur si muove!«; ein Stern unter Sternen. Wie er bereits gesagt hatte.

Seit Elsheimer die Sterne der Milchstraße mit dicker Farbe auf dunklen Grund aufgetragen, seit Galilei sie mit einfachsten Strichen in seine astronomische Mitteilung hineingezeichnet hat, hat die Milchstraße unzählige künstlerische Gestaltungen erfahren: Sie wurde gezeichnet, gemalt, fotografiert, sogar gewebt. Allerdings gibt es eine künstlerische Annäherung an den Himmel, die weithin so beeindruckt, dass sie nahezu Monopolstellung hat. Sie liegt bei Vincent van Gogh. Tippt man »Sternennacht« in die Suchmaschine, präsentieren die Algorithmen, diese stoischen Wegelagerer des weltweiten Netzes, die Sternenbilder des niederländischen Meisters an erster Stelle. Niemand, wirklich niemand, will man meinen, hat Sterne so tiefgründig, so unvergesslich geschaffen wie er. Ob in *Sternennacht* (1889) oder *Sternennacht über der Rhône* (1888) oder *Caféterrasse am Abend* (1888) – immer sind unverkennbar van Goghs Sterne Sterne, und immer sind sie mehr als das. Sie sind wie ein Blick hinter die Kulissen der Nacht, aber mit großer Scheu – fast, als wäre es in der Menschenwelt nicht vorgesehen, dem Licht der Sterne so nahe zu kommen. Anders als Hans Castorp, der in Thomas Manns *Zauberberg* angesichts der damals neuartigen Röntgenapparaturen und der Bilder, die sie produzieren, »Zweifel an der Erlaubtheit des Schauens« überfallen und er das »Innenporträt« seiner selbst aus Gründen der Pietät lieber nicht sehen wollte, erhellen van Goghs Sternenbilder fast mehr, als wir zu erfassen und begreifen in der Lage sind, und doch können wir uns nicht sattsehen an diesen »Innenporträts« der Nacht – obwohl so viel Äußeres da ist, Zypressen, Brücke, Caféhaus-Stühle, die Wasser der Rhône, überhaupt: Südfrankreich, in neuem, nie da gewesenem Licht. Von diesen Sternen bleibt eine Helligkeit ganz eigener Art in uns, den Betrachtenden, zurück. An seine Schwester Wilhelmina schreibt van Gogh im September 1888:

»Derzeit möchte ich unbedingt einen Sternenhimmel malen. Oft scheint mir die Nacht reicher an Farben als der Tag; mit Schattierungen von intensivsten Violett-, Blau- und Grüntönen. Wenn du nur acht darauf gibst, wirst du sehen, dass manche Sterne einen hellen Glanz von Zitronengelb, andere von Rosa oder Grün, Blau oder Vergissmeinnichtblau haben. Und ohne mich über das Thema verbreiten zu wollen, ist es offensichtlich, dass es nicht genügt, kleine weiße Punkte auf Schwarz-Blau zu setzen, um einen Sternenhimmel zu malen.«

So viel zum Thema »Nachts sind alle Katzen grau«.

Statt »kleine weiße Punkte auf Schwarz-Blau zu setzen«, malte van Gogh Sterne als Wirbel von Licht, fast wie von Kinderhand, aber kindlich sind sie nicht. Nur insofern sie hellsichtig sind, und Hellsichtigkeit sich in der Regel bei Erwachsenen leider auswächst. – Ein Team mexikanischer und spanischer Physiker hat berichtet, dass van Goghs Licht- und Wolkenwirbel »den physikalischen Gesetzmäßigkeiten für Turbulenzen entsprechen«, die der russische Mathematiker Andrei Kolmogorov in den 1940er-Jahren beschrieben hatte. Wie um Himmels willen haben sie das herausgefunden? Nun, das Gemälde wurde elektronisch reproduziert und die Helligkeitsschwankungen in den Wirbeln ausgewertet. Dass van Goghs Gemälde hochrealistische Effekte zeitigten, wollten dann auch britische Forscher unterstreichen, die experimentell herausfanden, dass Hummeln van Goghs Sonnenblumen den Blumendarstellungen anderer Maler deutlich vorzögen …

Das sichere Geschmacksurteil der Hummeln beeindruckt natürlich, jedoch, es ändert nichts. Will sagen, dass van Goghs Sterne in Termini moderner Turbulenztheorien besprochen werden können, ändert, außer dass es bemerkenswert ist, nichts daran, dass sie nicht aus forscherischer Prophetie, sondern, spürbar, aus Not und tiefer Sehnsucht heraus geschaffen wurden. Im Frühling 1889 hielt sich van Gogh in der Nervenheilanstalt Saint-Paul-de-Mausole im südfranzösischen St. Rémy auf. Unerheblich, ob es sich bei van Goghs Leiden um Epilepsie, um Schizophrenie, um Spätfolgen einer Syphiliserkrankung oder zu reichlichen Absinth-Genuss handelte – die Forscher übertreffen sich mit gewagten Diagnosen ex post –, entstand die *Sternennacht* hinter den Gittern eines Asyls. Viel ist darüber geschrieben, viel ist darüber spekuliert worden. Besungen hat die – in diesem Fall kann man das wirklich einmal sagen – ergreifende Konstellation der Songwriter und Folkrockmusiker Don McLean in einer vielleicht etwas zu melodiösen, jedoch angemessen melancholischen Ballade aus dem Jahr 1971: *Starry Starry Night*, über der seitdem die Kitschkeule schwebt, die aber in Erinnerung bleibt mit Zeilen, die sehr einfach und sehr treffend die Ahnung in Worte fassen, dass, wer es schafft, Sterne so zu malen wie Vincent van Gogh, in dieser Welt nicht ganz heimisch sein kann. Und dass an dieser Verlorenheit möglicherweise nicht einmal so sehr eine seelische Erkrankung als die Welt selbst ihren Anteil hat. In mittlerweile drei Millionen Airplays hat Don McLean es uns in die Ohren gesungen. Zum Nichtmehrvergessen. Man kann dieses Lied als eine Hymne auf die Kunst van Goghs, aber auch als Zeugnis der damals hochvirulenten Anti-Psychiatrie-Bewegung hören: gegen die institutionelle Übergriffigkeit, gegen eine verantwortungslose Medikamentation, gegen Ausgrenzung und Hospitalisierung und gegen den Normierungsdruck, der psychische Erkrankungen erst erschafft und dann gewaltsam behandelt und stigmatisiert. Diese Bewegung, die die Fenster und Türen der Anstalten aufstoßen wollte, wusste sich bis in unsere Tage zu erhalten, in den aktuellen Hashtag *BreakTheChains* von »Human Rights Watch« hinein.

So weit war es zu Zeiten van Goghs noch nicht. In keiner Hinsicht. Weder wurde in der Anstalt Saint-Paul-de-Mausole, einer von Nonnen geführten Anstalt in einem alten Augustinerkloster, so gewaltsam therapiert, wie erst die Abirrungen des kommenden Jahrhunderts es ermöglichen würden, noch gab es Tendenzen, die – allerdings überreichlich vorhandenen – Gitter zu öffnen. Vincent van Gogh hat sie in seinen Gemälden ignoriert. Durch sie hindurchgesehen.

Offensichtlich sind Sterne nicht nur mit Fernrohren und Mathematik, mit Fragen der Farb- und Formgebung, sondern auch mit den sogenannten großen Fragen verbunden. Ja, in diesem Sinne, in ihrer glänzenden Unbestechlichkeit und gefühlten Überzeitlichkeit sind sie für uns da, wenn wir sie brauchen. Es ließe sich, etymologisch abgesichert, an dieser Stelle ein über-, unter- oder nebenreligiöser Begriff von »Frömmigkeit« ins Feld führen: ein Begriff, in dem Ehrfurcht und Vertrauen zusammenfließen. Und wo Ehrfurcht und Vertrauen zusammenfließen, gibt es Hoffnung. Hoffentlich.

Also, immer mal wieder nachts vor die Tür gehen und nachschauen, ob der Große Wagen weiterhin, wie es sich gehört, irgendwo ums Haus steht. Den Kopf in den Nacken legen und an seiner Gestalterkennungsfähigkeit arbeiten, die Gedanken freilassen, das Herz öffnen – das kann Halt geben in der Welt. Im Falle längerer Aufenthalte Äpfel nicht vergessen. (∗ Siehe das Kapitel *Der Mann im Mond*.)

Zum Nach- und Weiterlesen

J. L. Aragón, Gerardo G. Naumis, M. Bai, M. Torres, P. K. Maini: *Turbulent Luminance in impassioned van Gogh Paintings*, arXiv:physics/0606246, 2006 (30.10.2022). ◉◉◉ Aristoteles, *Über die Farben*, Berlin 1999, Aristoteles, Werke in deutscher Übersetzung, Bd. 18, Teil V, hier: S. 14. ◉◉◉ Aristoteles: *Über die Welt*, Berlin 1984 (Werke in deutscher Übersetzung, Bd. 12–1.) S. 24. ◉◉◉ Karl Jaspers: *Strindberg und van Gogh. Versuch einer vergleichenden pathographischen Analyse*, München 2013. ◉◉◉ Vincent van Gogh: *Briefe an seinen Bruder,* Leipzig 1997. ◉◉◉ Vincent van Gogh: *Briefe,* Leipzig, Leipzig 2019. ◉◉◉ Bernard Le Bovier de Fontanelle: »Gespräche über die Vielzahl der Welten [1686], in: *Philosophische Neuigkeiten für Leute von Welt und für Gelehrte*, Leipzig 1989. ◉◉◉ Stanley L. Jaki: *The Milky Way. An Elusive Road for Science*, Devon 1973. ◉◉◉ Thomas Mann: *Der Zauberberg*, Frankfurt/M. 1990 (Kap. »Mein Gott, ich sehe!«). ◉◉◉ Galileo Galilei: *Sidereus Nuncius. Nachricht von neuen Sternen* [1610]. Herausgegeben und eingeleitet von Hans Blumenberg, Frankfurt/M. 1965, S. 130. ◉◉◉ https://www.pinakothek.de/kunst/adam-elsheimer/die-flucht-nach-aegypten ◉◉◉ Reinhold Baumstark, Hg.: *Von neuen Sternen*. Adam Elsheimers ›Flucht nach Ägypten‹, München und Köln 2012. ◉◉◉ Reinhold Baumstark: »… *ein Werk, das in allen Theilen zugleich und in einem jeden besonderlich ganz unvergleichlich ist …«*, in: Baumstark 2012, S. 20–49 hier Zitat v. Sandrart. ◉◉◉ Gerhard Hartl und Christian Sicka: »Komposition oder Abbild? – eine naturwissenschaftlich-kritische Betrachtung«, Baumstark 2012, S. 106–126. ◉◉◉ Veronika Poll-Frommel: »Beobachtungen zur Maltechnik von Adam Elsheimers ›Flucht nach Ägypten‹«, in: Baumstark 2012, S. 200–211. ◉◉◉ Andreas Thielemann: *Adam Elsheimer in Rom*. Werk, Kontext, Wirkung, München 2008. ◉◉◉ Victor Sattler: Don McLean: »Vincent« https://blogs.faz.net/pop-anthologie/2020/08/13/don-mclean-vincent-2819/ (abg. 31.8.2022). ◉◉◉ Erving Goffman: *Asyle. Über die soziale Situation psychiatrischer Patienten und anderer Insassen*, Frankfurt am Main 1993. ◉◉◉ Franco Basaglia: *Die negierte Institution oder die Gemeinschaft der Ausgeschlossenen*, Frankfurt/M. 1971. ◉◉◉ Kampagne von Human Rights Watch: #BreakTheChains: https://www.hrw.org/de/news/2020/10/06/personen-mit-psychosozialen-beeintraechtigungen-werden-angekettet (30.10.2022). ◉◉◉

11

Nachtzug

Es war einmal ein Nachtzugnetz, das war so weitverzweigt und so gut abgestimmt, dass jedermann und jedefrau von Nord nach Süd und von Ost nach West reisen konnte. Schlafend weit aus Deutschland raus und schlafend gegebenenfalls nach Deutschland wieder rein. Alles über Nacht. Und als einige Zeit nach dem Zweiten Weltkrieg immer mehr Leute dazu kamen, ein Auto zu besitzen, und ihr Auto nicht allein zu Hause lassen wollten, da durfte selbst das Auto huckepack mitreisen: auf dem doppelstöckigen Transportwagen eines Autoreisezugs. Am Terminal Berlin–Wannsee zum Beispiel. Da konnte man bis vor einigen Jahren abends sein Kraftfahrzeug unter sorgsamer Anleitung zünftiger Bahnarbeiter schön langsam auf einen dieser Wägen hochbugsieren (die heute als Modelleisenbahnrequisite gehandelt werden: Fleischmann Ho Eisenbahn Autoreisezugwagen für 8 Autos 5284 mit OVP 1:87, um die zwanzig Euro), dann im Aufenthaltsraum, der mit wunderschönen Autoreisezugpostern dekoriert war, die ich mir sehr gern noch einmal ansehen würde, aber: Wo sind sie hin?, gemütlich Zeitung lesen oder Karten spielen und auf die Freigabe des Einstiegs in die Schlafabteile warten, sich dann in die Decken kuscheln und bis München Ost oder Verona oder sonst wohin am nächsten Morgen ruhen, statt, mit den Gedanken noch bei den Akten und Aufgaben des letzten

Arbeitstages, in den nächstbesten Stau hineinzubrettern. Kinder waren nicht in ihren Kindersitzen festgezurrt, zerbröselten keine Reiswaffeln und stritten sich nicht darüber, ob nun die *Drei Fragezeichen* dran wären oder *Bibi Blocksberg*, sondern schliefen zusammengerollt auf den Klappliegen wie kleine Fuchsbabys. Vorausgesetzt, man hatte nicht Schnuller oder Schlaftierchen im Auto vergessen, welches nunmehr unerreichbar fixiert auf seiner Nachtreiseposition stand. Ich habe von einem Vater gehört, der, in heller Panik, dennoch die Transportwagen erklomm, die Schiebetür seines VW-Bus öffnete, nach dem fehlenden Schnuller angelte und türmte, bevor das Aufsichtspersonal, das eine unmissverständliche Ansage über die Lautsprecher gemacht hatte, ihn stellen konnte. Herausforderungen gab es also auch hier, aber nicht zu vergleichen mit denen, die entstehen, wenn zwei Leute vorn im Auto hoch konzentriert darauf bedacht sind, alle Insassen mit heiler Haut ans Ziel zu bringen, trotz tief stehender Sonne, Nebelschwaden und Aquaplaning – während rückwärtig stillgestellte Kinder nichts anderes machen, als sich auszuruhen, woraus sich eine sehr ungute Simultanität von ausgeruhten und nicht ausgeruhten Menschen ergibt, die am Zielort in weitmöglichster Schere auseinanderklafft.

Nicht so im Nachtzug. Dort streckt man sich aus, egal ob Liege- oder Schlafwagen, und lässt die Welt an sich vorübergleiten. Einzige Störungsbefugnis haben Schaffner und Zoll. Und die respektieren normalerweise die Kernschlafzeit. In die Zielbahnhöfe jedenfalls fuhr man frühstückend ein, denn Frühstück war damals im Preis inbegriffen. Es war einmal.

Nachtzug ist ein schönes Wort. Man kann es sehr gernhaben, und wenn man es pflegt und häufig benutzt, gerät es vielleicht nicht in Vergessenheit und wird eines Tages wieder in aller Munde sein. Es stand für: »Urlaub von Anfang an«. Das liegt auf der Hand, kann aber sehr gern auch noch etwas ausgeführt werden:

Zum Beispiel das Reisen mit *City Night Line* – CNL: Das waren die von der Schweiz betriebenen Nachtzugverbindungen in Europa. Man konnte sehr einfach reisen (im Liegesitz), aber auch sehr komfortabel (mit Dusche und WC im Abteil). Im Speisewagen, mitternachtsblau gehalten mit hinreißenden Dioden-Sternchen an der Decke, gab es schon ab Berlin oder Hamburg oder Dortmund Rösti und Ruchbrot mit Alpkäse. Zum Frühstück dann, mit Bergblick: Bircher Müesli. Das war die tiefste Bedeutung von »Urlaub von Anfang an«.

Man stieg, zum Beispiel, morgens in Zürich aus. Zürich ist ein Kopfbahnhof. Am Kopf des Kopfbahnhofs gibt es sehr leckeren Kaffee. Und es ist total egal, dass man gerade schon Kaffee hatte, dass man die derben Wanderschuhe aus Packplatzgründen bereits an den Füßen hat, die Rucksäcke überquellen und man soeben realisiert hat, dass irgendetwas Wichtiges zu Hause vergessen wurde. Egal, man feierte das Ankommen mit einer Tasse *Schüümli* und einer *Schoggi Mélange;* mit Betonung auf *einer*. Einer mehr würde die Urlaubskasse schon jetzt ruinieren. Aber jeder kleine Schluck sagt: »Guten Morgen! Willkommen in diesem schönen Land.« Auf den dazu gereichten klitzekleinen Schokoladentafeln, den Napolitains, grüßen die Luzerner Kapellbrücke, das Matterhorn von der Walliser Seite her, und die Rhätische Bahn in der Flimser Schlucht. Man ist gerade aufgewacht und sieht und schmeckt ein neues Land. Und das Gemüt ist mitgereist. Es war einmal ...

Denn dann übernahm die Deutsche Bahn *City Night Line.* Das war keine gute Idee, denn aus und vorbei war es mit Ster-

nenhimmel und Bircher Müesli, und natürlich war es wenig
später auch aus und vorbei mit den Zügen überhaupt. Schluss
mit der ganzen Nachtreiserei. Weil es sich nicht lohnen würde,
argumentierte man. Es wird ein ewiges Geheimnis bleiben,
warum man das dachte (oder vielleicht auch nur sagte), denn
man musste lange, sehr lange vorreservieren, wollte man ein
Abteil ergattern. Aber im Grunde hätte man es ahnen können.
In Verkehrsangelegenheiten wurde jahrelang von allen möglichen Entscheidungen immer die nur schlechteste getroffen –
ökologisch, lebensweltlich und langfristig wohl auch öko-
nomisch gesehen. Die Billigflieger sagten: Herzlichen Dank
auch. Die Staus auf den Autobahnen verdoppelten sich. Und
die Stammgäste unter den Nachtzugreisenden? Ihnen blieb, in
Abwandlung des berühmten Stoßgebets des Duke of Welling-
ton in der Schlacht bei Waterloo: »Ich wollte, es wär Nacht –
und die Österreicher kämen«. Denn, ja, wie damals die Preußen gerade noch rechtzeitig (aus englischer Sicht) auftauch-
ten, kamen in diesem Falle die Österreicher mit einem neuen
Nachtzug-Konzept um die Ecke. Sie haben alles, was angeb-
lich kaum mehr fuhr, zusammengekauft und unverdrossen
alte Infrastruktur vom Typ »Heinrich, der Wagen bricht!« re-
aktiviert. Hauptsache, man kam des Nachts wieder von Berlin
nach Wien und Budapest. Der Zug hielt nicht wie zuvor in
Leipzig, Regensburg und Passau und Linz, sondern in Rzepin,
Zielona Góra, Głogów und Główny, aber wen sollte das stören? Beim Reisen geht es ja nicht zuletzt darum, sich durch
fremde Klänge erfrischen zu lassen.

Kür die Deutsche Bahn irritiert darüber, dass die Menschen
unbedingt weiter mit Nachtzügen reisen wollten? Jedenfalls
versprach sie, den Bedarf und die Wirtschaftlichkeit noch einmal zu prüfen, und kam zu dem Ergebnis: Nein, man wollte

einfach nicht mehr. Sollen doch die anderen. Gab es der Deutschen Bahn nicht zu denken, dass nicht nur die Österreicher, sondern zum Beispiel auch Italien, das Land von Ferrari und Lamborghini, ein super Nachtzugnetz betreiben? Dass Schweden, mit dem erklärten Ziel, fossilfreier Staat zu werden, seine Linien mit Gewinn ausbaut? – Na gut, wenn die Politik, die europäischen Verkehrsministerien, es UNBEDINGT wollen, wenn sie nicht davon lassen können, Wien, Paris, München und Zürich, Köln, Amsterdam, Brüssel und Barcelona PARTOUT miteinander zu vernetzen, könne sie ja vielleicht schon ein bisschen mitmachen, so die Bahn. Sogar ein neuer Autoreisezug, privates Unternehmen natürlich, ist in Planung. Durchaus halbherzig, nach dem Prinzip: jeden zweiten Dienstag und Donnerstag, von Düsseldorf nach Lörrach und von Hamburg nach München, sofern diese Tage in die Vollmondphase fallen, und jedenfalls nur in den Monaten mit einunddreißig Tagen und mit anderthalb Jahren Vorreservierung. Übertrieben? Ein kleines bisschen (vielleicht). Jedenfalls will man sich seitens der Bahn durchlavieren, sich dranhängen, statt selbst das klimafreundliche, das nervenschonende, das zeitsparende Reisen mitzugestalten. Ist der Gedanke dahinter tatsächlich der, dass, wenn Deutschland schon so viele Nachbarländer hat, sich die gefälligst um die Nachtzüge kümmern sollen? Das ist, als würde jemand Urlaub auf Balkonien machen und seine Blumen trotzdem von den Nachbarn gießen lassen. Nicht auszuhalten.

Immerhin ist wieder etwas in Bewegung geraten – warum sollte es nicht weitergehen? Immer besser werden? Sodass man, wie früher einmal, um fünf Minuten vor Mitternacht in Bremen in einen Nachtzug steigt, schläft, und den nächsten Tag am Gare du Nord mit einem Café crème und einem Croissant beginnt?

Jetzund wird es wieder besser werden. Immer mehr Verbindungen wird es geben, immer besseren Service.
Familien-Rabatte und intakte Klimaanlagen und …

Halt! Vorsicht! Wirklich? Wir sprechen ja immer noch von Verkehrspolitik – die hat so gar keine Märchenqualität, die gehört eigentlich in ein ganz anderes Genre: Roadmovie, Blockbuster, Horrorfilm. Um das Märchen wahr werden zu lassen, müssten wir wahrscheinlich in jene unverbrüchliche Märchenlogik eintreten, in der man sich erst bewähren und hochnotpeinliche Aufgaben lösen muss, bevor alles überhaupt und dauerhaft gut werden kann. Alsdann:

Es war einmal ein Kanzler – oder war es eine Kanzlerin? –, sagen wir: Es war einmal eine Regentschaft. Es war einmal eine Regentschaft, die wollte verkehrspolitisch nur das Beste fürs Land. Das Beste sollte gerade gut genug sein. Deshalb dürfe ab sofort nur Verkehrsminister oder Verkehrsministerin werden, wer in der Lage sei, bedeutsame Zahlen zusammenzuzählen und mutige Schlüsse daraus zu ziehen. Drei Schlüsse sollten es sein, wie bei Aschenputtel die Zaubernüsse.

Der erste Kandidat, aus einem Bundesland, in dem Straßen sehr wichtig waren, weil hier viele Autos gebaut wurden, die dann natürlich Straßen brauchten, weil man ja sonst, logischerweise, nicht wüsste, wohin damit, man könne ja nicht alle exportieren, sagte: Erstens werde er die Straßen weiter ausbauen, zweitens werde er den neuen E-Autos, die er massiv fördern werde, vor allem als Zweitwagen, ausreichend Ladestellen anbieten können, an denen man auch Handys aufladen, Geld abheben und Börsenberichte einsehen könne, und drittens werde er, Kostenvoranschlag sei bereits eingeholt, mit einer Investition von 3689,00 Euro inkl. Mehrwertsteuer Radstreifen an den Rand aller sechs-spurigen Autostraßen malern lassen. Noch bis Jahresende, schob er hinterher, als er die zweifelnden Mienen der Regentschaft sah.

Der zweite Kandidat, er kam aus einem eher ländlich geprägten Flächenbundesland, sagte, er werde die Straßenbahnen aller Kreisstädte mit Sonnenenergie fahren lassen – die Regentschaft lächelte –, alle Reisebusse würden mit sicherer Digitaltechnik ausgestattet werden, die auch netzfreie Zonen überbrücken könne, und im Flugverkehr – atemlose Stille – werde die Beinfreiheit aller Reisenden, also auch in der EconomyClass, vergrößert werden. Die soziale Komponente sei ihm wichtig. Die Regentschaft nickte verhalten.

Die dritte Kandidatin, einen festen Wohnsitz hatte sie nicht, sorry, damit könne sie gerade nicht dienen, kam zu spät – fast schon war das Tor zum Regierungssitz ins Schloss gefallen, und es hätte nicht viel gefehlt, und das Land wäre weiterhin ohne tragfähiges Verkehrswende-Konzept geblieben – diese Dritte also, hielt sich, während sie nach Luft schnappte, kurz: erstens Fahrradschnellwege, sagte sie, und zwar so schnell wie möglich: Schnellfahrschnellwege sozusagen. Kreuz und quer. Achsen, Magistrale. Zweitens Tempolimit: 130km/h – halb so viele Verkehrstote, schnaufte sie und knallte einen Aktenordner mit neuesten Studien auf den langen leeren Konferenztisch, außerdem Reduktion der CO_2-Emissionen um mindestens 1,9 Millionen Tonnen. Drittens: Schienen, Schienen, Schienen. Will sagen: Schienenstränge am Rande der Autobahn, *wo der Lastverkehr eingespurt werde, Schienen auf dem Land ausnahmslos wieder in Betrieb nehmen, und wo es keine gibt, neue bauen. Die Regentschaft lächelte versonnen, aber immer noch erwartungsvoll. Ach ja, meinte die Kandidatin, fast vergessen: Wiederbelebung und konsequenter Ausbau des gesamten Nachtzugnetzes inklusive der Autoreisezüge. Apropos Wiederbelebung. Genau deshalb sei sie auch zu spät gekommen. Lastwagen, Fahrrad, toter Winkel. Diesmal sei es gerade noch mal gut gegangen. Aber damit müsse man anfangen: Neue Verkehrsführung. Abbiegeassistenz. Nachrüstung. Natürlich verbindlich. Verbindlich im Sinne von: Wenn nicht, empfindliches Bußgeld, mindestens.*

Die Regentschaft stimmte zu, gleichermaßen betroffen und erleichtert, und reichte der Kandidatin zusammen mit einem Glas Wasser die Amtspapiere und den Schlüssel zu ihrem neuen Büro.

»Dann geh ich mal gleich an die Arbeit«, sagte die frischgebackene Verkehrsministerin.

»Das hören wir gern«, antwortete die Regentschaft, »halten Sie uns auf dem Laufenden.«

Okay, das klingt jetzt mehr nach einem neuen Anfang als nach einem guten Ende. Gutes Ende gehört sich aber bei einem Märchen. Nun, daran soll es nicht fehlen:

So ist es in diesem Land dazu gekommen, dass immer mehr Menschen ein »Abo Absolut« (zunächst hieß es »Bahncard Absolut«, aber das Wort »Bahncard« erinnerte zu sehr an die zu Ende gegangene Zeit des Runterwirtschaftens) im Portemonnaie hatten, zu halbwegs erschwinglichem Preis natürlich, das hatte man sich vom Nachbarland Schweiz abgesehen, und sie, wann immer sie wollten, in die Bahn ein- und aussteigen konnten. Und zuweilen ihr Rad mitnahmen. Und manchmal auch ein Auto. Dies über Nacht. So lebten sie glücklich und zufrieden von einer Legislaturperiode zur anderen, denn niemals würden sie eine Regierung wählen, die auch nur eine Sekunde lang laut darüber nachdächte, ihnen diese schöne nachtschlafende Mobilität wieder wegzunehmen.

»Wirklich?«

»Ja, dereinst.«

»Heißt dereinst ›damals‹ oder ›bald‹?«

»Beides. Und nun schlaft gut.«

Zum Nach- und Weiterlesen:

Kerstin Schwenn: *Das Ende der Reise im Pyjama*. In: *Frankfurter Allgemeine Zeitung*. Nr. 123, 30. Mai 2016. https://www.spiegel.de/wirtschaft/unternehmen/nachtzug-boom-warum-ist-die-deutschen-bahn-nicht-dabei-a-ebd5fbbe-2a17-4680-ad64-d977fa703c1d (30.10.2002) ● ● ● (Nein, sie will nicht:) https://www.zeit.de/mobilitaet/2019–12/schlafwagen-nachtzuege-deutsche-bahn-umweltbilanz ● ● ● (Nun will sie doch – ein bisschen:) Markus Balser: »Aufgewacht«, in: Süddeutsche Zeitung vom 8. Dezember 2020. https://www.sueddeutsche.de/reise/nachtzug-nachtzuege-nightjet-bahn-1.5141265 ● ● ● https://www.autoreisezugplaner.de/db-autozug.htm ● ● ● https://www.deutschlandfunk.de/was-bringt-ein-tempolimit-100.html ● ● ● https://www.umweltbundesamt.de/sites/default/files/medien/366/dokumente/uba-kurzpapier_tempolimit_autobahnen_kliv_0.pdf ● ● ● Zum Skandal fehlender Abbiegeassistenz: https://www.adfc.de/presse/pressemitteilungen/pressemitteilung/nachruestpflicht-gefordert-90-der-lkw-weiter-ohne-abbiegeassistenten ● ● ● Das Digitale Wörterbuch der deutschen Sprache zum Adverb »dereinst«: https://www.dwds.de/wb/dwb/dereinst ● ● ●

12

Im Dunkeln tappen

Was haben Menschen, die nachts aufstehen, offenen, aber nicht sehenden Auges durch die Gegend laufen und dabei zuweilen anspruchsvolle Tätigkeiten verrichten, ohne dass sie sich darüber im Klaren sind oder sich an diese »Episoden komplexer Verhaltensweisen« (so die Fachliteratur) tags drauf erinnern würden, mit Leuten gemeinsam, die sich in ihren Forschungsinstituten durch Versuchsreihen tasten und im Falle eines Erfolgs nicht sagen können, wie genau der sich jetzt eigentlich eingestellt hat? In beiden Fällen wissen diese Menschen nicht, was sie tun. Oder nur so in etwa.

Die berühmteste Schlafwandlerin ist womöglich Heidi. Aus der Graubündner Bergwelt nach Frankfurt verschleppt, und damit an die Seite der gelähmten Klara und unter die Fuchtel von Fräulein Rottenmeier geraten, diesem Inbegriff einer zugleich herrschsüchtigen und kleingeistigen Gouvernante, treibt es sie erst heimlich zur Zeit der Mittagsruhe auf den Glockenturm des Doms – Hauptsache, hoch hinaus; dann auch nachts aus dem Bett, ihre Berge zu suchen. Sehr verständlich ist das. Aber natürlich lebensgefährlich, wie jedes echte Heimweh, das mit erstem Namen »La Maladie Suisse« heißt – weil halt die Schweizer ihre Heimat besonders heftig vermissen. Auch dies sehr nachvollziehbar, zumindest den äußeren Gegebenheiten nach. Jedenfalls wird »das« Heidi so mondsüchtig, dass der Hausarzt ihrer Gastfamilie Sesemann unmissverständlich die sofortige Rückführung in die Schweiz anordnet. Es folgen: Großmutter Sesemann, die Gute, samt ihrer Enkelin Klara, inzwischen Heidis beste Freundin, und, kreisch!, Fräulein Rottenmeier. Dennoch eine gute Entwicklung. Eine sehr gute Entwicklung, wenn man bedenkt, dass in der Folge dieser Hin-und-Her-Reiserei der Geißenpeter, Heidis Vertrauter aus der glücklichen Zeit des Ziegenhütens, endlich das Lesen, dass Klara das Laufen wieder lernt, und nicht zuletzt, dass Heidis Großvater vom zauseligen Alpöhi zurückmutiert in einen dorfkompatiblen Mitmenschen.

So weit zum Schlafwandeln. Und die Nachtwandler?

Geschlafen hat Humphry Davy, ein dichtender Apotheker-Lehrling im England des ausgehenden 18. Jahrhunderts, nicht, als er sich auf seine *moonlit walks* begab. Nicht anders als Millionen junger Menschen damals wie heute zog er um die Häuser, und zwar schwer *under the influence*. Und doch war es etwas mehr als das: In den nächtlichen Eskapaden wurde nämlich die verlässlich schmerzstillende Wirkung von Lachgas und Äther entdeckt. Das erfolgte quasi wie von selbst, so nebenher, auf einmal war es da, inmitten der Ausgelassenheit, festgehalten in einer krakeligen Notiz zwischen Einkaufslisten, Arbeitsaufträgen und lyrischen Skizzen. Anlass genug, das Ganze nun in verschiedenen Abmischungen nach allen Seiten zu erproben, bevor die Welt von diesem Geschenk erfahren sollte. Das fanden sowohl seine Chemie-Kumpels als auch seine Literaten-Freunde ungewöhnlich inspirierend. Substanzen, Gedichte und große Erkenntnis – was für eine treffliche Mixtur!

Natürlich befand man sich mitten im Umschwung von der Epoche der Aufklärung in die der Romantik. Und Romantiker haben es nun mal mit der Nacht. (∗ Siehe das Kapitel *Unter Tage*.) Allerdings war diese Art *moonlit walks* eben nicht nur eine romantische Marotte gefühls- und weinseliger Jünglinge, die gern die Nacht zum Tag machen. Es war, zumindest auch, die andere Seite von Wissenschaft. Ihre Nachtseite. So nämlich hat es der französische Molekularbiologe und Wissenschaftshistoriker François Jacob beschrieben: Von den meisten Menschen unbeachtet, habe auch die Wissenschaft diese beiden Seiten: Tag und Nacht. Die »Tagwissenschaft« schreitet voran nach den Regeln planmäßiger Vernunft: Sie räsoniert, ordnet, überprüft, rechnet, zählt, hält fest. Sie repräsentiert das Helle und Klare eines logisch folgernden Denkens, das ausgeschlafen, neugierig, unermüdlich und systematisch die vielen vertrackten Probleme löst, die sich in den Laboren und Büros wissenschaftlicher Institute aufstapeln und verknoten. Das erfordert ein beträchtliches Maß an Systematizität. Denn um in Verstandesdingen Knoten zu lösen – der Philosoph Ludwig Wittgenstein hat das sehr schön beschrieben –, muss man »ebenso komplizierte Bewegungen machen, wie diese Knoten sind«. Dass es zuweilen zu schlichten Resultaten komme, bedeutet nicht, dass es auch die Methode ist, mit der man dorthin gelangt.

Die andere Seite ist die Domäne der »Nachtwissenschaft«: Sie tappt im Dunkeln, sie tastet und verwirft, sie ahnt, ihr schwant etwas, sie hat diese schlafwandlerische Orientiertheit, die sich nicht in Worte fassen lässt. Dabei richtet sich die Nachtwissenschaft als solche durchaus nicht nach Tagesrhythmen. Um zwölf Uhr mittags kann die genialste Nachtwissenschaft ausgeführt werden – wenn man sich selbst und ihr die Zügel lässt. Das *High Noon* der wissenschaftlichen Durchbrüche hat seine eigene Zeit.

In seinem Buch *The Sleepwalkers* hat Arthur Koestler in den 1960er-Jahren am Beispiel der astronomischen Forschung von den mesopotamischen Gelehrten über Galileo Galilei bis hin zu Isaac Newton beschrieben, wie wenig eine Co-Existenz von Spiritualität (man könnte auch sagen: eine Empfänglichkeit für nicht- beziehungsweise Noch-nicht-Gewusstes) der taghellen Vernunft in ihrem szientifischen Voranschreiten abträglich sein müsste. Im Gegenteil sei es Unsinn, anzunehmen, es ginge ohne dieses Zusammenwirken von Ahnung und Intuition, allein mit den Maximen eines rationalen Prozederes. Tatsächlich ist kaum ein Mythos zählebiger als der von den Wissenschaften, die stets auf der Höhe ihrer selbst arbeiten. Luzide mag sie sein, sich selbst durchsichtig ist sie keineswegs. Auch sie wirft Schatten, alles ganz normal. Wissenschaft ist auch nur eine Weise der Welterzeugung (unter anderen), um hier ein Wort von Nelson Goodman aufzunehmen, und Wissenschaft ist auch nur ein Beruf – so wiederum hat es Max Weber formuliert.

Außerdem findet Arthur Koestler, es fehle in den wissenschaftstheoretischen Diskursen um die Heldentaten großer Entdecker ein Blick auf die Erfordernisse der Moralität. Denn die, so Koestler, würden nur zu gern hintangestellt. Als ob sie nichts zur Sache täten. Nun war Arthur Koestler selbst zeitlebens und erst recht posthum ein wissenschaftstheoretisch, wissenschaftspolitisch und nicht zuletzt auch moralisch umstrittener Autor. Deshalb muss man ihm seine Diagnose nicht nehmen, die wissenschaftlichen Riesen, auf deren Schultern unsere Welt nebst ihrer technisch-zivilisatorischen Errungenschaften steht beziehungsweise lastet, seien »*moral dwarfs*«, moralische Zwerge, nicht gleich aus der Hand schlagen. Aber man darf die Frage stellen, ob das nicht übertrieben hart im

Urteil ist. Darüber ließe sich ausführlich nachdenken und trefflich streiten. Tatsächlich liegen Segen und Fluch ja nicht selten extrem nahe beieinander, und allein dies sorgt dafür, dass die Frage der Moralität in den Wissenschaften virulent zu halten ist. Von innen und von außen.

Erinnern wir uns an Wisława Szymborskas Gedicht *Entdeckung*. Es hat nicht ohne Grund die Form eines Glaubensbekenntnisses. Gibt es nicht diese Menschen, darunter wahrscheinlich nur ein Teil Wissenschaftler und Wissenschaftlerinnen selbst, die an die Wissenschaft glauben wie an einen Gott? Dagegen glaubt das lyrische Ich in Szymborskas Gedicht sowohl an die Möglichkeit einer umstürzenden Entdeckung der Wissenschaft als auch an deren Verdeckung; aus guten Gründen, sehr guten, womöglich lebensrettenden Gründen. Jenes Ich, es *glaubt an den Menschen, der die Entdeckung macht ...* und nicht weniger ... *an die Angst des Menschen, der die Entdeckung macht;* glaubt an *seinen Brechreiz und den kalten Schweiß auf der Lippe;* glaubt an *das Verbrennen der Niederschriften* und das *Zerstäuben der Zahlen;* glaubt an das *Zerschlagen der Tafeln ... an das Vergießen der Flüssigkeiten,* glaubt daran, *dass dann nicht zu spät sein wird.* Sicher darf man sein, dass – gewiss – niemand erfahren wird, was nicht erfahren werden soll:

weder die Frau noch die Wand,
nicht einmal der Vogel, er könnte es sonst verpfeifen:
Ich glaube an die verweigerte Hand,
ich glaube an die verpfuschte Karriere,
ich glaube an die vertane Arbeit von vielen Jahren.
Ich glaube an das ins Grab genommene Geheimnis.

Den Furor, die Einsamkeit, eines mit den Folgen seines wissenschaftlichen Handelns ringenden Menschen, den die große polnische Dichterin hier in Form eines subtilen Glaubensbekenntnisses beschreibt, erschüttert den Glauben daran, dass alles, was gewusst werden kann, auch zur Verfügung gestellt werden muss; dass das Gebot, »Sag, was du weißt«, befolgt werden muss; koste es, was es wolle. So eindringlich wird das hier beschrieben, dass wir stumme Zeugen dieser stummen Verzweiflung eines Menschen werden, der findet, was er nicht gesucht hat, oder der gesucht hat, was er nicht finden will oder gefunden haben wollte. Und wir sehen ihn nach einem Ausweg suchen, weil er an mehr und noch anderes glaubt als an die Prinzipien der Wissenschaft. Zum Beispiel an das Schweigenkönnen.

Und wir? Uns bleibt das »Dann findet es halt ein anderer heraus« im Halse stecken. Weil wir das nicht wissen können. So leicht können wir uns nicht davonstehlen. Weder bei Tag noch bei Nacht.

Zum Nach- und Weiterlesen:
Johanna Spyri: *Heidi*, Hamburg 2009 (Johanna Spyri: *Heidi's Lehr- und Wanderjahre* [1880] und: *Heidi kann brauchen, was es gelernt hat* [1881].
●●● (Zu Heimweh nach der Schweiz) https://hls-dhs-dss.ch/de/articles/017439/2010-03-31/ ●●● Humphry Davy: Chemische und physiologische Untersuchungen über das oxydirte Stickgas und das Athmen derselben [1799], in: Birgit Griesecke u.a., Hg.: *Menschenversuche. Eine Anthologie 1750–2000*, Frankfurt/M. 2008, S. 66–69. ●●● François Jacob: *Die Logik des Lebenden*, Frankfurt/M. 1982. ●●● Arthur Koestler: *Die Nachtwandler*, Wiesbaden 1963. ●●● Wisława Szymborska: *Deshalb leben wir*, Frankfurt/M. 1999 [1952]. ●●● Ludwig Wittgenstein: *Zettel*, Nr. 452, in: Ders. *Über Gewißheit* (Werkausgabe Bd. 8), Frankfurt/M. 1984, S. 329. ●●●

13

Scheherazade

Have you got a story?

Tanja Blixen, *Out of Africa*

Mal ehrlich: Warum um Himmels willen hat Scheherazade, eine hochgebildete, eine schöne und kluge, eine mutige und moralisch integre Frau, in der Blüte ihrer Jahre nach gut tausend Nächten, in denen sie mit spannenden Geschichten ihren Kopf zu retten wusste, ihren Zuhörer, einen gewaltbereiten, rassistischen, chronisch eifersüchtigen und rachelüsternen Massenmörder geheiratet? Der ein bis drei gemeinsamen Kinder wegen, die sie bereits zur Zeit des Erzählens geboren hat? (Die Angaben schwanken.) – Das soll ein glückliches Ende sein? Es ist noch nicht einmal ein halbwegs gutes. Dabei will man ein gutes. Das ist der Vertrag, den wir als Lesende, als Zuhörende meinen zu schließen, wenn wir in die Märchenwelt eintauchen. Und dann das. Nachdem wir so lange mitgezittert haben, ob die Neugier des Königs ein weiteres Mal größer ist als seine Ruchlosigkeit. Zwar wird dem König in Scheherazades Erzählungen immer wieder ein Spiegel vorgehalten: Er erkennt sich wieder in sinnlos mordenden Protagonisten, und es fällt ihm wie Schuppen von den Augen, dass wohl die Ermordung eines Menschen in der Tat eine schwere Sünde ist. Ja, hier und dort gibt er sich einsichtig, aber tätige Reue sieht anders aus. Dennoch wird gehochzeitet und das Fest aller Feste gefeiert, zumal sein Bruder, Schahsaman, der ja auch den einen oder anderen Rachemord auf dem Gewissen hat, sich mit Scheherazades Schwester Dinarasad vermählt. Doppelhochzeit im Zeichen des Stockholm-Syndroms. Aber von derlei Anachronismen abgesehen – geht das nicht wirklich ein bisschen zu schnell nach zwei drei viertel Jahren Todesangst und Todesdrohung? Jedenfalls scheint der Schock über diese spektakulären Verbindungen die moderne Leserschaft heftiger zu ergreifen als das Trauma des Ausgeliefertseins Scheherazades und ihrer Schwester. Vielleicht weil uns die herkömmliche Märchensozialisation etwas radikal anderes erwarten lässt: Heldin, tapfer und klug (Scheherazade), besiegt den bösen Geist (König Schahriyar) – und heiratet einen anderen (n. n.). Selbst in »Ritter Blaubart«, der ebenfalls seine Ehefrauen der Reihe nach meuchelt, wird die aktuelle Kandidatin in letzter Sekunde errettet von ihren Brüdern, die den frauenmordenden Gesellen niederstrecken, und ihre Schwester kann ihr Glück mit einem »soliden Mann« finden, nach der ursprünglichen Fassung von 1697 des französischen Märchensammlers Charles Perrault.

Ich liebe *Aladin und die Wunderlampe,* nicht weniger *Sindbad, der Seefahrer,* und selbstredend auch die Verwandlung des Stoffes in eine Sinfonische Dichtung durch Rimski-Korsakow – und wollte eigentlich gar nicht wissen, was ich seit einiger Zeit weiß, nämlich, dass beide Märchen gar nicht zum eigentlichen Korpus der Märchen aus Tausendundeiner Nacht gehören. Antoine Galland, dessen Übersetzung ins Französische den Ruhm von Tausendundeiner Nacht zu Beginn des 18. Jahrhunderts in den westlichen Ländern begründete, hat diese aus Aleppo stammenden Geschichten mit lockerer Hand dazukompiliert. Und jetzt wollte ich eigentlich gar nicht wissen, und schon gar nicht derart philologisch unanfechtbar, wie in den Studien der Arabistin Claudia Ott dargelegt, dass Scheherazade diesen Inbegriff toxischer Männlichkeit heiratet, und zwar mit sieben verschiedenen Hochzeitsgewändern. Gefällt mir nicht als Leserin. Als Philologin weiß ich eine sorgfältige Übersetzung zu schätzen (auch wenn ich Schwierigkeiten damit habe, den schwarzen Sklaven Massud, aus dem Baum springend in Vorfreude auf den Liebesakt mit der Königin, »Was hast du, Mädel?« rufen zu hören; wie ein angetrunkener Oktoberfestbesucher, also wirklich …). Als Kulturwissenschaftlerin fühle ich mich in der Klemme: Wie rezipiert man respektvoll diese fremdkulturelle Darstellung gleichermaßen rachsüchtiger wie selbstmitleidiger Protagonisten und gleichermaßen extrem beherzter wie allzu hingebungsvoller Protagonistinnen, die, alles in allem, Züge einer affirmativen Parodie annimmt?

Vielleicht ist einfach alles eine Frage der Überlieferung:

Punkt 1: Wie sich eben bereits andeutete, sind die Märchen aus Tausendundeiner Nacht gar nicht für Kinder gedacht gewesen. Nicht nur die sehr konkrete Erotik können Erwachsene besser einordnen, vielleicht auch das übermäßige Morden. (Schließlich werden auch in den städtebasierten Krimiserien der Abendprogramme gefühlt mehr Ermordete aufgefunden, als die jeweilige Stadt Einwohner hat.) Mehr noch: Es waren gar keine Märchen. Diesen Titel erhielten sie auch erst in Europa; er war so schön kompatibel.

Punkt 2: Horrormärchen und Schauergeschichten gibt es überall auf der Welt. König Blaubart, der nicht nur seine ermordeten Ehefrauen in einer Kammer versteckt, sondern, wie in einem echten Psychothriller, den Schlüssel zu dieser Kammer seiner derzeitigen Frau überlässt mit dem Hinweis, sie möge ihn keinesfalls benutzen, wurde ja bereits erwähnt. Machen wir also keine große Sache aus dem persischen Serienkiller und schauen in den uns vertrauten Überlieferungen nach, wo man nach Gewaltexzessen nicht übermäßig lange suchen muss.

Punkt 3: Man redet der Literatur nicht rein, schon gar nicht den alten Überlieferungen. Das ist albern. Natürlich darf man sich wundern. Und Fragen stellen.

Punkt 4: Vielleicht sollten wir unser Augenmerk von der enervierenden Despotie der Rahmenerzählung lösen und auf ihre Dynamik, auf ihren inneren Antrieb, den seriellen Verlauf der Geschichte richten – getreu dem Motto, dass der Weg das Ziel ist.

Zweifellos suchen die Farbigkeit und Opulenz des Stoffes ihresgleichen. Und »selbstbezüglich«, diese Lieblingsidee der Literaturwissenschaft, ist ein schwacher Ausdruck für diese schwindelerregenden Spiegelungen des Rahmens in die nächtlich erzählten Binnengeschichten hinein, die sich immerfort verzweigen und verschachteln und deren Ende sich im wörtlichen Sinne immerzu vertagt. Eine Tür nach der anderen wird aufgestoßen, schließt sich wieder, während gleichzeitig ein, zwei, drei neue Türen geöffnet werden. Doch werden uns nicht allein schillernde Welten vorgeführt; das geschieht quasi nebenher, sondern vor allem eines wird gezeigt: dass die Macht des Erzählens sich mit der Macht des Henkers sehr wohl messen und sie, *in the long run,* durchaus übertrumpfen kann.

Dieses Gegenteil von Sich-um-Kopf-und-Kragen-Reden, dieses Erzählen, um Kopf und Kragen zu retten, bedeutet: als

Gefangengenommene selbst gefangen zu nehmen, mit Worten zu fesseln, und zwar so, dass das Begehren erzeugt wird, in dieser Gefangenschaft zu verbleiben, koste es, was es wolle. Man kann das in eine erotische Konstellation übersetzen. Das ist naheliegend, aber nur ein Aspekt. Das Konzept ist damit keineswegs erschöpft. Erzählerisch Spannung herstellen und erhalten, um Schlimmes abzuwenden – das offenbart sich uns jetzt als ein Existenzial. Egal, ob es um einen selbst oder ob es um andere geht (man kann ja notfalls auch sich selbst aus einer Krise herauserzählen): Es gilt, den Sturz ins Verderben aufzuhalten, abzuwenden. Und das Wunder ist, dass es gelingen kann. Leider nicht immer. Aber oft. Wenn es darauf ankommt, kann ein jeder und eine jede die Scheherazade in sich herausholen. Davon bin ich überzeugt. Es kann dabei von Vorteil sein, wenn man, wie Scheherazade, eine Idee davon hat, wie *Cliffhanger* fabriziert werden. Bei ihr geht das, gegen Ende der zweiten Nacht, zum Beispiel so: Gerade erzählt sie die Geschichte, wie ein Kaufmann mit einem *Dschinni* (Flaschengeist) einen prekären Handel eingegangen ist, und berichtet nun von einem alten Mann, der seinen Weg kreuzt. Dieser, statt weiterzuziehen, ist sehr erpicht auf das Ende der Geschichte:

»›Bei Gott, ich werde nicht eher hier weggehen, als bis ich gesehen habe, wie es mit dir und dem Dschinni ausgeht.‹ So ließ er sich bei ihm nieder und unterhielt sich weiter mit ihm. Wie sie nun gerade mitten im Gespräch waren, erschien plötzlich –«
Da erreichte das Morgengrauen Schahrasad [Scheherazade], und sie hörte auf zu erzählen. Und während die Dämmerung aufstieg und das Morgenlicht heller wurde,

sagte ihre Schwester [die sie eigens für diese Rolle mit in die Gemächer des Königs genommen hat, verabredungsgemäß]: »Wie spannend und wie aufregend ist deine Geschichte!« – »In der nächsten Nacht«, erwiderte Schahrasad, »erzähle ich euch etwas, das noch aufregender und spannender ist als das.«

Der tumbe König, der es kaum merkt, wie er sich hier selbst begegnet, wie er fortwährend verladen und hineinverschachtelt wird in eine Welt der Geschichten, die ihn nicht freigeben wird, lässt es sich natürlich nicht nehmen, sich selbst und die beiden Schwestern immer mal wieder an das ursprüngliche Setting zu erinnern, etwa am Ende der siebten Nacht, als der Kaufmann und der Dschinni immer noch miteinander zugange sind:

»Ich will sie, bei Gott, nicht eher töten, als bis ich gehört habe, wie es mit dem Alten und dem Dschinni weitergeht. Dann töte ich sie, so wie ich es mit anderen Frauen getan habe.«

Scheherazade also ist aus eminentem Selbstinteresse die Erfinderin des Cliffhangers *avant la lettre*. Der Sache nach tauchte der erste Cliffhanger erst 1873 als Steilhang überm Bristol Channel auf, in einem Roman von Thomas Hardys *A Pair of Blue Eyes,* wo ein gewisser Henry Knight, befasst mit den Klippen einer Dreiecksbeziehung, tatsächlich am Bristol Channels einen Steilhang hinunterrutscht und dabei ein Büschel Gras zu fassen bekommt, das seinen Sturz in den Tod aufhält. Dem Begriff nach taucht das Wort erst in den 1930er-Jahren im Geschäft amerikanischer Filmproduktionen auf.

Wohingegen die erste Aufzeichnung der Märchen aus Tausendundeiner Nacht wohl aus dem Jahr 800 unserer Zeitrechnung stammt und die eindrucksvollen Cliffhanger-Szenen Scheherazades somit mehr als tausend Jahre älter sind. Es scheint sich bei diesem Spannungsaufbau also tatsächlich um etwas nahezu Überzeitliches, jedenfalls etwas sehr Grundsätzliches zu handeln:

In der Fachwelt nennt man den *Cliffhanger*-Effekt auch Zeigarnik-Effekt. Eine junge Litauerin, Bljuma Wulfowna Zeigarnik, hatte es zwischen 1922 und 1927 geschafft, über die Nebenstraße »Gasthörerin« – dieses skandalöse Frauenprogramm der deutschen Universitäten; Deutschland ist übrigens das letzte Land gewesen, das Frauen regulär zum Studium zugelassen hat – in Berlin zu studieren. Damit war sie eine derjenigen, die dort in jenen Jahren den Frauenanteil von 8 auf 16 Prozent wachsen ließen (etwa auf das Niveau, auf dem heute der Anteil der Professorinnen liegt). Germanistik, das zunächst gewählte Fach, war ihr nicht – spannend genug, also wechselte sie zur Erforschung von Spannungssystemen in der experimentellen Psychologie, die in Berlin gerade der Renner war und sich in jenen Jahren zur berühmten »Berliner Schule der Gestaltpsychologie« mauserte, bis alle Beteiligten von den aufstrebenden Nazis außer Landes getrieben wurden. Aber so weit war es noch nicht, als Bljuma Zeigarnik anhand einer Reihe von Experimenten nachwies, dass, sobald man mit einer Aufgabe beginnt, ein gewisses Maß an Spannung aufgebaut wird, die einen bei der Stange hält: Man ist konzentriert und fokussiert. Diese Spannung hält idealerweise den Arbeitsprozess über an und wird dann mit dem Abschluss der Aufgabe abgebaut. Wird die Arbeit jedoch unterbrochen, bleibt die Spannung erhalten und weiß sozusagen nicht, wohin mit sich.

Deshalb wird die Erinnerung mobilisiert: Hey, da hast du etwas noch nicht fertig gemacht. Bleib dran.

Das Erinnerungsvermögen gesellt sich also als Erfüllungsgehilfin der Spannung zur Seite. Beide zusammen wollen nichts lieber, als dass die Aufgabe endlich zu Ende geführt wird. Dieses Wachhalten ähnelt der Sehnsucht, die präsent bleibt, wenn ein dringlicher Wunsch noch nicht erfüllt wurde. Genau dies hat Bljuma Wulfowna Zeigarnik in ihrer 1927 eingereichten Dissertation *Das Behalten erledigter und unerledigter Handlungen* dargelegt: »Die *unerledigten* Handlungen werden besser, und zwar durchschnittlich nahezu doppelt so gut behalten wie die *erledigten*« – und dabei käme es keineswegs auf deren äußerliches Fertig- oder Unfertigsein der Arbeit an, sondern auf das innere Unerledigtsein. Nur Letzteres erhält die Spannung.

Dass Vorhaben, bei deren Umsetzung man unterbrochen wird, einen viel stärkeren Handlungszwang, also den Drang zur Wiederaufnahme der unterbrochenen Handlung, hinterlassen als erledigte, dies wiederum wies ergänzend Zeigarniks Kollegin Maria Ovsiankina nach, die nach der russischen Revolution nach Berlin kam und dort ebenfalls Gelegenheit hatte, im gestaltpsychologischen Feld, das Max Wertheimer, Kurt Lewin und Wolfgang Köhler bestellten, zu forschen. 1928 reichte sie ihre Promotionsschrift *Die Wiederaufnahme unterbrochener Handlungen* ein, in der sie zeigt, dass der Aufforderungscharakter eines noch unfertigen Werks umso höher ist, »je stärker die [Versuchsperson] in die Handlung hineingeht, und am stärksten dann, wenn ›Hingabe‹ an die Sache erfolgt«.

Die Wiederaufnahme, sagt uns unser Gehirn, soll bei allernächster Gelegenheit erfolgen. Gleich am nächsten Tag beziehungsweise in der nächsten Nacht und der übernächsten und der überübernächsten und der überüberübernächsten ... Wie bei Scheherazade, an deren Hingabe angesichts der drohenden Hinrichtung nicht zu zweifeln ist. Man spricht vom »Ovsiankina-Effekt«.

Diese Arbeit, diese Aufgabe, teilen sich offenbar, unter tätiger Mitwirkung der Schwester, Scheherazade und König Schahriyar. Scheherazade muss die Idee haben, wie es weitergehen soll, nur nicht nachlassen!, und König Schahriyar lässt sich als Zuhörer auf den hohen Spannungspegel ein und drängt aufs Weitererzählen. Einen Tag lang wird das Morden schon noch warten können. Mit anderen Worten: in diesem Fall kommt es nicht nur auf die Kunst des Erzählens an, sondern auch auf die Kunst des Zuhörens. Ich sage es nicht gern, aber in diesem Sinne sind Scheherazade und Schahriyar nicht erst am Ende von Tausendundeiner Nacht ein Paar, sondern bereits währenddessen. Oder sagen wir lieber ein Team – in Würdigung der Professorinnen Zeigarnik und Ovsiankina (Ja! Sie sind Professorinnen geworden! Nein! Nicht in Deutschland, natürlich nicht! In Moskau und Connecticut.) (∗ Vergleiche das Kapitel *Politisches Nachtgebet*)

Tania Blixen, oft als die »Scheherazade des Nordens« bezeichnet, hat um die Kunst des Zuhörens gewusst – und sie in Gefahr gesehen. Während eine Eröffnung wie *there was a man who walked out on the plain, and there he met another man* in Afrika quasi wie von selbst eine Zuhörerschaft bindet, würden die Menschen der westlichen Welt nervös reagieren – oder einschlafen. Selbst eine Rede würden sie am liebsten lesen, nicht hören, schreibt sie in *Out of Africa*.

Nahezu zeitgleich wirft auch Walter Benjamin einen pessimistischen Blick auf die Zukunft des Erzählens: In einer Welt, in der die Menschen »nicht gern an etwas arbeiten, das sich nicht abkürzen lässt«, sei die »Gabe des Lauschens« dabei, sich zu verlieren, weil aber erst das Lauschen darauf, wie die Geschichte weitergeht, nun einmal sicherstelle, dass diese Geschichten erinnert und weitererzählt werden können, stehe es schlecht um jene hervorragende Rolle, die das »Erzählen im Haushalt der Menschheit spielt«.

Wollen wir aber dennoch die Hoffnung nicht aufgeben, dass, wo jemand beginnt zu erzählen, gegen die Macht, gegen die Angst, gegen die Willkür, es offene Ohren geben wird. Uns bleibt ja gar nichts anderes übrig, als unermüdlich auf die lebensrettende Kraft von Sprache zu vertrauen, die sie als Institution gleichberechtigt neben Feuerwehr, medizinischem Handwerk und technischem Hilfswerk stehen lässt. Denn bislang jedenfalls haben wir, so der französische Philosoph Paul Ricœur, »keine Vorstellung von einer Kultur, in der man nicht wüsste, was *Erzählen* heißt.« Dabei muss es durchaus nicht die hohe, verschachtelte, die fantastische, die elaborierte Erzählkunst sein. Sehr, sehr einfach kann es sein: *There was a man who walked out on the plain, and there he met another man*, siehe oben, oder auch: »I once had a girl or should I say, she once had me.« Zum Beispiel.

Tania Blixen, die in ihrer Zeit in Afrika der großen Liebe ihres Lebens, Denys Finch Hatton, Geschichten zu erzählen pflegte, erzählte sie, anders als Scheherazade, aus freien Stücken. Über ihr schwebte kein Schwert. Sie erzählte ihre Geschichten zu Ende. Ihr Zuhörer ging fort, blieb weg (zu lange, wie sie fand) und kam wieder, ebenfalls aus freien Stücken. Wenn er wiederkam, fragte er: »Hast du eine Geschichte?« Natürlich hatte sie eine, und nicht nur eine. An den langen Abenden nach der Arbeit auf der Farm hatte sie einen nicht nur aufmerksamen, sondern auch einen großzügigen Zuhörer, der ihr an einem dramatischen Moment schon einmal ins Wort fallen konnte mit der Bemerkung: »*That man died in the beginning of the story, but never mind.*«

Das Beste wiederum, was über König Schahriyar zu sagen wäre, ist, dass auch er sich vereinnahmen ließ von findig Erdachtem, sich hinauserzählen ließ aus der Enge und Wüstenei seines Herzens. Das hatte er nicht gewollt, aber er konnte nicht anders. So ist letzten Endes genau dieser Umstand, dass selbst er, dessen Macht unermesslich scheint, sich als machtlos erweist gegen die Verwandlung in einen leidenschaftlich Zuhörenden, vielleicht – ein neuer Anfang ...

Zum Nach- und Weiterlesen:
Paul Ricœur: *Zeit und Erzählung.* Bd. II: *Zeit und literarische Erzählung,* München 1989, S. 40; 50 f. ● ● ● Ludwig Bechstein: *Das Märchen vom Ritter Blaubart,* in: *Neues Deutsches Märchenbuch,* Leipzig 1856. ● ● ● Abdelfattah Kilito: *Welches ist das Buch der Araber?* In: *Islam, Demokratie, Moderne,* München 1998. ● ● ● Karen Blixen: *Out of Africa,* London 1986 [1937], S. 194. ● ● ● *Die Erzählungen aus den Tausendundein Nächten,* 12 Bände, aus dem Arab. übersetzt von Enno Littmann, Frankfurt/M. 1976 [1953]. ● ● ● *Tausendundeine Nacht,* übers. v. Claudia Ott, München 2004, S. 34 ff. ● ● ● *Tausendundeine Nacht. Das glückliche Ende,* übers. v. Claudia Ott. München 2016. ● ● ● Bluma Zeigarnik: *Das Behalten erledigter und unerledigter Handlungen,* Berlin 1927. ● ● ● Maria Ovsiankina: *Untersuchungen zur Handlungs- und Affektpsychologie. Die Wiederaufnahme unterbrochener Handlungen,* Berlin 1928. ● ● ● Siegfried Lenz: *Elfenbeinturm und Barrikade,* München 1986, S. 175 ff. ● ● ● Walter Benjamin: »Der Erzähler«, in: Ders.: *Gesammelte Schriften* Bd. II, 2. S. 438–465. ● ● ●

14

Politisches Nachtgebet

Der gerechte Mensch ist wie ein Baum,
gepflanzt an den Wasserbächen,
der seine Frucht bringt zu seiner Zeit,
und seine Blätter verwelken nicht.«

Psalm 1, Vers 3

hör nicht auf mich zu träumen gott
ich will nicht aufhören mich zu erinnern
dass ich dein baum bin
gepflanzt an den wasserbächen
des lebens

Dorothee Sölle

Hatten sie wirklich gedacht, sie würden damit durchkommen? Diese bauernschlauen Planer des Katholischen Kirchentages 1968 in Essen, die jene Veranstaltung, angekündigt unter »Politischer Gottesdienst«, ausbremsen wollten, indem sie sie auf nach 23 Uhr ansetzten? Um so die vom Vietnam-Krieg aufgewühlten Gemüter von einer Versammlung abzubringen: alle viel zu müde, halb schon in den Schlafsäcken. Hatten sie wirklich gedacht, das würde funktionieren? So wie es leidlich gelingt, die Anzahl von Seminarteilnehmern zu reduzieren, indem man Veranstaltungen montagmorgens 8–10 oder freitagabends 18–20 Uhr ansetzt? Akademisch gebildete Menschen können sehr naiv sein.

Die Veranstalter und Veranstalterinnen des »Politischen Gottesdienstes« benannten ihren Programmpunkt kurzerhand in »Politisches Nachtgebet« um. Das klang noch viel besser, der Andrang war enorm, und der Zulauf hörte auch nach der Veranstaltung nicht auf, denn aus dem Politischen Nachtgebet wurde eine Institution. Regelmäßige Politische Nachtgebete gab es in Köln und anderen wild entschlossenen Gemeinden. Das hatten sie nun davon: eine politisierte Theologie. Für die Bedenkenträger hätte es nicht schlechter laufen können. Sie hatten in die Eisen steigen wollen und stattdessen versehentlich den Motor getunt. Gott sei Dank, kann man in diesem Fall mit Fug und Recht sagen.

Wie hatte das passieren beziehungsweise gelingen können? Warum hatte der Planungsstab den Seminarleitern ausgerechnet die Nacht in die Hände gespielt? Hätten sie nicht wissen müssen, dass die Nacht der Christenheit verheißungsvoll ist? Nicht nur die *Heilige Nacht* der Geburt Jesu, sondern auch die *Hochheilige Osternacht*, die von jeher, mit Lesungen und Gebeten, die Form einer Nachtwache annimmt? Wie weit mussten sich ausgerechnet die, die über Wann, Was und Wo des Kirchentages zu befinden hatten, von den Menschen entfernt haben, wie sehr sie unterschätzt haben, um auch nur eine Sekunde lang annehmen zu können, dass sie, nur weil der eine oder die andere auf dem weitläufigen Kirchentaggelände etliche Kilometer zurückgelegt haben würde, dass, nur weil die meisten früh aufgestanden, möglicherweise mühsam angereist sein würden, auf etwas verzichteten, was definitiv auf der Agenda stand? Diejenigen jedenfalls, denen man vorwarf, den christlichen Glauben ins Tagespolitische hineinzuziehen, die stellten sich ohne Wenn und Aber in die liturgische Tradition und nutzten die späte Stunde für neue Lesarten der Bibel, für eine Verbindung von Evangelium und Politik, frei nach dem Motto: »Man kann nicht denken, was man nicht tut.«

So kann's kommen, wenn man die Menschen und wenn man die Nacht unterschätzt und sich stattdessen auf Finten und Kalküle verlegt.

Peinlich berührt vom unerwarteten Zulauf, den die »Politischen Nachtgebete« überall hatten, versuchte man, ihnen rasch noch wenigstens die Kirchentüren vor der Nase zuzuschlagen – und beglückwünschte sich gegenseitig öffentlich, wenn das klappte. An Macht fehlte es nicht, es fehlte an Anstand und an noch etwas, das Heinrich Böll auf den Punkt brachte, indem er mit Blick auf diese Interessensvertreter meinte, sie »mögen beim ›Politischen Nachtgebet‹ wittern, so viel, wie sie mögen, sie wittern das Falsche, weil sie gar keine Wahrnehmungsorgane haben für das, was hier vor sich geht«. Das Letzte, was man an der Spitze der katholischen Kirche wollte, war Politisierung. Und das Letzte, was eine immer größere Gruppe »von unten« wollte, war *keine* Politisierung.

»Theologisches Nachdenken ohne politische Konsequenzen kommt einer Heuchelei gleich. Jeder theologische Satz muss auch ein politischer sein.« Dieser Satz stammt von einer der Organisatoren des Politischen Nachtgebets, Dorothee Sölle, und insbesondere mit ihr nahm diese Bewegung so richtig Fahrt auf. Sie wirkte zusammen mit anderen, darunter Fulbert Steffensky und Marie Veit, aber es war ihre Stimme, die am klarsten herausgehört wurde.

Eine Affinität zur Nacht hätte man schon in ihrer theologischen Dissertation aus dem Jahr 1954 ausmachen können, die sie zu Bonaventuras *Nachtwachen* verfasst hatte, diesem frühromantischen Episodenroman, in dem ein Nachtwächter seinen Mitmenschen nicht nur den Ablauf der Stunden, sondern auch die grotesken Verwerfungen der Welt zu Gehör bringt. Da war sie selbst schon sehr hellhörig geworden für die Notwendigkeit, sich aus dem Vertrauten herauszukatapultieren. Als Dorothee Sölle sich 1971 habilitierte mit der Arbeit *Realisation, Studien zum Verhältnis von Theologie und Dichtung,* sah das oberflächlich betrachtet so aus, als sei das Politische gar nicht mehr so zentral, doch für die Autorin gehörte die Auseinandersetzung mit der Kunst genauso zum Theologischen wie das Politische. Und sehr politisch wurde das Ganze dann auch, aber anders, als Sölle es vorhatte. Politisch wurde es im beschränkten Rahmen der Institutionspolitik; ein Spezialgebiet, das man in Sitzungssälen und Flurbegegnungen so nebenher inhaliert; sofern man an Ränkeschmieden interessiert ist. Und manchen ist auf ihren Lehrstühlen offenbar so langweilig, dass sie sich in diesem Metier vervollkommnen. Sie gönnen sich ja sonst nichts.

Eine Habilitation ist nicht nur der Ausweis zur Lehrbefähigung, sondern, wie der Soziologe Max Weber es in *Wissenschaft als Beruf* treffend dargelegt hat, eine Disziplinierungsmaschinerie. Es wird geschaut – ein bisschen wie beim Kirchentag –, ob der Mensch, der sich da habilitiert hat, ob sein Anliegen, seine Art zu denken, ins Programm passt. Da die Stellen rar und die Bewerbungen zahlreich sind, wird erwartet, dass die, die anstehen, ihr Anliegen passend machen. Zeitlebens hat Dorothee Sölle im Grunde keinerlei Chance auf eine Professur in der Theologie gehabt. Sie passte nicht. Zumindest denen nicht, die darüber zu befinden hatten, und sie war weit davon entfernt, sich passend zu machen. Im Gegenteil. Ihre Reisen nach Nordvietnam und Nicaragua befestigten ihre Haltung, dass christliche Nächstenliebe und politische Solidarität die zwei Seiten einer Medaille sind. Ende der Durchsage.

Verrückt übrigens, wie gut man mit Max Webers Schrift aus dem Jahr 1917 das Scheitern einer klassischen Universitätskarriere im Fall von Dorothee Sölle nachzeichnen kann. Schon seinerzeit hielt er die deutsche Ordinarienwelt für überlebt. Er kenne keine Laufbahn auf Erden, wo der Zufall eine solche Rolle spiele und auch, inmitten der Mittellosigkeit, die Fähigkeit zur Selbstzurücknahme, wenn »Jahr um Jahr Mittelmäßigkeit nach Mittelmäßigkeit« den Stich im Bewerbungsverfahren mache. Dass allein die elende Warterei auf einen Ruf schon seine disziplinierende Wirkung ausüben wird, ist ein intaktes Ordinarien-Prinzip: 1917, 1970, 2020. Als wolle oder könne man an diesem Spiel von Demütigung, Arroganz und »wildem Hasard« nichts ändern. Wahrscheinlich werden Webers Diagnosen nur von denen gelesen, die erst noch dorthin kommen wollen, wo Wissenschaft oder Politik sie tatsächlich ernähren, und nicht von denen, die dort schon angekommen sind und infolgedessen tatsächlich etwas bewegen könnten. Wahrscheinlich sind sie dort aber nur angekommen, weil sie im Zuge des Seitenwechsels die Erinnerung an solche Missstände vergessen haben oder vergessen mussten. Anders ist dieser irrsinnige Bestandsschutz eigentlich kaum zu erklären. – Dies nur nebenbei, weil es gerade passt. Zurück zu Dorothee Sölle.

Wenn schon keine Professur nach der Habilitation, dann doch zunächst und zumindest: ein Lehrauftrag. Auf dieses Anliegen hin folgte eine jahrelange Auseinandersetzung, exakt nach dem Muster der Possen rund ums Politische Nachtgebet. Wie um Himmels willen ließe sich verhindern, dass diese Frau zu Wort kommen würde? So wie die Portale der Kirchen vorm Politischen Nachtgebet, so müssten doch eigentlich auch die der Universität vor diesen unbotmäßigen Umtrieben geschlossen bleiben können. Hier wie dort hat man an höchster Stelle die niedrigsten Register gezogen. Da setzt sich tatsächlich an der Universität Mainz ein Dekan hin und blättert so lange im Kleingedruckten der Satzungen, bis er einen kleinen feigen Ansatzpunkt findet, wegen einer angeblichen »Rechtsunsicherheit«, um im Fachbereichsrat die Erteilung eines Lehrauftrages zu vereiteln. Nur zum Beispiel. Nicht, dass dies nicht bemerkt, und nicht, dass nicht dagegen protestiert wurde. Sogar einzelne Kollegen und Kolleginnen fanden das Ganze unwürdig und sagten das auch. Dennoch, es blieb nichts unversucht, eine politisch eindeutig links stehende, eine vielseitig aufgestellte und nervenaufreibend lebhafte Theologin außen vor zu halten. Abstimmungen zu unterminieren war das eine. Das andere die immer gern gezogene Karte versuchter Demütigung: Wenn sie schon unbedingt Seminare abhalten will, dann soll sie das gefälligst umsonst tun und auf eigene Kosten anreisen. – Wer jetzt glaubt, dass das so Sechziger ist, dem sei gesagt, dass auch heute noch Lehraufträge zum Teil unentgeltlich oder mit einem Honorar vergolten werden, das irgendwo zwischen lächerlich und verächtlich angesiedelt ist. Ich bin, noch nicht so lange her, eines Schreibens ansichtig geworden, direkt aus dem Dekanat einer großen und, wie es heißt, »exzellenten« Universität, auf dem – nein, nicht Freude und Dank für eine kostenlose Lehrtätigkeit Ausdruck verliehen, sondern eine Liste der damit einhergehenden Pflichten und möglicher Versäumnisse dargelegt wurde, nicht ohne den Hinweis darauf, dass keine Fahrkosten erstattet werden würden; *keine* unterstrichen. Übrigens sind unentgeltliche Lehraufträge in der Regel kein skurriles Hobby, sondern eine Notwendigkeit auf dem prekären Weg zur Habilitation beziehungsweise zum Erhalt der *venia legendi*. Mit anderen Worten: eine Falle. Ob sich an einem solchen Gebaren, noch viele Jahrzehnte nach dem Sölle-Mobbing, etwas ändern könnte? Vielleicht mithilfe dieses Gremiums, wie heißt es noch? Hochschulrektorenkonferenz, ja, genau, *nomen est omen*, dieser freiwillig Rat gebende Zusammenschluss, dessen Vorsitzende in siebzig Jahren seit Gründung bis heute genau ein einziges Mal eine Frau gewesen ist? Nun, die Hoffnung stirbt zuletzt. –

Neben formalen und finanziellen Fallen hat man schließlich versucht, Dorothee Sölle wissenschaftlich am Zeug zu flicken. Und das ging so:

Sie habe in ihrer Schrift *Stellvertretung* aus dem Jahr 1965 ein Hegel- und ein Nietzsche-Zitat in einen falschen Kontext gestellt. Außerdem sei ihr Gottesbegriff widersprüchlich. Namhafte Kollegen und Kolleginnen zeigten sich entsetzt, darunter Helmut Gollwitzer. Allein, der Professor, der dies äußerte, wollte es nur äußern, nicht diskutieren. Als man darauf beharrte, man müsse diese ehrrührige Anschuldigung nach wissenschaftlichen Gepflogenheiten erörtern, stand der Mensch nicht zur Verfügung. Nein, das wolle er nun mal nicht. Diese impertinente Nachfragerei grenze ja an Nötigung, meinte man in diesem Lager. Zur Orientierung: Wir befinden uns an der Mainzer Universität im Jahre 1972. Gerade hatte die konservative Professorenschaft gegen die Berufung der Kollegin Luise Schrottroff ein Veto eingelegt, woraufhin die Studierenden das Dekanat besetzt hatten. Helmut Kohl vermutete im Landtag hinter diesem Aufruhr öffentlich eine »rote Zelle« in der Mainzer Theologie. Der sogenannte Bund der ›Freien Wissenschaft‹ hatte sich als Sammelbecken gegen links formiert. Man fühlte sich bedroht von der lärmigen Studentenschaft, auch und gerade in Mainz. Bedroht war allerdings in diesem Fall Dorothee Sölle, die hart und unfair angegangen wurde, die im Zuge der Auseinandersetzungen Hassanrufen ausgesetzt war und mit Schmähbriefen traktiert wurde.

Man muss angesichts eines solchen Aufwandes schon noch einmal innehalten und nachfragen, was genau so schlimm und so furchtbar an der neuen Theologie Sölles war, ihrem *anderen Protestantismus.*

Ja, Gott stand auf dem Spiel. Und zwar ein Gott von der Sorte streng herrschender Väter, die immer wissen, wo es langgeht. Dazu Dorothee Sölle mit Teresa d'Avila: Wir können nicht alles einfach in SEINE Hände legen. Weil er tatsächlich nur die hat, die wir ihm leihen. Und deshalb dürfen wir diese, unsere Hände nicht einfach in den Schoß legen, sondern müssen tätig werden. Jesus von Nazareth, diesem »seltsam nahen und fernen Bruder«, gelte es zu folgen in seiner radikalen Parteinahme für Arme und Entrechtete. Das ist im Grunde auch schon alles. Kaum zu glauben, dass das nicht kirchenkompatibel sein sollte. Aber weil es so war, musste auch ein neues Glaubensbekenntnis her. Immer wieder hat Dorothee Sölle hierzu Anlauf genommen. Eine Version beginnt so:

Ich glaube an Gott
der die Welt nicht fertig geschaffen hat
wie ein Ding das immer so bleiben muss
der nicht nach ewigen Gesetzen regiert
die unabänderlich gelten
nicht nach natürlichen Ordnungen

von Armen und Reichen
Sachverständigen und Uniformierten
Herrschenden und Ausgelieferten
ich glaube an Gott
der den Widerspruch des Lebendigen will
und die Veränderung aller Zustände
durch unsere Arbeit
durch unsere Politik

Sehr, sehr schwer, einem solchen Credo so gar nichts abgewinnen zu können, sondern es schlichtweg für »Blasphemie« zu halten. Aber Josef Frings hat es geschafft. Und Karl Barth, der selbst die Losung ausgegeben hatte, gute Christen müssten morgens mit der Bibel in der einen und der Zeitung in der anderen Hand in den Tag gehen, verstieg sich zu: »Frauenzimmertheologie«.

Um ihre Synthese von Frömmigkeit, politischem Engagement und persönlichem Glück zu errichten, brauchte Dorothee Sölle einen Lehrstuhl letztlich nicht. Zumindest keinen in Deutschland. Mal ganz pragmatisch betrachtet: Ist ein Kompositum von »Lehre« und »Stuhl« nicht sowieso etwas zu abgeklärt für eine Frau, die vor allem *diskursiv* etwas *in Bewegung* bringen wollte? Wie auch immer, längst vergessen sind die, die in Mainz ihre hoch bezahlte Zeit damit verbracht haben, im Kleingedruckten nachzulesen, »ob die im vergangenen Jahr gewählten studentischen Vertreter im Fachbereichsrat Evangelische Theologie oder aber die im Januar neu gewählten Vertreter nun in dieser Angelegenheit bei der Beschlussfassung stimmberechtigt seien« – was *de facto* egal gewesen wäre, weil sowohl die im letzten als auch die im laufenden Jahr gewählten studentischen Vertreter und Vertreterinnen mutmaßlich nahezu geschlossen der Erteilung eines Lehrauftrags an Dorothee Sölle zugestimmt hätten.

Wie wohltuend anders muss es dann wohl gewesen sein am *Union Theological Seminary* in New York, einer *tatsächlich* freiheitlich gestimmten, kirchenunabhängigen Institution, an die Dorothee Sölle 1975 berufen wurde. Dort wurden die biblischen Gebote als soziale und politische Kategorien interpretiert, was einst schon Dietrich Bonhoeffer beeindruckt hatte. (Ach wäre er doch dort geblieben.) Hier, wo sie geschätzt und nicht beargwöhnt wurde dafür, dass sie die Theologie mit Poesie durchwob, dass sie ihre politische Theologie mit mystischer Suche vergewisserte, wirkte sie zwölf Jahre lang. Sie vertieft sich in die mittelalterlichen Schriften des Dominikaners Heinrich Seuse, sie lädt den Priester Daniel Berrigan, Jesuit, Gewerkschafter und Friedensaktivist, in ihre Seminare ein. Sie will es wissen: Hingabe und Widerstand – wie geht das zusammen?

Nicht, dass sie dort nicht aneckte, mit einem scharfkantigen Anti-Kapitalismus, der vor den Geldgebern des *Seminary* keineswegs haltmachte, mit überpointierten Absagen an einen traditionalistischen Glauben, in dem schon mal das Wort »Christofaschismus« fiel, oder auch einer nahezu missionarischen Engführung von lateinamerikanischem Befreiungskampf und Befreiungstheologie, als die, notabene, »Nachtgespräche« Fidel Castros mit Pater Frei Betto bereits einen Weg respektvoller Wiederbegegnung eröffneten.

Der damals entscheidende Unterschied des New Yorker *Seminary* zur Mainzer Universität: Alles wurde ausdiskutiert, jede Seite kam zu Wort. – Ihr letzter Tag in New York ist gewissermaßen eine letzte Nacht, ein »Nachtgespräch« mit sich selbst: Nach einer Gedenkveranstaltung für ihren langjährigen Freund Heinrich Böll findet sie die Subway-Station Greenwich Village verschlossen und läuft heim: »Das Gehen durch die Nacht ist wie ein Abschied ... *Adé compañeras.*«

Zurück in Deutschland, gab es »Gast-« und »Ehren«professuren; alles außer »ordentlich« sozusagen, dazu passend eine zweimalige Verurteilung im Zuge der Proteste gegen die Stationierung der Pershing-II-Raketen und eines Giftgas-Depots, aber nichts davon verhinderte, dass weiterhin kräftig Anstoß gegeben wurde.

Man sagt, die Nachtgebete hätten über den Abstand vieler Jahre hinweg die Montags-Friedensgebete motiviert, die der evangelische Pfarrer Christoph Wonneberger 1982 in der Dresdener Weinberg-Gemeinde initiiert hatte, und aus denen dann die Montagsdemonstrationen in der DDR im Herbst 1989 hervorgingen, welche letztlich die Mauer zu Fall brachten. Zwar versammelte man sich nicht nachts, sondern bereits gegen 17 Uhr, genau zu dem Zeitpunkt, zu dem die SED ihre Parteiversammlungen abhielt und nun, sagen wir, nicht zugegen sein konnte, und man im Zweifelsfall auch nur einkaufen gegangen sein konnte. Montags eben. Kühlschrank leer. Nachrichtenfreundlich war der frühe Zeitpunkt auch. Denn darauf kam es an: dass alle davon erfuhren. Und genau wie beim Nachtgebet versammelten sich dort, gegen die Repression, Christen und Nicht-Christen. Kein Problem. Weil es, wie Dorothee Sölle es formulierte,

um die brüderlichkeit geht aller nicht nur der christen
oder einer anderen gruppe
aller

Braucht es einen Nachsatz? Ja. Natürlich kann alles ins Gegenteil verkehrt werden. Es wird immer versucht werden, sich Worte, Werte und Wochentage unter den Nagel zu reißen, wie das renitente »quer«, die hoffnungsvolle »Alternative«, die Unverzichtbarkeit der Freiheit, den eminenten Montag. Finger weg davon!

Die »Wende« übrigens hat Dorothee kritisch begleitet. Der Sinn für Widerstand zeigte ihr mehr als ein Thema und durchaus verschiedene Gesichter.

Als Dorothee Sölle im Frühjahr 2003 starb, wurde an ihr Lebensmotto erinnert, das sie dem Denken der Quäker entnommen hatte: *Grenzenlos glücklich – absolut furchtlos – immer in Schwierigkeiten.* Tatsächlich: wie für sie gemacht und dennoch einer alten Tradition entstammend. Das Anrührende an dieser Devise ist, dass sie so umwerfend lebensbejahend ist, wie man es mit dem Bild der Quäker erst mal gar nicht in Verbindung bringen mag. (Andererseits darf man natürlich nicht immer Frömmigkeit mit Frömmelei verwechseln.) Das Fesselnde ist, dass die drei hohen Einsätze nicht genau auf einer Ebene liegen. »Grenzenlos glücklich«, das verweist auf eine spirituelle Erfahrung. »Absolut furchtlos«, das löst auf radikale Weise sogar Gott von Furcht und transformiert das »fürchte dich nicht« in eine emanzipierte Selbstverfasstheit. »Immer in Schwierigkeiten«: Tja, was soll man dazu sagen? Eine freudig-resignative Zustandsbeschreibung mit einem halb verlegenen Achselzucken ist das. Niemand *will* dauernd in Schwierigkeiten stecken. Somit ist es eine Art Hinnahme des Unvermeidlichen. Aber auch ein Gradmesser: Bin ich vielleicht gerade dabei, es mir zu bequem zu machen? Insofern eine Trias von Spiritualität, Lebensmut und Selbstkritik, und zwar eine fulminante, denn jedes Einzelne ist da oder soll da sein in beträchtlichem Maße: grenzenlos, absolut und immer.

Neben dieser denkwürdigen Devise erinnert heute an Dorothee Sölle: ein Platz in Köln, der 2016 nach ihr benannt wurde, gut gewählt vor einer Kirche und gleichzeitig »Mitten in dieser Welt«, wie es das Motto des damaligen Kirchentages besagte: Zwischen Wohnhäusern, Büros, Cafés.

Außerdem gibt es in Hamburg ein Haus, das ihren Namen trägt. Es beherbergt eine Diakonie, einen regen Seminarbetrieb und einen Laden mit fair gehandelten Produkten. Das Beste zum Schluss: Ein gerader Weg, nur ein paar Hundert Meter, führt zum Wasser.

Und in Essen? Wie wäre es mit einem kleinen Nachtcafé irgendwo auf dem ehemaligen Kirchentaggelände? Wo man sich auch nach 23 Uhr die Köpfe heißreden kann und es immer noch ein Glas und einen Happen gibt. *Komm, wir gehn noch ins Sölle.* Ich höre das schon in meinem inneren Ohr ... *Hey, wartet, ich will mit ...* (* siehe das Kapitel *Nachtmahl*

Und in Mainz? Im Viertel *der* Universität, die es sich auf ihre Fahnen, sprich: auf ihre Webpage geschrieben hat, dass innovative Ideen zu fördern und umzusetzen genau ihr Ding sei, dass man die Menschen dazu bewegen wolle, Grenzen zu überschreiten ... Ist das jetzt ein Blick nach vorn? Oder die Konsequenz aus einem Blick zurück in weniger goldige Zeiten, als jene, die *tatsächlich* Grenzen überschritten hatten, ebenda nicht lehren sollte(n) – nach dem Dafürhalten beziehungsweise Dagegenhalten jener, die so etwas schwer Erkämpftes wie die Freiheit der Wissenschaft für ihre eigene Beschränktheit und institutionellen Machtspiele in Anspruch nahmen. Nun, eine Schweizer Theologin hat 2020 einen Ruf nach Mainz bekommen und gleich im Wintersemester 2021 nach gründlicher Akteneinsicht eine bewunderungswürdig sachliche und schonungslose Darlegung des damaligen Skandals vorgelegt. Merci vielmals, Frau Kobel! Vielleicht jetzt noch eine Mainzer Forschungsstelle gegen institutionalisierten Machtmissbrauch? Ich glaube, nein, ich *möchte* glauben, ja, *ich habe die Erwartung,* dass genau das gerade schon in Arbeit ist.

Zum Nach- und Weiterlesen:
Dorothee Sölle und Fulbert Steffensky: *Politisches Nachtgebet in Köln,* Bd. 1, Stuttgart 1969. ◐◐◐ Dorothee Sölle und Fulbert Steffensky, Hg.: *Politisches Nachtgebet in Köln,* Bd. 2, Stuttgart 1970. ◐◐◐ Dorothee Sölle: *Untersuchungen zur Struktur der Nachtwachen von Bonaventura,* Göttingen 1959. ◐◐◐ Dorothee Sölle: *Stellvertretung. Ein Kapitel Theologie nach dem »Tode Gottes«,* Stuttgart 1965. ◐◐◐ Dorothee Sölle: *Gegenwind.* Erinnerungen, Hamburg 1995. ◐◐◐ Dorothee Sölle und Luise Schottroff: *Jesus von Nazaret,* München 2000. ◐◐◐ Renate Wind: Dorothee Sölle: *Rebellin und Mystikerin.* Die Biografie, Freiburg 2012. ◐◐◐ Renate Wind: *Grenzenlos glücklich – absolut furchtsam – immer in Schwierigkeiten. Dorothee Sölle,* Gütersloh 2013. ◐◐◐ Frei Betto: *Nachtgespräche mit Fidel,* Freiburg (Schweiz) 1985. ◐◐◐ Fulbert Steffensky: Nachwort zu einem Leben, in: Wolfgang Grünberg und Wolfram Weiße, Hg.: *Zum Gedenken an Dorothee Sölle.* Hamburger Universitätsreden. Neue Folge 8, Hamburg 2004, S. 101–108. ◐◐◐ Esther Kobel: »›Links und eine Frau – das muss bestraft werden‹. Kontroversen um einen Lehrauftrag für Dorothee Sölle an der Evangelisch-Theologischen Fakultät der JGU Mainz in den frühen Siebzigerjahren«, in: *MaTheoZ,* WiSe 2021/22, Jg. 6, H. 2, S. 97–121. ◐◐◐ Max Weber: *Wissenschaft als Beruf,* Stuttgart 1995 [1917]. ◐◐◐ Jacques Derrida: *Die unbedingte Universität,* Frankfurt/M. 2001. ◐◐◐ Heinrich Seuse: *Büchlein der Ewigen Weisheit,* Jena 1922 [um 1330]. ◐◐◐ Heinrich Böll: Protest-Brief gegen den Ausschluss des Politischen Nachtgebets, zitiert in Sölle, Gegenwind, (s.o.), S. 79ff. ◐◐◐

15

Nachtaktiv –
Glühwürmchen und mehr

M an denkt insgesamt zu wenig an die Glühwürmchen. Und zu viel an Fledermäuse, australische Wüstenspringmäuse, Mäuse überhaupt. Nichts gegen Mäuse, aber die Glühwürmchen! Wie arm und dunkel und entzaubert wäre die nächtliche Welt, wenn es sie nicht gäbe? Doch glücklicherweise gibt es sie überall auf der Welt, nur in der Antarktis nicht. Es scheint, sie haben nicht nur Teilen der Menschheit etwas zu sagen.

Zugegeben, sie sind kurzlebig, zeigen sich nur während gut zweier Sommermonate, meist im Juni und Juli, und streng genommen ließen sich die Stunden ihres funkelnden Auftritts noch dem späten Abend zuordnen – aber wer will im Sommer eigentlich genau unterscheiden, wann der Abend aufhört und die Nacht beginnt? Wenn an höchster amtlicher Stelle in die Zeit eingegriffen wird und sie hin- und hergeschoben werden darf, ist daraus nicht abzuleiten, dass die Menschen, und schon gar nicht die Glühwürmchen, sich von dieser Zeitpolitik beeindrucken lassen müssen. – Tatsächlich war es ja ein Insektenforscher, George Vernon Hudson, der aus dem persönlichen Anliegen heraus, sich mehr Tageszeit zum Sammeln von Insekten zu organisieren, die Idee, im Sommer die Uhr vorzustellen, in einem Vortrag 1895 vor der *Royal Society of New Zealand* präsentierte und einige Zeit später auch publizierte. Niemand reagierte darauf, und die Sache geriet in Vergessenheit. Im Interesse der Insekten konnte man sagen: Es lebe die Normalzeit! Leider blieb es nicht dabei. (* Siehe das Kapitel *Paten der Nacht*.)

Die männlichen Glühwürmchen jedenfalls suchen sich nach der inneren Uhr ihre Partner zur Fortpflanzung; das auch für die Menschenwelt nicht untypisch in lauen Sommernächten. Bei den Glühwürmchen ist es so: Sie leben gewissermaßen nur für die Liebe. Zwanzig Monate lang sind sie Larven, dann entpuppen sie sich nur für ihre Paarungszeit – die allerdings ziemlich sensationell ist, denn mit im Spiel sind Luciferin und Luciferase. Das klingt ein bisschen nach einer teuflischen Variante von Jorinde und Joringel, ist aber reine Chemie: Luciferin, eine Carbonsäure, reagiert unter Mitwirkung des Katalysator-Enzyms Luciferase mit Sauerstoff, und die Energie dieses Oxidationsprozesses wird in Form von Licht abgegeben – durch im hinteren Teil des Käferkörpers befindliche transparente Stellen. Beide Geschlechter verfügen über diese schöne Fähigkeit zur Selbsterleuchtung. Das Phänomen wird Biolumineszenz genannt und bezeichnet sozusagen das autonome Licht des Lebens.

Locken durch Licht funktioniert natürlich nur, wenn es dunkel genug ist. So sind die Glühwürmchen vorzugsweise in den beiden Stunden vor Mitternacht unterwegs, wobei die Männchen besser fliegen können, die Weibchen dafür größer sind, um genug Platz für die Eier und somit haufenweise Nachkommen bereitzustellen.

Glühwürmchen gibt es in etwa zweitausend Varianten, aber meines Wissens bereitet man ihnen nur in Japan ein eigenes Fest, das *Hotaru Matsuri*: Die Vorliebe für Glühwürmchen reicht in Japan weit zurück: Ein frühes Zeugnis dafür finden wir bereits im *Genji Monogatari,* einem Roman, der um das Jahr 1000 herum im höfisch geprägten Heian (dem heutigen Kyôto) von einer Hofdame namens Murasaki Shikibu verfasst wurde. Als eine aufmerksame Beobachterin höfischer Intrigen und Amouren lässt sie uns knapp zweitausend Seiten lang daran teilhaben – was vor allem dann begeistert, wenn man entweder an den Details von konkubinatsgenerierten Rängen und Ränken soziologisch, an Erlesenheiten jedweder Art ästhetisch interessiert ist, sprachgeschichtlich an den fein nuancierten Facetten der japanischen Höflichkeitssprache oder literarisch an einer exzessiv anspielungsreichen Prosa – oder es einfach feiert, dass einer der ersten Romane der Weltliteratur von einer Frau verfasst wurde. Für mich ist an dieser Stelle wichtig, dass den Glühwürmchen ein eigenes Kapitel gewidmet ist:

Genji, der leuchtende Prinz, ist sechsunddreißig Jahre alt und verliebt in Tamakazura, eine junge Frau, die in mancherlei Hinsicht seine Tochter sein könnte, aber nicht ist. Er ist nicht der Einzige, der ein Auge auf Tamakazura geworfen hat. Da kommt er eines Abends auf die Idee, seine noch unerwiderte Leidenschaft damit zu befeuern, dass er sich zum heimlichen Zeugen der Avancen eines anderen macht. Und wie wäre es, denkt er sich, bei dieser Gelegenheit einen Blick auf das zumeist verborgene Gesicht der Angebeteten zu erhaschen? In seinem Kimonoärmel fängt er Glühwürmchen ein und lässt sie von seinem Versteck aus frei. Eine romantische List, die, wie nicht anders zu erwarten, mit spontan verfassten Gedichten kommentiert wird, *Tanka* in diesem Fall. Die tatsächlichen Gefühle sind dabei nicht so entscheidend wie die

Anzahl der Silben. Genau einunddreißig müssen es sein: fünf-sieben-fünf-sieben-sieben.

Das Liebesfeuer
der leuchtenden Insekten
ohne Stimme
wie könnte es, selbst falls man
es löschen wollte, je vergehen

Das ohne Stimme
sich selbst verbrennende
Leuchtkäferchen,
noch tiefer glüht es in Liebesqual
als Menschen, die sprechen können.

(Bei Übersetzungen in eine andere Sprache bekommt man das meist nicht silbenadäquat hin, ohne dass es albern wird. Aber fast ist es dem Übersetzer Oscar Benl hier ja gelungen.) So weit, so gut – überlassen wir an dieser Stelle den Beteiligten alles Weitere und halten fest: Glühwürmchen spielen eine tragende Rolle in der japanischen Kultur. So ist es absolut folgerichtig, dass die drei in Japan vorherrschenden Hotaru-Arten höfische Namen tragen: *Hime* (Prinzessin), *Genji* (nach dem leuchtenden Prinzen, dessen Bruder übrigens tatsächlich *Hotaru* hieß), und *Heike*-Hotaru nach einem Epos aus dem 14. Jahrhundert, das vom Kampf zweier Adelsgeschlechter um die Vorherrschaft in Japan handelt. Für die Taxonomie der kleinen *Lampyridae* wird also der ganze japanische Hofstaat aufgefahren. Vergleichsweise bürgerlich und wenig profiliert, schwirren Glühwürmchen in unseren Landen umher. Weil sie um den 24. Juni herum sichtbar sind, dem Geburtstag des

Evangelisten Johannes, der die Geburt Christi verkündigte, werden sie auch Johanniskäfer genannt und dadurch lose mit dem christlichen Johannisfest assoziiert. Aber kein Vergleich mit der Huldigung, die ihnen in Japan von alters her zukommt.

Und dann diese japanische Erzählung aus dem Jahr 1968, die den Titel *Hotaru no haka* trägt: *Das Grab der Leuchtkäfer.* Er verheißt Schreckliches, und dass das Genre nicht Thriller lautet, sondern biografische Fiktion, versperrt jeden Ausweg in mediale Einklammerung, mit der wir uns was fürchterlich ist vom Leib zu halten pflegen. Japanische Sprache und japanische Schrift geben es her, dass das Wort »Leuchtkäfer« 蛍 auch mit den Zeichen »Vom Himmel fallendes Feuer« 火垂るの墓 wiedergegeben werden kann, was dann wörtlich genommen zweierlei benennt: die Glühwürmchen und die Bomben, die die Hafenstadt Kôbe in Brand setzten.

Im Sommer 1945 wurden über Kôbe, einem wichtigen Standort der japanischen Rüstungsindustrie, von amerikanischen Langstreckenbombern Brandbomben, Napalmbomben und Streubomben in einer Anzahl abgeworfen, die nahezu sechzig Prozent des Stadtgebietes zerstörten, mehr als zwanzigtausend Menschen verletzten oder töteten und eine halbe Million Menschen obdachlos machten – auch den vierzehnjährigen Seita und seine vierjährige Schwester Setsuko. Ohne Eltern, ohne Nahrung, ohne Schutz ziehen die beiden umher, beobachten nachts die Kamikaze-Flieger, die westwärts fliegen und nicht wiederkommen werden. »Wie die Gühwürmchen«, sagt Setsuko.

Mit dem letzten Rest ihrer Habe kauern sie sich in eine Höhle in der Nähe eines alten Weihers. In dunkler Nacht locken sie, nach dem Vorbild des armen Studenten Che Yin, der einer wohlbekannten Legende zufolge sich zum nächtlichen Lernen Licht nur in Form von Glühwürmchen leisten konnte, Leuchtkäfer unter ihr Moskitonetz. Für die, die am Morgen tot auf dem Boden liegen, scharrt Setsuko ein Grab. Aber einige bleiben. Die Glühwürmchen sind das Letzte, was Setsuko mit den Augen verfolgen kann, bevor sie selbst hungers stirbt. »Jetzt oben, jetzt unten, jetzt hat es sich hingesetzt.«

Wie weit ist die romantische List der unter dem weiten Ärmel eines seidenen Kimonos eingefangenen Glühwürmchen des Prinzen Genji entfernt vom verzweifelten Selbsttrost zweier verhungernder Kriegswaisen, die im Stockdunklen ein paar Leuchtkäfer zu sich locken? Neunhundertfünfundvierzig Jahre? Nein, nicht zu ermessen. Mit keinem Kalender, keinem Maß. – Akiyuki Nosaka hat mit dieser Erzählung seiner im Krieg umgekommenen Schwester ein Denkmal gesetzt. Es muss gesagt werden, dass der im Zeichen der Glühwürmchen stehende Text zum Verstörendsten gehört, was Literatur über Krieg je hervorgebracht hat – weil es den Krieg konsequent aus der Sicht der Kinder beleuchtet, die in keine, absolut keine Kriegslogik hineingelesen werden können, sondern, wie Kant es in seiner Schrift *Zum Ewigen Frieden* formuliert hat, Anlass geben, »den Himmel, im Namen des Staats, um Gnade für die große Versündigung [des Krieges] anzurufen, die das menschliche Geschlecht sich noch immer zuschulden kommen lässt«.

—

Es gibt »Glühwürmchen des Meeres«: *Noctiluca miliaris, die* »Nachtlaternchen«. Es sind Einzeller, die auch als Dinoflagellanten bezeichnet werden – ein Name, der auf interessante Art viel zu groß und vielsagend für so winzige Wesen erscheint. Nun, bei der »wirbelnden Peitsche« handelt es sich um marines Plankton, das besonders gern in tropischen Gewässern seine Kunst zeigt, nämlich in Reaktion auf mechanische Bewegung – Wellen, oder Menschen, die in Wellen springen zum Beispiel – zu leuchten, und zwar in allerschönstem Blaugrün. Prinzipiell kommen sie, genau wie die Festland-Glühwürmchen, überall vor, aber sie lieben es, wenn Mangrovenblätter überm Salzwasser hängen, hinabfallen und verrotten und sie ernähren. Tagsüber sollte kräftig die Sonne scheinen, denn das stärkt nachts ihre Leuchtkraft. Mit anderen Worten – Costa Rica ist ihre Wahlheimat. Hier treten sie gehäuft auf, und gehäuft auftreten meint bei ihnen: hunderttausend ihrer Art auf einen Liter Wasser. Ihr Spektakel an der Meeresoberfläche ist jedoch nur ein Vorgeschmack darauf, was nicht allein in der Brandungszone, sondern auch weiter unten an Leben und Leuchten stattfindet, in der Dämmerzone des Meeres, zwischen zweihundert und tausend Metern tief, und schließlich auch in der Tiefsee ab tausend bis sechstausend Metern und darüber hinaus – eine Welt, über die wir wenig im Bilde sind, von der aber, nach allem, was selbst über die mittleren Lagen bekannt ist, nicht anzunehmen ist, dass sie uninteressant ist.

Die nachtaktive japanische Meeresschnecke etwa, die als die hinreißendste aller Schnecken gilt – »entzückend« und »süß« sind die Adjektive, die sogar fachlicherseits vergeben werden, ist der Erwähnung unbedingt wert: Sie grast auf einer Fächeralge, die sie sich peu à peu einverleibt, ohne sie vollständig zu verdauen. Von Kidnapping sprechen die einen, von horizontalem Gentransfer die anderen. Im Körper der Schnecke betreibt die Alge weiterhin mit mühsam eingefangenem

Sonnenlicht Photosynthese, sodass erstens die Schnecke gut versorgt bleibt und zweitens von innen her grün leuchtet. Kürzlich wurde herausgefunden, dass dies nicht das einzige Kunststück von Meeresschnecken ist, sondern sie sich selbst enthaupten können (wahrscheinlich, um Raubtieren zu entgehen oder Parasiten abzuwehren) – was nichts anderes bedeutet, als dass sie eine Weile herzlos existieren können (das hatte man bislang nur von Menschen angenommen), bevor vom Kopf her ein Arbeitsherz nachwächst. Es liegt auf der Hand, dass diese Überlebenskunst sehr aufmerksam erforscht wird.

Dass mit zunehmender Tiefe und Dunkelheit die Lebewesen der See auf raffinierte Techniken von sehen und (nicht) gesehen werden angewiesen sind, ist: einleuchtend. Aber dass sie aus einem Erfordernis eine solche Sensation gemacht haben, wie sie gerade erst entdeckt wird, ist: fantastisch.

Quallen, Anemonen, Korallen, Krebse: Sie alle setzen, nicht anders als die Glühwürmchen an Land, auf das Zusammenspiel von Luciferin und Luciferase, also Biolumineszenz, und nehmen gegebenenfalls die Hilfe von Bakterien dafür in Anspruch, die sich in ihren Geweben ansiedeln und im Gegenzug fürs Leuchten zuständig sind. Andere saugen mit speziellen Eiweißverbindungen Restlicht aus ihrer Umgebung, es braucht dann nur noch ein paar Calcium- oder Magnesium-Ionen zur Zündung, und schon verwandeln sie ihre Umgebung in ein grünes, oranges, rötliches Schimmern, das nicht dafür da ist, Tiefseetauchern psychedelische Impressionen zu verschaffen, sondern sich aus einem bestimmten Musterrepertoire bedient, um zu kommunizieren: Biofluoreszenz – eine »Sprache aus Licht«, die erst noch zu begreifen sein wird. Neben der Funktion als Tiefseesprache ist ihre Wirkweise der Biofluoreszenz vielversprechend für Ingenieure; gerade im Zeichen von Energieersparnis: Warum eigentlich sollte uns die Biofluoreszenz nicht selbstleuchtende Bäume als Straßenlaternen bescheren? Oder blaugrün schimmernde Radwege? Womit wir wieder an Land und in den Städten wären, wo bislang, bis auf die Glühwürmchen, die ja gerade deshalb so geliebt und gefeiert werden, die Fähigkeit zu bioautonomem nächtlichen Leuchten sehr selten ist. Muss ja nicht so bleiben. (＊ Siehe das Kapitel *Paten der Nacht*.)

Das Berauschendste, was das feste Land zu bieten hat, sind die Nachtschattengewächse, die weniger nachtaktiv sind, vielmehr psychoaktiv – zumindest potenziell, und zwar aufgrund ihrer Alkaloidhaltigkeit. Der »nächtliche Schatten« verweist, so zumindest eine Deutung, vom Mittelhochdeutschen her, auf Halluzinationen und Albträume. Wie zumeist, ist auch bei den Alkaloiden alles eine Frage von Dosierung und Handhabung. Anders als bei Stechapfel und Tollkirsche ist man beim Verzehr von Kartoffeln und Tomaten auch in größeren Mengen auf der sicheren Seite. Die wirklich nachtaktiven Pflanzen wären etwa die Nachtkerze, die, wie der Name nahelegt, erst nach Sonnenuntergang ihre Blüten öffnet, dafür aber rekordverdächtig schnell innerhalb nur weniger Minuten. Ihr etwas übertrieben süßlicher Geruch lockt eine spezielle Schmetterlingsart an, die aufgrund ihrer großen Anhänglichkeit Nachtkerzenschwärmer heißt. Auch die Mondwinden öffnen nur nachts ihre bis zu fünfzehn Zentimeter großen weißen Blüten, die wirklich wie kleine Monde aussehen – was für eine gelungene Anverwandlung hat die Natur sich da ausgedacht –, und locken ebenfalls nachtaktive Schmetterlinge an. Es kommen aber nur die zum Zuge, deren Rüssel in die tiefen Blütenkelche hinabreicht. Es sollen die Lilien nicht unerwähnt bleiben, die nachts einen Duft ausströmen, der sich von ihrem Tagduft deutlich unterscheidet: von süß in Richtung würzig. Die Engelstrompete ist ein intensiv duftendes Nachtschattengewächs und tatsächlich auch ein sehr gefährliches Rauschmittel, der Sternbalsam, strahlend weiß, duftet nach Marzipan, ist ausgesprochen kälteresistent und kommt selbst in dreitausend Metern Höhe noch durch. Hm, vielleicht können solche Geschöpfe doch mit den Wunderwesen der Tiefsee mithalten ...

Diese leise und leuchtende, diese wohlriechende und wohlklingende Nachtaktivität! Wobei das Wort selbst bemerkenswert ist: Es steht da, als fehlte ihm ein Gegenpart. Als wäre »tagaktiv« eine Tautologie und »tagpassiv« ein nicht wünschenswerter Zustand, gehören diese Begriffe nicht in unseren tagaktiven Wortschatz. Hier hat das menschliche Normalmaß die Akzente gesetzt. Aber auch wenn das Wort etwas verloren dasteht, die nachts wache Welt ist unermesslich reich, bunt und seltsam. Nachtaktivität an Land und zu Wasser hält die Welt im Lot, selbst dort, wo wir, nachtpassiv, nachtblind und massiv sauerstoffabhängig, wie wir sind, nichts mehr davon mitbekommen. Zuweilen versuchen Meeresbiologen, Licht ins Dunkel des im Dunkeln leuchtenden Lichts zu bringen, setzen hochempfindliche Kameras ein und übermitteln uns diese Einblicke in eine leuchtende Tiefsee. Damit wir erst staunen und dann ruhig schlafen können. Hinter unserem Horizont geht's weiter, sagen diese Aufnahmen – dort leuchtet die Welt in Farben, von denen man nur träumen kann!

Zum Nach- und Weiterlesen:
Wolfram Eberhard: *Lexikon chinesischer Symbole,* München 1996,
S. 118. ◖◐◗ Sara Lewis: *Silent Sparks. The Wondrous World of Fireflies,*
Princeton 2016. ◖◐◗ Akiyuki Nosaka: *Das Grab der Leuchtkäfer,*
Hamburg 1990 [1967]. ◖◐◗ Immanuel Kant: *Zum ewigen Frieden,* in:
Schriften zur Anthropologie, Geschichtsphilosophie und Pädagogik, Bd.
1, Frankfurt/M. 2001 [1795], S. 213. ◖◐◗ Ivan Morris: *Der leuchtende
Prinz,* Frankfurt/M. 1988. ◖◐◗ Murasaki Shikibu: *Genji Monogatari.
Die Geschichten vom Prinzen Genji.* Zürich 1992, S. 715ff. (Japanische
Fassung), Kap. 25: https://jti.lib.virginia.edu/japanese/genji/original.html
(17.11.2022). ◖◐◗ Lars Abromeit: »Eine Sprache aus Licht«, in: *Die
Wunder der Meere. Geo Kompakt,* Nr. 66 (2021), S. 108–117. ◖◐◗
Vincent Pieribone und David F. Gruber: *A glow in the Dark: Revolutio-
nary Science of Biofluorescence.* Harvard 2006. ◖◐◗ https://www.
planet-wissen.de/natur/forschung/phaenomen_licht/pwiebioluminis-
zenz100.html (12.11.2022). ◖◐◗

16

Nachtwache

Im alten Babylon teilte man die Nacht in drei Nachtwachen: Die erste Nachtwache, *bararîtu,* begann mit dem Sternenaufgang, die zweite Nachtwache, *kablîtu,* um Mitternacht, und die dritte, *namarîtu,* nahm ihren Anfang in der Morgendämmerung. Diese Zeitabschnitte waren von gleicher Dauer und wurden der jeweiligen Jahreszeit angepasst. Und zwar nicht irgendwie, sondern nach einem ausgeklügelten System, in dem vermutlich die Mitternacht als Ausgangspunkt einer Zeitrechnung angenommen wurde, die auf einem *sexagesimalen* Prinzip beruhte, was nichts anderes bedeutet, als dass der volle Tageslauf in sechs Abschnitte geteilt wurde, davon ein jeder in sechzig Teile, und jeder davon abermals in sechzig Teile. Andere Quellen geben an, dass die babylonischen Astronomen den Tagesanfang mit dem Sonnenuntergang in eins setzten und somit eine schöne Basis für die Vorausberechnung von astronomischen Erscheinungen: Neumond, Sichelmond, Mondfinsternis und Himmelskonstellationen gewannen. Im alltäglichen Leben, so wird vermutet, zählte wohl der Sonnenaufgang als Tagesanfang. Aber von der babylonischen Ephemeridenrechnung (∗ siehe das Kapitel *Tagundnachtgleiche*) zurück zur Nacht, die, wie ich finde, durch die babylonischen Bezeichnungen doch sehr gewinnt. Stellen wir uns nur einmal den typischen Familienalltag vor: »Wir erwarten dich noch bei *bararîtu* zu Hause« klingt doch so viel besser als: »Um zehn biste aber wieder da ...«, und ein »Vor zwölf solltet ihr nicht mit mir rechnen«, verdaut sich nicht so leicht wie ein: »Ihr werdet mich wiedersehen, wenn *kablîtu* sich *bararîtu* nähert.«

Doch soll es hier ja nicht nur um diese phänomenalen Namen der Nachtwachen gehen, sondern vor allem um das Phänomen selbst: Nacht und wach, das klingt, sofern es sich nicht um gewollte und genossene Nachtschwärmerei handelt, nach keiner guten Ausgangslage, eher nach einer Ausnahmesituation: Angst, Krankheit, Sorge, Prüfung, Abgabetermin. Man wird wach gehalten oder muss sich selbst wach halten. In dem einen Fall könnten fünfundzwanzig Tropfen Baldrianauszug helfen, in dem anderen eine Kanne Assam Broken mit Zitrone und Honig. An Kaffee, diesen herrlichen Materialträger für 1,3,7-Trimethyl-2,6-purindion, oder auch einfach Koffein, das die Herzen schneller schlagen lässt, darf man nicht zu sehr gewöhnt sein, sonst bringt er nachts nichts mehr. Das ist glücklicherweise anders in Stifters Novelle *Bergkristall,* denn hier rettet Koffein zwei Kindern ihr Leben, in dem bislang Koffein nicht vorgekommen war.

Irgendwo im Hochgebirge trennt ein Bergrücken zwei Dörfer. Es ist der 24. Dezember: Konrad und Sanna wandern bei ruhigem, ja, bei »laulichtem« Wetter über den Bergrücken, um ihren Großeltern einen kurzen Besuch abzustatten. Auf dem Rückweg setzt starker Schneefall ein, und sie verirren sich bis in die Gletscherzone hinauf. Es wird Abend, es wird Nacht. In einer Felshöhle finden sie Schutz vor dem Schneefall, aber nicht vor Kälte und Müdigkeit. Konrad ist alt genug, um zu wissen: Einschlafen wäre das Ende. Ihr beider Ende. Obgleich noch ein Kind, ist ihm vollkommen klar, dass die Rettung im

Wachbleiben besteht. Aber gerade dies ist eine Herausforderung sondergleichen – nach einer so langen Wanderung nahezu unmöglich. Wie gut, dass ihre Mutter so sehr den Kaffee liebt, dass die Mutter ihrer Mutter wiederum, die diese Vorliebe ihrer Tochter gut kennt, die beiden Kinder nicht ohne eine kleine Flasche mit starkem Kaffeesud hatte ziehen lassen. Extra zu Weihnachten. Konrad öffnet das Fläschchen: ein Schlückchen und noch eins. Erst für Sanna, dann für ihn selbst. Die Mutter wird es schon verstehen und gutheißen, versichert er seiner kleinen Schwester. Der bittere Aufguss fährt den Geschwistern mit Wucht in ihre Körper, von innen her warm wird ihnen, und sie reden sogar ein wenig, bevor die Müdigkeit, schlimmer als zuvor, zurückkehrt. Dann wieder ein paar Schlückchen, bis tatsächlich das erste Morgengrauen sich zeigt und die Kinder erneut aufbrechen. Zwar können sie in Schnee und Eis noch immer nicht die richtige Richtung ausmachen, aber die Helfer können es, die längst aus den umliegenden Dörfern ausgeschwärmt sind. Glück darf halt nicht fehlen. Kaffee allein hätte auch nicht gereicht. Man muss sich ein bisschen auskennen in der Welt: Schnee muss von der Kleidung geklopft werden, damit sie nicht durchnässt. Man muss mit den Händen gegen den Leib schlagen, wenn die Kälte kommt. Hin- und hergehen und dabei jeden Gedanken ans Aufgeben im Keim ersticken. Nicht einmal an den Gedanken denken! In ebendieser beispielgebenden Weise hat Konrad die erste Nachtwache seines Lebens geschoben und dabei sein Leben gerettet und auch das seiner Schwester.

Theoretisch kann man eine Nachtwache für sich selbst halten: sich selbst wach halten, auf sich aufpassen, sich versorgen. Abgesehen von gewissen Ausnahmefällen ist diese reflexive Struktur jedoch nicht das, was eine Nachtwache ausmacht.

Nachtwachen sind prinzipiell vom anderen her gedacht. Für andere bleibt man nachts wach, gibt man seinen Schlaf her wie das letzte Hemd.

Auch Nachtschwestern und Nachtpfleger werden als Nachtwachen bezeichnet. Sie passen auf, dass nachts alle möglichst ruhig schlafen, und versuchen, etwas dagegen zu tun, wenn es nicht so ist. Das ist oft sehr viel Arbeit, verteilt auf wenige Schultern, weil jeder Dienstplan stillschweigend davon ausgeht, dass viel geschlafen wird in der Nacht und man daher nur einen Bruchteil an Personal braucht. Wenn es denn nur so wäre.

Telefonische Notdienste, Seelsorge: Allesamt Helden der Nacht. Gleichermaßen Realisten und Idealisten, wissen sie wie kaum jemand sonst, wie wenig sich Sorgen, Nöte, Krankheit an die Tagesordnung halten. Von der Solidarität, abwechselnd diese Aufgabe zu übernehmen, für andere da zu sein, wird insgesamt zu wenig Aufhebens gemacht. Natürlich werden Nachtschichten etwas besser vergütet als Tagschichten. Finanzielle Anerkennung der besonderen Leistung ist das eine; aber kein Nachtzuschlag irgendeiner Tarifordnung kann gänzlich verdecken, dass Nachtwachen Liebesdienste sind, zumindest eine einseitig gesteigerte Form von Solidarität. Da aber Solidarität eigentlich vom Prinzip der Gegenseitigkeit lebt, ist für jeden und jede, über den oder die einmal nächtlich gewacht wurde, die Aufgabe, einmal selbst an einem Bett zu wachen, einmal selbst in der Nacht zu trösten und zu pflegen, im Grunde das Beste, was passieren kann. Denn es entginge einem durchaus eine Dimension im Leben, wenn es nie eine Gelegenheit dazu gäbe. Eine Nachtwache mindestens ist mithin jedem Menschen zu wünschen; auch wenn sie schwer ist.

Eine Nachtwache strukturell sehr ähnlicher, dennoch äußerst seltsamer Natur, lernen wir in der Erzählung *Dornröschenschlaf* der japanischen Autorin und Nachtexpertin Banana Yoshimoto kennen. Als eine der ersten Vertreterinnen einer jungen urbanen Generation hat sie sich die Freiheit genommen, ihren Vornamen nach der rot blühenden Bananenpflanze zu wählen, die in China und Vietnam gedeiht – ein freundlicher Gruß an die Nachbarländer. Aber es geht hier nicht um Banana oder Mahoko, wie sie mit bürgerlichem Namen heißt, sondern um ihre Protagonistin Shiori. Denn Shiori hält Nachtwachen – aus Berufung. Sie bietet ausgewählten Kunden eine Dienstleistung besonderer Art an: einen nichtintimen »Bei-Schlaf«. Ihre Klientel rekrutiert sich aus jener großen und rasant anwachsenden Gruppe von Menschen, die unendlich erschöpft sind, so sehr, dass sie ihre Erschöpfung noch nicht einmal mehr wahrnehmen können. Aber sie leiden darunter, dass sie unweigerlich nachts plötzlich aufwachen. Wenn sie sich dann von einem sanften freundlichen Wesen, das neben ihnen wacht, ein Glas Eiswasser reichen lassen können, gibt ihnen dies das sichere Gefühl, dessen sie so dringlich bedürfen, und schnell schlafen sie wieder ein – »so sind die Menschen halt. Ich glaube, sie brauchen alle bloß jemanden, der einfach nur neben ihnen liegt«, meint Shiori, deren Requisit ein riesiges Doppelbett in einem wörtlich zu nehmenden *Schlafzimmer* ist. Erotik spielt in diesem Zusammenhang keine Rolle. Wenn Liebe im Spiel ist, dann am ehesten als Variante jener wohltätigen *Agape* der christlichen Kultur. Komplementär dazu finden wir auf der Seite der Kundschaft ein Bedürfnis, für das es, nicht ohne Grund, in der japanischen Sprache einen eigenen Ausdruck gibt: *Amae*. Amae bedeutet, dass man sich dem Gefühl hingibt, behütet, geliebt, geborgen sein zu wollen. Wie ein Kind. Erstaunt es jemanden, dass es eine sehr große Nachfrage nach Shioris Angebot gibt?

Die Erzählerin in Yoshimotos Erzählung, Shioris Freundin, hat dieses Problem gerade nicht: Dornröschengleich schläft und schläft und schläft sie und gerät selbst in ihren wachen Phasen in einen somnambulen Zustand, der sie halb belustigt, halb quält, in dem sie jedoch vor allem ein immer tieferes Verständnis dafür gewinnt, was mit Shiori, die, wir ahnen es, eines Tages oder eines Nachts beschließt, dass es genug Tage und Nächte in ihrem Leben gegeben hat, passiert ist. Dass sie nämlich in einer Art Übertragung, oder Anziehung, die Fürchterlichkeit der Welt in sich aufgesogen hat. Wenn man immer wieder neben einem äußerst erschöpften Menschen schläft, überlegt sich die Erzählerin, »dann zieht man vielleicht ganz unwillkürlich eine exakte Kopie seiner Seele – man atmet ja gleichsam seinen Schatten ein«. Also muss Shiori als fürsorgliche »Bei-Schläferin« so etwas wie eine Sammelstelle für schlafraubenden Kummer gewesen sein, der sich bei ihr angereichert hat, bis es nicht mehr ging. Überlegungen, für die Shioris Freundin selbst seit längerer Zeit im Grunde viel zu müde ist. Der Schlaf, der ihr »langsam seidene Bandagen anlegt und die Lebensgeister abschnürt«, hat sie fest im Griff – bis sie eines Tages eine höchst seltsame Begegnung hat, im Zuge derer eine Aufforderung an sie ergeht: Zum Bahnhof solle sie sich aufmachen, und zwar sofort! Dort die aktuelle Ausgabe von *Job News* erwerben, ein Angebot auswählen und arbeiten gehen: »So, das machst du jetzt. Ich kann's einfach nicht mehr mit ansehen.« Wer so mit ihr spricht? Eine im Tagtraum erscheinende, äußerlich verwandelte Shiori, die aufpasst, dass Tage nicht so lange zu Nächten werden, dass sie vergessen machen, dass sie Tage sind?

Im selben Jahr, in dem Yoshimotos Erzählung erschien, 1989, sang Herbert Grönemeyer: »Halt mich nur ein bisschen, bis ich schlafen kann.« Ein klarer Fall von *Amae,* will ich meinen, aber eindeutig sinnlich konnotiert. Es ist eine intime Zweierbeziehung, in deren Rahmen dieser legitime Wunsch auftaucht: Gehalten werden, quasi im Lichte des Zueinanderhaltens, was ja eine Gegenseitigkeit meint, die kein Kalkül ist, sondern ein Versprechen unter Liebenden. So gesehen, gibt es da noch mehr Evergreens, zum Beispiel: *Stand By Me,* von Ben E. King aus dem Jahr 1962. Warum hat dieser Song Cover-Versionen wie Sand am Meer (einzigartig dabei die von Tracy Chapman)? Weil er an ein Ur-Bedürfnis rührt, für das im Alltag oft genug die Worte fehlen. An dieser Stelle übernehmen die Songs – nichts kann einem passieren, wenn die Nacht hereinbricht, wenn nur dieser eine Mensch da ist und da bleibt; wenn er zu dir steht. Der Himmel mag herabfallen, die Berge ins Meer stürzen – keine Angst, keine Träne, *as long as you stand / stand by me.*

Manches zur Nacht lässt sich eben leichter singen als sagen. Selbst die Nachtwächter singen ja traditionell darüber, dass sie etwas zu sagen haben: *Hört, ihr Leut', und lasst euch sagen, unsere Glock' hat zehn geschlagen …*

Diese Chance auf Orientierung inmitten der Nacht erscheint obsolet im digitalen Zeitalter, da das Handy immer in Reichweite auf dem Nachttisch liegt. Wobei ja nur einmal der Strom und/oder die Server weitflächig ausfallen müssen. Wie wahrscheinlich das ist, darüber gehen die Meinungen auseinander, aber kaum jemand hält es für vollkommen unwahrscheinlich. Wie man dann wohl wieder die Zeit messen würde? Und ob sich vielleicht die Zeit selbst ziemlich rasch verändern würde, ein völlig neues Gesicht bekäme? Würde man wieder Nachtwächter*innen suchen (w/m/d) und einsetzen wollen, mit Laterne und allem Drum und Dran? Vielleicht nicht die schlechteste Lösung, zumindest hinreichend erprobt. Allerdings hat nicht jeder Nachtwächter sich darauf beschränkt, die Stunde anzusagen und ins Horn zu stoßen. Manch einer hatte wohl auch noch mehr zu sagen, wie zum Beispiel Nachtwächter Kreuzgang.

Kreuzgang ist Protagonist der skurrilen, ironischen, satirischen Schrift *Nachtwachen*, die 1805 in einem obskuren sächsischen Verlag erschien. Mehr als einhundertachtzig Jahre lang hat man gerätselt, wer sich hinter dem Pseudonym Bonaventura, dem Namen eines Franziskanermönchs aus dem 13. Jahrhundert, verbirgt, und befand, es könne Schelling sein oder Caroline Schlegel, ebenso gut E. T. A. Hoffmann, Clemens Brentano oder Lichtenberg (auch wenn in letzterem Fall die Veröffentlichung posthum gewesen wäre) – bis im Jahr 1987 die Literaturwissenschaftlerin Ruth Haag in einer Amsterdamer Bibliothek die Handschrift eines gewissen August Klingemann auffand, der schon einige Jahre zuvor einmal in die engere Wahl gekommen war, weil er als Mitarbeiter der *Zeitschrift für die elegante Welt* geführt wurde, in der der Name Bonaventura ebenfalls, und gleich zweimal, aufgetaucht war. Man kann nun alles Mögliche über die *Nachtwachen* sagen – elegant sind sie nicht. Sie sind: bissig, witzig, grotesk, anspielungsreich, fantastisch, selbstbezüglich – aber nicht elegant; nein, das nicht. Da wird geschimpft und derb dahergeredet, mit Gott gehadert und dem Teufel paktiert, Abschweifungen, Einschübe dienen nur dazu, der feinen Gesellschaft die Maske vom Gesicht zu reißen (Klingemann war übrigens Dramatiker und Theaterregisseur in Braunschweig). Wie heutzutage ein scharfzüngiger Stegreif-Comedian es tun würde, beobachtet und kommentiert der junge Autor die Verlogenheiten der akademischen, der theologischen, der juridischen Welt: Zur Kenntlichkeit entstellt, kann man in diesem Fall wirklich einmal sagen. Da hatte sich wohl manches angestaut, und die sechzehn Nachtwachen geben Gelegenheit, gehörig Dampf abzulassen über diese irrwitzige Tragikomödie der Weltgeschichte, in die man selbst verwickelt ist – als Nachtwächter? Als Poet? In Kreuzgangs Innenwelt tobt ein Sturm: Seine Hand will statt der Feder einen Blitz ergreifen, sein Mund will Donner reden. Dies unter der Ägide eines *pen name,* der sehr gegenläufig ist, denn Bonaventura bedeutet: »Gott ist gnädig« oder auch »gute Fügung«. Aber Kreuzgang hat es weder mit Gott noch mit guten Fügungen. Hochgebildet ist er und tief enttäuscht. Gnadenlos blasphemisch und zum Erbarmen angefüllt von einem Bedürfnis nach Frömmigkeit, die in ihm selbst nicht zu sich kommen kann. Kein Wunder, dass ausgerechnet Dorothee Sölle, eine Theologin, die anderthalb Jahrhunderte später ähnlich auf Krawall gebürstet war, sich in ihrer Dissertation ebendieser Schrift angenommen und sie in einer bis heute absolut gültigen Weise kritisch gewürdigt hat. Da hat etwas gepasst. Gerade auch mit dem Mundtotmachenwollen unter dem Vorwand von Ruhestörung kannte sie sich aus (∗ siehe das Kapitel *Politisches Nachtgebet*). Im Falle des Nachtwächters Kreuzgang geschieht dies durch die Erfindung einen Menschen, der ausgerechnet auch noch Samuel Day hieß. *Watchman's noctuaries* nannte er die von ihm konstruierten Nachtuhren, die zu jeder Stunde ein bis dahin verschlossenes Loch freigaben, in das der Nachtwächter zum Beweis seiner wachen(den) Tätigkeit einen Zettel schieben musste. Rufen und Tönen sind damit überflüssig; meinte man. So werden Kreuzgang und seinesgleichen von singenden Nachtwächtern auf stumme Patrouillen reduziert, deren Steckuhren dann auch noch auf entwürdigende Weise jeden Morgen von der Polizei kontrolliert wurden. Kein Wunder, dass einem Bonaventura die Galle bei dem Gedanken daran überläuft, noch nicht einmal mehr den heimlichen Sündern einen Vorgeschmack auf die Posaunen des Jüngsten Gerichts in die Ohren blasen zu können. – Nun muss man nicht eigens von dem Gedanken daran, dass ausgerechnet die gut schlafen können, die es nicht verdienen, besessen sein, um den Wunsch, jenes leise Verrinnen der Zeit möge vernehmlich punktiert sein, zu verspüren. Gibt es irgendwo Rettung? Vielleicht auf hoher See.

Die Nachtwachen an Bord sind nicht ganz so wohlklingend wie die im alten Babylon, dafür pragmatisch. Erste Wache: acht Uhr abends bis Mitternacht. Mittelwache: Mitternacht bis vier Uhr früh. Morgenwache: vier Uhr früh bis acht Uhr morgens. Die mittlere Wache wird auch »Hundewache« genannt – möglicherweise wegen des Sterns Sirius, der auch »Hundsstern« genannt wird und während dieser Stunden als hellster Stern am Himmel steht. Oder, trivialer und einem hundefeindlichen Vokabular aufsitzend, weil sie als mittlere Wache am wenigsten Schlafzeit drum herum erlaubt und insofern einfach hundsgemein ist. Die linguistische Forschung wiederum geht es sachlich an, legt dem Ganzen ein System zweistündigen Wachwechsels zugrunde, das zuweilen für die Zeit zwischen vier Uhr nachmittags und acht Uhr abends eingerichtet wurde, und nimmt eine Verschleifung von *dodged watch,* einer verkürzten Wache, zu *dog watch* an. Diesen Spekulationen möchte ich zur Ehre der Hunde, ausdrücklich nicht nur der ausgebildeten Wachhunde, beisteuern, dass diese treuen Wesen für die schwierige Mittelwache doch geradezu ein Sinnbild abgeben: Eben noch haben sie dösig die Schnauze auf die Pfoten gelegt, die Augen verengt zu gemütlichen Schlafschlitzen, da sind sie, vorbildlich, beim kleinsten Mucks auf den Beinen: hellwach, jede Faser ihres Körpers unter Spannung. Nichts mit hundemüde!

Manches ließe sich noch über die Verbindung von Schiffen und Hunden sagen, nicht zuletzt über die Schiffs- oder Bordhunde, zum Beispiel über Whisky, eine Foxterrierhündin aus einem Wurf im Marinehafen Kiel, die zeit ihres Lebens auf der *Gorch Fock* mit über die Weltmeere gesegelt ist. Die einmal einen nachts über Bord gegangenen jungen Kadetten und ein anderes Mal einem von einer Woge niedergeworfenen Matrosen das Leben rettete und entsprechend vom Fregattenkapitän höchstpersönlich in den Rang eines Schulmatrosen und nachfolgend in den eines Maats erhoben wurde, allerdings infolge eines Einbruchs in die Kombüse vorübergehend zum Hauptgefreiten degradiert wurde. Erwähnenswert auch, wie Whisky, von einem Landgang in New York nicht rechtzeitig zurückgekehrt, im Hafen aufgelesen und auf ihr Heimatschiff nachgeliefert wurde, mit einem Schnellboot der *Coast Guard*. Ja, Hunde wachen, aber es wird auch über sie gewacht. Insofern ist die Welt, vom Standpunkt der Hunde aus betrachtet, eigentlich ganz in Ordnung.

Zurück zur Frage des Verlautens nächtlicher Zeitmessung auf See: Es wird die Schiffsglocke geschlagen. Das heißt aber nicht Läuten, sondern Glasen. Die auch Stundenglas genannten Sanduhren aus der Zeit vor der Einführung der Chronometer wurden an Bord genutzt, um die Zeit zu messen. Ihr Einsatz hat auch die Nachtwachen rhythmisiert. Es gab ein Halbstundenglas und ein Vierstundenglas. Wenn das Halbstundenglas umgedreht – geglast – wurde, musste die Schiffsglocke einmal angeschlagen werden. Eine volle Stunde wurde durch doppeltes Schlagen angegeben, wobei sich die Glockenschläge zur vollen Stunde addierten: Achtmal Glasen ergab somit eine volle Vier-Stunden-Wache und läutete folgerichtig den Wachwechsel ein. Anders gesagt: »Acht Glasen« steht am Ende, aber auch am Anfang einer neuen Wache. Die neue Wache fällt dann zurück auf »ein Glasen«, »zwei Glasen« und so weiter, bis man wieder bei acht Glasen landet und ein anderer Wache schieben muss und man selbst sich endlich aufs Ohr hauen darf. Auf Folgendes wird in der Fachliteratur hingewiesen: Wenn man beispielsweise nachmittags zwei Doppelschläge und einen einzelnen Glockenschlag hört, dann ist es entweder 14:30 oder 18:30 Uhr. Das wird man in der Regel ganz gut peilen können, wenn man nicht gerade einen Rausch à la *what shall we do with the drunken sailor* auszutragen hat. Für die Arbeit auf den Schiffen, anders als auf Bahnhöfen, hat diese Sandglas-Orientierung ausgereicht und war in praktischer Hinsicht sogar von Vorteil, weshalb man noch lange nach Erfindung anderer Zeitmessmethoden auf das regelmäßige Umdrehen des Stundenglases vertraute. Dass man sich auf diese Weise die Verantwortung für die Zeit teilt, finde ich gut. – Stößt hier jemandem der fortwährende Tempuswechsel dieses Abschnittes auf? Ja, zugegeben. Ich will die Vergangenheitsform vermeiden, wohl wissend, dass man das Glasen vor Jahren schon selbst auf der *Gorch Fock* eingestellt hat. Nun aber das Beste: Nach dem Glasen erfolgt der Ruf: »Auf der Back ist alles wohl«. In der Nacht wird dieser Spruch ergänzt durch: »Und alle Lichter brennen.«

Kann es etwas Schöneres als diesen Satz überhaupt geben?

Zum Nach- und Weiterlesen:

Friedrich Karl Ginzel: *Handbuch der mathematischen und technischen Chronologie. Das Zeitrechnungswesen der Völker Bd. 1 – Zeitrechnung der Babylonier, Ägypter, Mohammedaner, Perser, Inder, Südostasiaten, Chinesen, Japaner und Zentralamerikaner –*, Leipzig 1958 (Nachdruck Leipzig 1906), S. 123 ff. ◕ ◕ ◕ Adalbert Stifter: *Bergkristall*, in: Ders.: *Bunte Steine*, Stuttgart, S. 173–229. ◕ ◕ ◕ Banana Yoshimoto: »Dornröschenschlaf« [1989], in: *Dornröschenschlaf. Drei Erzählungen von der Nacht*, Zürich: 1998 (1991), S. 24. ◕ ◕ ◕ Ben E. King: *Stand by me*, im Album: Don't play that Song! (1962). ◕ ◕ ◕ Tracy Chapman: *Stand by me* (2015, live), im Album: Greatest Hits (2015). ◕ ◕ ◕ Bonaventura: *Nachtwachen*, Stuttgart 1990 [1804]. ◕ ◕ ◕ Wolfgang Paulsen: ›Nachwort‹ in: Bonaventura: *Nachtwachen*, Stuttgart 1990, S. 167–186. ◕ ◕ ◕ Dorothee Sölle-Nipperdey: *Untersuchungen zur Struktur der Nachtwachen von Bonaventura*, Göttingen 1959. ◕ ◕ ◕ Dietmar Barz: *Seemannssprache*, Bielefeld 2008 (S. 103 f.). ◕ ◕ ◕ Takeo Doi: *Amae – Freiheit in Geborgenheit. Zur Struktur japanischer Psyche*, Frankfurt/M. 1982. ◕ ◕ ◕ https://de.wikipedia.org/wiki/Bordhund (01.10.2022) ◕ ◕ ◕

17

Paten der Nacht

Es gibt sie schon noch, diese Gegenden, wo man die Hand vor Augen nicht sieht in der Nacht. Aber es werden weniger. Ihr Anteil, das zeigen Satellitenbilder, schrumpft jährlich um zwei Prozent, folgerichtig wächst die beleuchtete Fläche jährlich um den gleichen Faktor. Es wird immer heller auf der Erde. Wo soll das enden? An dem Tag, an dem es auf Erden einfach nicht mehr Nacht werden will?

Die Nacht verliert ihre Nächtlichkeit so zügig, dass ein 24/7 tagheller Planet in den Bereich des Vorstellbaren rückt. Und da permanente Helligkeit an bestimmte Foltermethoden denken lässt, ist das neuerdings Vorstellbare insgesamt beklemmend. Man muss etwas tun. Deshalb gibt es seit einiger Zeit die »Paten der Nacht«.

Paten der Nacht – das könnte auch ein Buchtitel sein. Stellen wir uns eine schattig unterlegte oder eine blutrote Gothic-Schrift auf einem dunkel gehaltenen Cover vor, dazu irgendeinen gesichtslosen Schemen mit Kapuze, die Hand an Revolver, Axt oder Messer, und schon wäre aus den »Paten der Nacht« einer jener Splatter geworden, die sich in den Dunkelwelten austoben.

Ganz anders bei den realen *Paten der Nacht*. Bei ihnen handelt es sich um eine gemeinnützige, überparteiliche Initiative, die es sich zum Ziel gesetzt hat, die künstliche Lichtverschmutzung zu minimieren. Wie die Paten selbst sehr genau wissen, müsste Lichtverschmutzung eigentlich »Dunkelheitsverschmutzung« heißen, denn das Licht, genauer gesagt, das *Kunstlicht,* ist in diesem Setting der Täter, die Dunkelheit das Opfer, und die »Paten der Nacht« sind die Retter. Die Guten. Es kommt tatsächlich sehr auf den Kontext an.

Helligkeit, solange sie sich natürlich einstellt, in Form von Sternen, Vollmond und der Grundhelligkeit der Atmosphäre, ist an sich nichts Schlechtes, sie ist in all ihren Erscheinungsformen in die Rhythmen der Natur eingebunden. Aber Kunstlicht in der Atmosphäre ist wie Mikroplastik in den Meeren. Es ist zu hell, zu blau, zu weitreichend, zu verstreut, zu blendend. Werbetafeln, Fassadenlichter, Straßen- und Bauwerkbeleuchtung – alles zusammen ergibt diese Suppe aus diffuser Helligkeit, die sich zu sogenannten Lichtdomen aufstuft und zum Himmel strahlt. Das klingt geradezu majestätisch. Ja, die Menschen leisten sich dieses Licht, um ihre Lebenswelt zu feiern – und seit es mit der LED-Technik gleichzeitig erschwinglich *und* energiesparend geworden ist, sieht es so aus, als könnten sie sich das auch tatsächlich leisten, pekuniär *und* moralisch. Aber die verdeckten Kosten sind enorm. Denn alle Wesen, die nachtaktiven wie die nachtschlafenden, werden massiv in ihrem Tag-Nacht-Rhythmus gestört. Die »Lichtglocke«, eine weitere Vokabel aus dem Wörterbuch der Lichtverschmutzung, klingt gar nicht so schlimm, eigentlich eher anthroposophisch, ist jedoch eine anthropogen verursachte Streuung von Kunstlicht in die Atmosphäre, die nicht so richtig weiß, wohin damit, und sie wieder zurückspiegelt auf die Erde. Kann mal jemand den Stecker ziehen? – ist im Grunde das Einzige, was einem dazu noch einfällt.

Das Wort »Lichtsmog« ist gewissermaßen die ehrliche

Haut im Lexikon der verschwindenden Nacht. Es zwingt, analog zur etablierteren Luftverschmutzung – Asthma, Pseudo-Krupp –, an deren Folgen zu denken, und lässt bei uns die Alarmglocken läuten, und zwar mit Recht. Fast achtzig Prozent des Insektensterbens, sagen die Paten der Nacht, gehen auf das Konto der Lichtverschmutzung. Sie sterben einfach an Erschöpfung, weil sie permanent die Lichtquellen umkreisen. Zugvögel wiederum sterben, weil sie gegen hell erleuchtete Fassaden fliegen. Aber dann müssten die ja morgens alle auf den Straßen liegen, wenden die Zweifler ein. Ja, aber ihr vergesst die Patrouillen der Stadtfüchse, hält ihnen Christopher Kyba entgegen, ein Wissenschaftler, der den »Verlust der Nacht« erforscht. Am Morgen ist es so, als wäre nachts nichts gewesen. So viel stilles Sterben in unseren Städten.

Nicht nur die Tiere, auch die Pflanzen sind schwer irritiert: Wenn zum Beispiel Bodenstrahler unter oder nahe an Bäumen installiert werden, verhalten die sich auf markante Weise anders als solche, die nachts im Dunkeln stehen gelassen werden. Sie reagieren auf die andauernde helle Strahlung mit früherer Blüte und größeren Blättern, die später abgeworfen werden. Klingt doch gar nicht so übel, denkt man erst. Allein, über die größeren Blätter wird mehr verdunstet, als den Bäumen guttut, und durch den späten Laubabwurf steigt das Risiko für Frostschäden. Bleibt zu erwähnen, dass Vögel und Insekten den Baum ungemütlich finden oder sich in ihm zu Tode rackern.

Niemand, noch nicht einmal die Paten der Nacht, sprechen davon, dass es in der Nacht überall zappenduster sein sollte. Die Chance, ja, das Recht, nachts zu Fuß oder mit dem Fahrrad seinen Weg zu finden, und, selbst wenn es kriminalistisch nicht erwiesen ist, sich dabei halbwegs sicher zu fühlen, erfordert nun mal eine Grundbeleuchtung. Aber es ist eine Frage des Maßes und der Ausrichtung. Derart hell muss es nicht sein und auch nicht so weit gestreut. Reklame lässt sich auch mit deutlich weniger Lumen noch gut lesen oder tatsächlich auch mal ganz abschalten, zum Beispiel mit der nicht gerade brandneuen Erfindung von Zeitschaltuhren. Dimmen und Deckeln lautet die Devise. Geradezu atemberaubend leicht und schnell wäre ein Großteil der Helligkeit, die die Lichtverschmutzung ausmacht, abzufangen. Warum dauert es so lange, bis sich etwas tut? An dieser Stelle wollen wir über Fulda sprechen – und über Gülpe.

Fulda ist die erste »Sternenstadt« Deutschlands. Im Jahr 2019 wurde ihr dieser Titel von der *Dark Sky Community* mit Sitz in den USA zugesprochen. Erlangt hat Fulda ihn mit herabgestufter Beleuchtung, in der Licht nicht diffus, sondern gezielt eingesetzt wird, mit neuen Richtlinien für das Lichtmanagement in Ladengeschäften und öffentlichen Gebäuden. Dies und eine Reihe weiterer Maßnahmen haben aus Fulda eine Stadt gemacht, in die man reist, um Nacht zu erleben. Wer hätte das gedacht?

Nun zu Gülpe. Nie gehört? Gülpe, ein altes Fischerdorf mit slawischem Burgwall, liegt im Brandenburgischen, auf halber Strecke zwischen Havelberg und Tangermünde an einem Havelarm, unweit der Elbe, hat weniger als zweihundert Einwohner und ist in Deutschland der Ort mit der geringsten Lichtverschmutzung. In Gülpe gibt es schon lange eine ökologische Forschungsstation zur Vogelbeobachtung, die in einem ehemaligen Gehöft namens »Hünemörderhof« untergebracht ist. Ich möchte nicht wissen, warum der so heißt, wünsche aber allen Forscherinnen und Forschern, die dort übernachten, dass sie semantisch nicht empfindlich sind und gut schlafen, wenn sie nicht gerade auf ihrem Beobachtungsposten sind. Um Gülpe herum gibt es den Naturpark Westhavelland, einer der »Sternenparks« oder auch »Lichtschutzgebiete« Deutschlands. Wem Brandenburg zu weit nördlich ab ist, kann auch in die Eifel reisen, in die Rhön, oder die Chiemgauer Alpen. Im Gegensatz zu Sternenparks, die um den Preis eines gewissen Reservativismus betonen, dass dort sehr gut zu sehen ist, was allzu oft eben nicht mehr so gut zu sehen ist – Sterne – zeichnet das Wort »Lichtschutzgebiet« ein etwas fahrlässiger impliziter Genitiv aus: Nicht Schutz *des* Lichtes, sondern *vor* Licht soll geschützt werden. Nicht dass jemand, der eine weite Anreise in Kauf nimmt, sich Illusionen über die dortigen Lichtverhältnisse macht.

Menschlicherseits gibt es ja nicht erst seit Erfindung der LEDs eine gewisse Selbstherrlichkeit im Umgang mit der Nacht. Während die Romantik sie noch geliebt, geschätzt, ewundert und besungen hat, sind wenige Jahrzehnte später schon die ersten Vorstöße zu verzeichnen, sie zugunsten des Tages zurückzudrängen (∗ siehe das Kapitel *Nachtaktiv*). Der Insektenforscher George Vernon Hudson, der Ende des 19. Jahrhunderts die Einführung einer Sommerzeit vorschlug, stand erst noch ziemlich allein, aber dann wurde der Gedanke einer Verlängerung der Taghelle zuungunsten der Nacht doch verschiedentlich aufgegriffen, und man kann sagen, in durchweg äußerst problematischen Konstellationen. Im Ersten Weltkrieg, als die Umstellung der Uhren zum ersten Mal realisiert wurde, um mehr Tageslicht fürs Kriegsgeschäft zu haben, gelang dies nur, weil die länderübergreifenden Eisenbahnverbindungen schon nicht mehr funktionierten. In der Weimarer Republik schaffte man die Zeitumstellung wieder ab, aber wenig später verfiel Hitler in dem von ihm angezettelten Krieg darauf, sie wieder einzuführen und auszuweiten; selbst den annektierten Gebieten diktierte er Berliner Zeit – bis zur Stunde null. 1949, ein Jahr nach der Währungsreform, wurde auch die Zeit wieder auf Anfang gestellt. Der Kalte Krieg gedieh ohne eine Extraportion Sonne. So viel dazu.

Wir lernen daraus, dass Politik und Wirtschaft das letzte Wort für den Tag-und-Nacht-Rhythmus zu überlassen, keine gute Idee ist. Was sagen eigentlich die Bauern dazu, die besonders nahe dran sind an allem, was nach der Natur-Uhr tickt? Nun, sie hören nicht auf, dagegen zu protestieren, dass die Zeit manipuliert wird und damit das fein eingespielte Gefüge des Gedeihlichen immer wieder neu aufs Spiel gesetzt wird. Fast haben sie sich schon daran gewöhnt, dass regelmäßig auf sie zuletzt gehört wird, wenn die Frage, ob man den Wechsel von Winterzeit zu Sommerzeit aufgeben und eine der beiden Zeiten praktischerweise auf Dauer gestellt werden solle – aber welche? – öffentlich verhandelt wird und sich jede Menge Menschen dazu äußern, die vom Ackerbau und Viehzucht nur noch sehr vage Vorstellungen haben: Prima Sache, posten diese Ahnungslosen, immer Sommerzeit! Wir sind dabei! Als ginge es darum, mit dem Beibehalten der Sommerzeit Regen, Hagel und Sturm abzuschaffen und mit einfacher Mehrheit in Mitteleuropa kalifornische Verhältnisse zu etablieren. Diese Menschen realisieren nicht, dass sie in den Wintermonaten bis kurz vor Mittag auf natürliche Helligkeit verzichten müssten. Ich sag's ja: Ephemeriden-Rechnung ins Curriculum! (⁎ Siehe das Kapitel *Tagundnachtgleiche.*)

Es gibt also gute Gründe dafür, die Zeitumstellung als latente Nachtfeindlichkeit zu deuten. Aber selbst wenn auf das Hin und Her der Zeitumstellung verzichtet werden würde, wäre damit die Lichtverschmutzung noch nicht reduziert (außer in Fulda).

Wie immer in der modernen Verwaltungswelt tritt auch hier ein Zuständigkeitsproblem auf den Plan: Sollen sich doch die Astronomen damit befassen, heißt es. Schließlich ist das Zuviel an Licht am Himmel zu verzeichnen. Die Astronomen kontern, dass das Licht ja nun mal von der Erde kommt, und ihr Job liege weiter draußen im All. Blauer Planet oder hellblauer Planet, was geht sie das an? Sie haben ihre eigene Baustelle: Die Anzahl der Satelliten im All wächst viel zu schnell und wird weiterhin rasant zunehmen. Außer die Aufgaben zu erfüllen, für die sie vorgesehen sind, reflektieren sie das Sonnenlicht und stören so die Beobachtungen der Astronomen. Bei der Lichtverschmutzung auf Erden könne man ja wenigstens irgendwelche dunklen Winkel aufsuchen (zum Beispiel Gülpe), aber am Nachthimmel gibt es diese Möglichkeit nicht mehr. Allenthalben stören und strahlen diese künstlichen Raumflugkörper – die neuesten ihrer Art werden an Helligkeit der Venus ihren Rang ablaufen. »Macht die Satelliten dunkler!«, lautet dementsprechend der Aufruf der Fachwelt.

Fassen wir zusammen: Wenn es so weitergeht wie bisher, werden wir die Nacht irgendwann nicht mehr sehen. Sie verschwindet, und die, deren Element sie ist, sind genauso gefährdet wie die Nacht selbst, egal ob sie unter Naturschutz stehen oder nicht. Das ist es nämlich. Viele der unter Naturschutz stehenden Tiere haben nichts von diesem Schutz, wenn nicht auch die Nacht selbst unter Schutz gestellt wird. Denken wir doch zum Beispiel einmal an den japanischen Riesensalamander (*Ôsanshô*, wörtl.: Großer Pfefferfisch). Der ist so gepolt, dass er auf das Mondlicht wartet. Vorher wird er nicht aktiv. Mondlicht kann er nicht sehen, wenn alles drum herum hell ist. Da kann er dann lange warten – und verendet am Ende darüber, und dann ist es irgendwann auch mit dem allerletzten dieser letzten Riesenlurche aus und vorbei. Obwohl sie zum »Naturdenkmal« erklärt wurden, nicht gefischt werden dürfen und mithin keine natürlichen Feinde mehr haben, nur das unnatürliche Phänomen Lichtverschmutzung – und sie eigentlich bis zu achtzig Jahre alt werden können. Wobei sich die Männchen zuweilen vor der Zeit bei ihren Revierkämpfen umbringen; was in den besten Familien vorkommt, eben auch bei den Ôsanshôs.

Wenn also die Nacht selbst unter Naturschutz gestellt werden muss, sind Reservate für sie erst einmal das Mittel der Wahl. Obwohl die Vorstellung, für etwas so Umfassendes und Planetarisches wie die Nacht eine Art Serengeti einrichten zu müssen, schon eigenartig ist. Da wird die Nacht gleich so museal, und Nachtsichtgeräte etwa mutierten zum Lacher: »Die hat man früher gebraucht, als es nachts noch dunkel wurde«, würde man sagen. Nun gut, um die Infrarot-Sequenzen, die umgesetzt in sichtbares Licht, eine transparente Nacht ergeben, ähnlich der »Amerikanischen Nacht« beim Filmemachen, ist es nicht so schade. Man hat sie hauptsächlich gebraucht, um Krieg zu führen. Aber bis Fulda und Gülpe Schule gemacht haben werden – schön, dass das Vertrauen in die Zukunft wenigstens grammatisch herstellbar ist –, wird die Nacht unsere Aufmerksamkeit und speziellen Schutz brauchen.

Gehen wir dazu noch einmal zurück aufs Begriffliche. Vielleicht kommen wir ja so noch einen Schritt weiter.

Die »Paten der Nacht« werden sich ihren Namen mit Bedacht gewählt haben: Nicht nur, dass sie genau wie die Paten der christlichen Tradition ehrenamtlich und mit den besten Absichten arbeiten, sie übernehmen auch das Prinzip der Verantwortung – für die gesamte etwas überbelichtete Familie der Menschheit.

Wobei sich einwenden lässt, dass mit der Übernahme einer Patenschaft noch nicht gesagt ist, dass sich eine Sache zum Guten wendet. Spätestens seit Mario Puzos *Der Pate* ist es in unseren Köpfen, dass Pate zu sein mit Legalität nichts zu tun haben muss, um legendär zu werden. *Il Padrino,* alias Don Corleone, möchte doch vor allem eines: dass die Dinge *vernünftig* ablaufen. Seinerseits hineingezwungen in Geschäfte, die er gar nicht machen will, richtet sich seine persönliche Nostalgie auf die guten alten Zeiten, in denen mit Augenmaß Schutzgeld erpresst und mit Maßen gemeuchelt wurde – nur, wenn es denn nicht anders ging. Seit dem Siegeszug von Roman und Verfilmung hat Patenschaft keinen ganz astreinen Ruf mehr. Was für Konzepte gibt es denn noch in deren Umfeld? Fürsorge, Schirmherrschaft, Fittiche fällt einem ein.

Fürsorge klingt zumindest sehr altmodisch und danach, dass es zu oft falsch ausgelegt wurde und problematische Verbindungen eingegangen ist. Fürsorge hat den Stempel des sozialen Abstiegs, riecht nach Almosen und der Drangsal staatlicher Bevormundung. »Auch du hast eine Fürsorgepflicht für die Nacht!« Wie hört sich das an? Nein, da klingt »Licht aus!« doch viel besser.

Schirmherrschaft? Hört sich zugleich moderner und unzeitgemäßer an, da genderpolitisch problematisch. Obwohl Schutzschirm es im Falle der Nacht womöglich am besten trifft. Allerdings bringt uns diese Metapher auch in Schwierigkeiten. Denn, wie ließe sich *unter* einem Lichtdom oder einer Lichtglocke noch ein Schirm aufspannen? Schwierig. Aber nun gut, wenigstens haben wir die Sache schon mal *auf dem Schirm*.

Vielleicht sollten wir die Nacht »unter unsere Fittiche« nehmen? Bis jetzt war es allerdings so – zumindest in der Poesie –, dass es immer die Dunkelheit selbst war, die ihre Schwingen weit ausbreitete. Und die Seele es ihr nachtat, wie etwa in Eichendorffs *Mondnacht*. Nein, dieses Bild lässt sich nicht umkehren.

Sollten wir die Nacht in Pflegschaft nehmen? Weil sie seit einiger Zeit in der Krise und ein schutzbedürftiges Mitglied unserer Weltgemeinschaft geworden ist – nicht anders als das Klima? Aber Vokabulare der Entmündigung bringen meistens mehr Probleme als Lösungen.

Ist, so betrachtet, die Nacht und ihr Schutzbedürfnis nicht tatsächlich eine Nummer zu groß für uns? Eine irgendwie groteske Verkehrung der Verhältnisse? Jedenfalls kommt man recht schnell darauf, dass einzelne Paten und Wissenschaftler allein nicht für so etwas Umfassendes wie die Rettung der Nacht zuständig sein dürfen. Hier greift ein neues Konzept: *Citizen Science*. Das sind, beim Wort genommen, Laien, die sich an Wissenschaft beteiligen. Keine Privatinitiative von einzelnen Wohlmeinenden, sondern die Organisation einer öffentlichen Aufgabe. Mithilfe der App »GLOBE at Night« bestimmen schon jetzt Menschen auf der ganzen Welt die Himmelshelligkeit der Orte, an denen sie leben, und tragen auf diesem Wege zur Erstellung einer globalen Karte der Lichtverschmutzung bei, die als Grundlage für geeignete Beleuchtungskonzepte dienen kann. Citizen Scientists, darunter viele Kinder und Jugendliche, messen auch das, was Satelliten nicht messen können, nämlich wie es um das Licht in Bodennähe bestellt ist. Wo zu viel davon da ist, werden Vorschläge und

Beiträge zur Verschonung entwickelt. Ist die Nacht noch zu retten? Mit den Worten des Paten Don Corleone lautet die Antwort:

»Wir werden ihr ein Angebot machen, das sie nicht ablehnen kann.«

Zum Nach- und Weiterlesen:

https://www.paten-der-nacht.de (30.10.2022) ◐◐◐ Christopher Kyba: Deutsches Geo-Forschungszentrum in Potsdam und Uni Bochum. https://taz.de/Forscher-ueber-Lichtverschmutzung/ (30.10.2022). ◐◐◐ Ralf Nestler: Heller als die Venus. Satelliten behindern die Astronomie immer mehr. Ihre Lichtreflexionen verfälschen die Spektren von Himmelsobjekten, in: *der Tagesspiegel*, Dienstag, 15. November 2022, S. 16. ◐◐◐ Friedrich Kittler: *Die Nacht der Substanz*, Bern 1989. (S. 8). ◐◐◐ Wilhelm T. Preyer: *Über die Grenzen der Tonwahrnehmung*, Jena 1876 (S. 66 ff.). ◐◐◐ https://www.biologie-seite.de/Biologie/Riesensalamander ◐◐◐ https://www.bundestag.de/resource/blob/632966/7ba7c4cd1cfef8738 0d58376f1c2f165/WD-7-009-19-pdf-data.pdf ◐◐◐ http://www.lichtverschmutzung.de/seiten/sternenparks/ ◐◐◐ Fürsorge und Patenschaft. ◐◐◐ Mario Puzo: *Der Pate*, Reinbek b. Hamburg 2001 [*Il Padrino*, 1960]. ◐◐◐ https://www.buergerschaffenwissen.de/projekt/verlust-der-nacht-app ◐◐◐

18

Sterntaler.
Mit Hegel und Heine,
mit Marx und Büchner

Ein neues Lied, ein besseres Lied,
O Freunde, will ich euch dichten!
Wir wollen hier auf Erden schon
Das Himmelreich errichten.

Heinrich Heine, *Deutschland. Ein Wintermärchen*

Das Märchen von den Sterntalern, so wie es in der Grimmschen Sammlung steht, ist nicht nur extrem kurz, sondern auch extrem christlich und extrem humanistisch, sodass es extrem verwunderlich gewesen wäre, hätte es nicht extreme Antworten darauf gegeben.

Zur Erinnerung: Ein armes Mädchen, genauer gesagt, ein Waisenkind, hat keine Bleibe mehr, hat überhaupt nichts mehr außer den Kleidern auf dem Leib, eine Mütze auf dem Kopf, ein Stück Brot in der Hand, und Gottvertrauen im Herzen. Also macht es sich auf den Weg, den erst ein hungriger alter Mann kreuzt, dem sie das Brot schenkt, dann ein frierendes Kind, dem es sein Leibchen überlässt, einem weiteren schenkt sie die Mütze, noch einem weiteren seinen Rock, und dann kommt noch eines frierend des Weges, da gibt das Mädchen auch sein Hemdchen weg. – »Und wie es so stand und gar nichts mehr hatte, fielen auf einmal die Sterne vom Himmel, und waren lauter blanke Taler; und ob es gleich sein Hemdlein weggegeben, so hatte es ein neues an, und das war vom allerfeinsten Linnen. Da sammelte es sich die Taler hinein und war reich für sein Lebtag.«

In seiner gedrängten Aufstufung von Zeugnissen eines mitleidigen Herzens sind *Die Sterntaler* mehr ein Sinnbild für ultimative Barmherzigkeit als ein Märchen. Märchenhafter als ein Märchen. Es war eine Steilvorlage. Es musste umgestürzt werden.

Im Jahr 1836 hat Georg Büchner in seinem Drama *Woyzek* das Märchen von den *Sterntalern* in eine Erzählung von absoluter Düsternis umgestaltet. Tatsächlich ist es dort auf den Kopf gestellt, wie man es nur auf den Kopf stellen kann. Zwar geht es auch hier um ein Waisenkind, aber nicht nur die Eltern sind tot, sondern auf der ganzen Erde ist kein Leben mehr. Da weiß es keinen anderen Weg, als sich in den Himmel aufzumachen, von wo der Mond so freundlich schaut. Doch als es in seine Nähe kommt, ist er bloß ein Stück faules Holz, so wie die Sonne eine verwelkte Sonnenblume ist und die Sterne – die Sterne sind nichts als aufgespießte und angesteckte Mücken. Schnell will das Kind wieder auf die Erde zurück, aber da ist die Erde ein umgestürzter Hafen (nein, nicht ein Anlegeort der Schiffe ist das, sondern, nach hessischer Mundart, ein Nachttopf. Ein *umgestürzter* Nachttopf, wohlgemerkt). – »Und es war ganz allein, und da hat's sich hingesetzt und geweint, und da sitzt es noch und ist ganz allein.«

Kein Ausweg. Nirgends. Niemals. Das Elend der Welt, die Sterntaler-Apokalypse, braucht noch weniger Zeilen als die Vorlage. In der Reclam-Ausgabe sind es genau fünfzehn.

Dieses in sich zerrissene 19. Jahrhundert. – Da sammeln, angeregt durch Kompilierung von volkstümlichen Liedertexten in *Des Knaben Wunderhorn,* die Achim von Arnim und Clemens von Brentano unternommen hatten, die Brüder Jacob und Wilhelm Grimm Märchen, von überall her, was immer sie kriegen können. Man reist und hört zu, man extrahiert aus Romanen, lässt sich Texte schicken, befragt Kollegen und höhere Töchter (einige davon hugenottischer Herkunft, sodass so manches Märchen in der Sammlung ein französisches Vorbild hat). Philipp Otto Runge sendet von der Küste aus Plattdeutsches, Dorothea Viehmann, die als Tochter eines Gastwirtes in einem kleinen Ort bei Kassel den rastenden Reisenden Märchen abgelauscht hatte, eins ums andere, diktiert den Brüdern Grimm Dutzende druckreif. (Wie war das möglich? Eine Bäuerin, die vom Verkauf des Selbstgezogenen lebt? Die germanistische Forschung hat nicht geruht, bis sie herausfand, dass Dorothea Viehmann fünften Grades mit Goethe verwandt war.) – Die Grimms bergen und veröffentlichen in rascher Folge während der ersten Jahrzehnte des 19. Jahrhunderts. Verstreutes Erzählgut kommt zusammen unter dem Titel »Kinder- und Hausmärchen« und wird so populär, dass es sich ein Akronym verdient, was immer der erste Schritt Richtung Unsterblichkeit ist: KHM. Was *Die Sternthaler* angeht, so war es wohl Achim von Arnim, der es beigetragen, jedenfalls Motive daraus auch in seiner Novelle *Die drei liebreichen Schwestern und der glückliche Färber* (1812) verwendet hat. Doch halten die Grimms fest, es sei nach »dunkeler Erinnerung aufgeschrieben, möge es jemand ergänzen und berichtigen!« und legen auch eine Spur zu Jean Pauls *Die Unsichtbare Loge,* wo ein Geschichtenerzähler namens Gustav das innere Gerüst eines Märchens skizziert hoch strategisch, ein bisschen zynisch und ausgesprochen publikumsorientiert: »Ein elendes blutjunges Mädchen – Kinder wollen in der Geschichte am liebsten Kinder – [...] eines ohne Abendbrot, ohne Eltern, ohne Bett, ohne Haube und ohne Sünden, das aber, wenn ein Stern sich putzte und herunterfuhr, unten einen hübschen Taler fand, auf dem ein silberner Engel aufgesetzt war« ... und so weiter und so weiter. Im Grunde schon alles da – bis auf das gute Herz. Haben das die Brüder Grimm dazugegeben? Jedenfalls sind *Die Sterntaler* womöglich weniger überliefert als fabriziert.

Das Leben der Grimms könnte beschaulich sein, ist es aber nicht. Als Mitglieder der Göttinger Sieben, die gegen die Aufhebung der vergleichsweise liberalen Verfassung im Königreich Hannover protestierten, wurden sie 1837 aus ihren Professorenämtern entlassen, mit Berufsverbot belegt und des Landes verwiesen. In Berlin sind sie willkommen, auch und gerade als Mitglieder der Akademie. Nicht, dass es dort wesentlich gemütlicher wäre. Zwar darf man hier den Mund aufmachen, aber es tobt ein Lagerkampf an der Universität zwischen den Professoren Hegel und von Savigny, zwischen Philosophischer Rechtslehre und Historischer Rechtsschule, zwischen Rationalismus und Romantik.

Im Anti-Hegel-Lager hatte man sich von den Brüdern Grimm Verstärkung erhofft, aber, wie es sich zeigt, spätestens, als Jacob Grimm 1841 seine Antrittsvorlesung hält, versuchen sie, mit dem Konzept poetischer Erkenntnis und im Beharren auf einem wahrhaften Geist der Freiheit durchzusteuern zwischen Geschichtsmystizismus und philosophischer Dogmatik.

Muss man dazu denn unbedingt ein Revolutionär sein? Der geradezu frenetische Beifall der Studentenschaft ist Jacob Grimm unangenehm. Sein von Bettina von Arnim festgehaltener Kommentar lautet: »Ich weiß! Dies gilt nicht mir, sondern meinem Schicksal, das mich nicht gebeugt hat.«

Während die Grimms damit zu tun haben, sich in eine heikle akademische Landschaft hineinzusortieren, hat Georg Büchner, noch sehr jung an Jahren, bereits von allem kräftig das Gegenteil aufgefahren: Er löst nicht ein Märchen aus einem anderen Text, er lässt es innerhalb eines Dramas erwachsen, das einen grauenhaften Kriminalfall zur Vorlage hat, eine für ein Märchen untypische Umgebung, allerdings ist es ja auch kein klassisches Märchen, sondern ein umgestürztes. Wie hier auch die klassische Erzählsituation auf den Kopf gestellt ist, in der eine Großmutter tröstlich unterhält, die Kinder mit den uralten Überlieferungen vertraut macht und dadurch gewissermaßen erdet. Eine, wie sie Selma Lagerlöf ultimativ beschreibt in der ersten ihrer Christuslegenden. Eine, die ihre alte Hand auf die Köpfe der Kinder legt und so etwas sagt wie: »Dies sollst du dir merken, denn es ist so wahr, wie daß ich dich sehe und du mich siehst. Nicht auf Lichter und Lampen kommt es an, und es liegt nicht an Mond und Sonne, sondern was nottut, ist, daß wir Augen haben, die Gottes Herrlichkeit sehen können.« Im *Woyzek* jedoch erzählt eine Großmutter, die, wie es von Großmüttern erwartet werden darf, die Kinder zwar freundlich zusammenruft: »Kommt, ihr kleinen Krabben«, aber dann zur Übermittlerin eines Elends wird, das Himmel und Erde umfasst, nicht das allerkleinste Fünkchen Hoffnung lässt, als solches absolut verstörend und für Kinder jedenfalls mehr als ungeeignet ist. – Was ist da passiert?

Georg Büchner hat kaum Verbindung zum tonangebenden Gelehrten-Klüngel der Schlegels, Grimms, Arnims und Brentanos. Als Medizinstudent war er nicht in den Berliner Salons zu Hause, sondern in den Hörsälen für Vergleichende Anatomie in Gießen und Straßburg, Spezialgebiet: Nervensystem der Fische; darüber hinaus sehr interessiert an Literatur, Philosophie – nicht als Kulturgut und Systembaumeisterei, sondern als Denkinstrument, um Unrecht und Leid der Welt zu erfassen, das ihm begegnet und – zum Himmel schreit. In Gießen gründet er eine *Gesellschaft der Menschenrechte,* protestiert gegen materielle Ungleichheit und Armut. Im *Hessischen Landboten* (1834) verurteilt er die drückende Steuerlast, die der Landbevölkerung auferlegt wird, nur damit eine schmale Schicht bei Hofe es sich richtig gut gehen lassen kann. Die Obrigkeit liest das nicht gern und lässt nach einigem Hin und Her den Verfasser der Schrift steckbrieflich suchen. Eigentlich sollte sein Stück *Dantons Tod* Büchners Flucht finanzieren, aber schreiben und flüchten lässt sich schwer in Einklang bringen, und so ist es seine Mutter, die unterm Murren des Vaters dem Sohn Geld für die Flucht zusteckt. Der Familie gegenüber hat er klargestellt, dass er sich keineswegs zum sogenannten *Jungen Deutschland,* der literarischen Partei Gutzkows und Heines zähle. »Nur ein völliges Mißkennen unserer gesellschaftlichen Verhältnisse konnte die Leute glauben machen, daß durch die Tagesliteratur eine völlige Umgestaltung unserer religiösen und gesellschaftlichen Ideen möglich sei.«

Das lässt an Klarheit nicht zu wünschen übrig und vermittelt doch deutlich das Gefühl, dass für eine Umgestaltung der Verhältnisse noch massivere Einsätze als der von literarischen *ad hoc*-Produkten zu bringen sind. Von wegen Fatalismus also – der Büchner jedoch notorisch zugeschrieben wird, seitdem man einem Brief, den er im Januar 1834 an seine Verlobte Wilhelmine Jaeglé nach Straßburg schrieb, den Namen »Fatalismus-Brief« gegeben hat. Abkürzungen können gefährlich in die falsche Richtung führen, das ist in sprachlicher Hinsicht nicht anders als in geografischer. Jedenfalls, dieser Brief ist erstens ein echter Liebesbrief, zweitens auch ein Heimweh-nach-der-Fremde-Brief (wie er diese unentschiedene Hügeligkeit rund um Gießen hasst) und drittens, was den Fatalismus angeht, so ist festzuhalten, dass Verzweiflung über einen rezipierten Fatalismus: der Einzelne nur »Schaum auf der Welle einer unabwendbaren Gewalt«, nicht gleichzeitig Schicksalsergebenheit bedeutet. Büchner ist ein verzweifelt Liebender, er ist ein rigoros Schreibender und ein unbeirrbarer, sich selbst aufs Spiel Setzender – aber ein Verfechter des Fatalismus? Eher noch verdiente Grimm, der, irgendwie eingeschüchtert, seine ehrenvolle politische Intervention hinter dem Konzept Schicksal verbirgt, diesen Titel. Was es aber auch nicht trifft.

Seine Dissertation über das Nervensystem der Barbe legt Büchner an der Züricher Universität vor. Dann die Tuberkulose, vielleicht beim Präparieren eingefangen. Das Ende – mit dreiundzwanzig Jahren.

Nicht Heine, nicht Hegel, nicht das Junge Deutschland mit seiner dialektisch geschulten Feder, stattdessen: Gnadenloses Vorführen sozialer Verelendung. Hier also müssen wir einsetzen, um noch besser zu verstehen, was es mit den *Sterntalern* auf sich hat, in beiden Versionen.

Heine und Hegel sind es, die 1821, an einem »schönen hellgestirnten Abend« in einem Berliner Wohnhaus am Kupfergraben nebeneinander am Fenster stehen und eine denkwürdige Unterhaltung führen. Viele Jahre später, lange schon in

Paris, erinnert sich Heine daran, wie er, »ein zweiundzwanzigjähriger junger Mensch, ich hatte eben gut gegessen und Kaffee getrunken, mit Schwärmerei von den Sternen [sprach], und sie den Aufenthalt der Seligen [nannte]. Der Meister aber brümmelte vor sich hin: ›Die Sterne, hm! hm! Die Sterne sind nur ein leuchtender Aussatz am Himmel!‹ – Um Gottes willen – rief ich – es gibt also droben kein glückliches Lokal, um dort die Tugend nach dem Tode zu belohnen? Jener aber, indem er mich mit seinen bleichen Augen stier ansah, sagte schneidend: ›Sie wollen also noch ein Trinkgeld dafür haben, dass Sie Ihre kranke Mutter gepflegt und Ihren Herrn Bruder nicht vergiftet haben?‹«

Hegel will dem jungen Heine die romantische Sternenschau austreiben. Und fast scheint es ihm auch zu gelingen. Ein Echo dieses Gesprächs jedenfalls finden wir in Heines Gedicht *Fragen* (1827), in dem ein Jüngling nach Jünglingsart am Meer steht und – »die Brust voll Wehmut, das Haupt voll Zweifel« – auf die Spur des Rätsels des Lebens kommen will:

Sag mir, was bedeutet der Mensch?
Woher ist er gekommen? Wo geht er hin?
Wer wohnt dort oben auf goldenen Sternen?

Allein, aus dem ewigen Gemurmel der Wellen ist Entscheidendes nicht zu vernehmen, auch nicht aus dem Wind und Wolken, die schlichtweg entfliehen, und die Sterne, weit davon entfernt, als Silbermünzen herabzufallen, »blinken, gleichgültig und kalt«:

Und ein Narr wartet auf Antwort.

Später wird sich Heine von Hegels Denken distanzieren; zu grau und kalt ist ihm das Ganze. Und wie soll er es denn jetzt mit Sternen halten? Am besten wohl, man rühmt ihre Klugheit. Anders als die Blumen auf der Erde, die zertreten werden können, anders als die Perlen, die in der Meerestiefe ruhen und doch aufgespürt werden, nur um durchbohrt und an seidener Schnur »ins Joch« gespannt zu werden, sind die Sterne weise genug, sich von der Erde fernzuhalten:

»Am Himmelszelt, als Lichter der Welt,/
Stehn ewig sicher die Sterne.«
Kluge Sterne, 1844

Oder auch so:

Oh wie klug sind doch die Sterne!/Halten sich
in sichrer Ferne/Von dem bösen Erdenrund,/
Das so tödlich ungesund.

Und immer entrückter, die Sterne:

Wollen immer ferne bleiben/vom fatalen
Erdentreiben,/Von dem Klügel und Geruddel,/
Von dem Erdenkuddelmuddel.
Aus dem Nachlass

Das klingt immer mehr nach Ringelnatz, der aber noch gar nicht auf der Welt ist, vor allem aber auch danach, dass sich Heine selbst in Paris noch an den Sternen abarbeiten muss, die ein griesgrämiger Hegel eines Abends – »stoßweis hervorgeseufzt mit klangloser Stimme« – vom Himmel geholt hat.

Aber eigentlich ist Heine äußerlich und innerlich schon ganz woanders. Äußerlich in Paris und innerlich nahe dran an dem, was Klassenkampf heißen wird. Beinahe täglich schneit in den Jahren 1843/44 Heinrich Heine bei Familie Marx herein. Karl Marx war 1835/36 in Berlin mit den Junghegelianern in Kontakt gekommen, hatte dort die philosophischen Voraussetzungen dafür, soziale Fragen stellen zu können und zu müssen, aufgesaugt und arbeitete jetzt, praktisch und politisch, an ökonomisch-philosophischen Manuskripten; obwohl er doch selbst als Dichter begonnen hatte. *Wilde Lieder,* so der Titel seiner Sammlung aus jungen Jahren. Selbst mit der gebotenen Zurückhaltung angesichts eines der ganz großen Köpfe der Zeitgeschichte darf man wohl sagen: Diese Gedichte waren eher schwärmerisch, sehr auf Kreuzreim abonniert – und nicht ohne Sterne:

> Es tanzen eure Reigen
> In Schimmer und in Strahl
> Und eure Bilder steigen
> Und schwellen ohne Zahl
>
> *Lied an die Sterne,* 1837

Nun, er hat es ganz von allein aufgegeben und seine anderen Talente ausgespielt. Dennoch, hier in Paris finden Marx und Heine immer wieder zusammen, um Gedichtzeilen Heines in aller Ausführlichkeit durchzusprechen, die immer weniger von Liebe und immer mehr von sozialen Verwerfungen handeln: *Die schlesischen Weber* (hätte Büchner darin Tagesliteratur gesehen?) erscheinen 1844 in der Zeitschrift *Vorwärts* und tun jedenfalls über den Tag und auch über Paris hinaus ihre Wirkung. Selbst in London, im deutschen Westend-Comunisten-Verein wird das schlesische Weberlied jeden Freitag als eine Art »Eröffnungsgebeth« rezitiert. (* Vergleiche das Kapitel *Nachtgebet*).

Die Veröffentlichungen im *Vorwärts* brachten beiden einen Grenzhaftbefehl ein. Marx will schnell noch zurück nach Deutschland, möchte Heine am liebsten im Koffer über die Grenze schleppen. Als Schmuggelgut. Heine bleibt in Paris, dort bald schon an seine Matratzengruft gefesselt. Er denkt an *Deutschland in der Nacht.*

Und in Zürich ist Büchner gestorben. Der *Woyzek* wird noch lange liegen, bevor er veröffentlicht wird. Als das Stück 1879 erscheint, kommt niemand mehr dran vorbei, an dieser Negation der frommen Sterntalerwelt. Sie wird Anlass immer weiterer Bearbeitungen, die dem einmal gelegten Faden des Umsturzes folgen. Zuweilen werden die Motive in die Kinderliteratur zurückgespiegelt, etwa durch Janosch, der in Form einer Zeitungsmeldung *Die Sterntaler* verulkt: In einem Bretterschuppen irgendwo in den Pyrenäen, so der Bericht, werden mithilfe eines neuartigen Flimmer-Verfahrens Sternschnuppen aus dem Sternbild des Ochsen gelöst und sodann in einem Strato-Wirbel durch einen Trichter gejagt, an dessen anderem Ende funkelnagelneue Sterntaler hervorkommen, die nur noch in Säcke gefüllt zu werden brauchen. Interpol bekommt Wind von der Sache und spürt die beiden Ganoven auf. Einer von beiden ist geständig, allerdings widerruft er seine Angaben und gibt vor, »er habe einem alten Mann eine Hose geschenkt, und seitdem seien ihnen die Sterne vom Himmel sozusagen von allein in den Schoß gefallen. Er gibt vor, dieser alte Mann sei der liebe Gott gewesen.«

Nicht moralische Erziehung (Grimm), nicht fundamentale Sozialkritik (Büchner), nicht die Poetisierung kühler Distanz

(Hegel/Heine), sondern Verballhornung (Janosch) – ist der dialektische Dreischritt von These-Antithese-Synthese zu einem karnevalesken Dreigestirn geronnen? Ist dies das letzte Wort zu den *Sterntalern?* Sind wir in einem doppelten Sinne am »Ende der Geschichte« angekommen?

Kinder brauchen Märchen, zu dieser Überzeugung ist Bruno Bettelheim gekommen, aber in einer Welt, die gegen soziale Verwerfungen auf Erden entschieden angehen würde, müssten die Sterne weder verkitscht noch kaltgestellt werden, fungierten sie weder als Silbersegen noch als Mückenfriedhof oder als Münzautomat. Denn eigentlich haben sie das nicht verdient, und es haben auch die nicht verdient, die in ihnen Freude, Trost und Hoffnung finden. Wie die Kinder von Kara Tepe, die in einem griechischen Flüchtlingslager einer deutschen Nothelferin von sich erzählt haben, was die wiederum, mit ihrem Einverständnis, uns weitererzählt. In Kara Tepe auf Lesbos, wo die Lebensumstände mehr Büchnerisch als Grimmsch sind, hat diese Nothelferin, die außerdem eine Fotografin ist, etwas sehr Wesentliches vernommen; nämlich, dass gerade Hilfe und Helfen die Gedanken der Kinder umtreibt, und zwar nicht, wie wir voraussetzen würden, in erster Linie als Erwartungshaltung oder als kindliche Hingabe an exzessives Herschenken und Hergeben wie im *Sterntaler*-Märchen, sondern in Form eines Bedürfnisses, zu helfen, helfen zu *können,* das das Verlangen, Hilfe zu erhalten, oft übersteigt. Angesichts dieses enormen Ausmaßes, in dem die Not der Vertriebenen und Gefährdeten Hilfe nötig macht, und diese Hilfe trotz des oft enormen Einsatzes immer dem hinterherhinkt, was eigentlich längst hätte getan werden müssen, versuchen Kinder, Hilfe zu *denken,* sie sich *auszudenken:* Was sie tun würden, wenn sie es könnten und dürften. Was am wichtigsten wäre, wenn es nach ihnen ginge. Was zu tun wäre, wenn man ihnen auch dort zuhörte, wo Lager geplant und eingerichtet werden. Hilfe und Hilflosigkeit bilden den Grundton in den Erzählungen der Kinder von Kara Tepe. Ohne moralischen Überbau, sondern *down to earth*, in jedem Sinne des Wortes. Was die Kinder nicht davon abhält, in den Himmel zu schauen. – Als Alea Horst mit ihr spricht, ist Elahe vierzehn Jahre alt. Sie stammt aus Afghanistan, lebte zeitweise im Iran und nun im Zeltlager auf Lesbos. Muss man sagen, dass sie nahezu alles verloren hat?

»Das Boot war komplett überfüllt. Eigentlich sind wir nur eine Stunde gefahren, aber es kam mir vor wie ein Jahr. Es gab keine Sterne am Himmel, nur den Mond, das schwarze Wasser dazu und die weinenden Frauen und mein eigenes Weinen.

Ich habe nicht erwartet, dass Europa so aussieht. Ich hatte irgendwie gedacht, dass Europa irgendwie behaglicher ist. Ich dachte, ich kann dort meine Träume erreichen.

Mein Traum ist es eigentlich, Astronautin oder Astronomin zu werden. Ich liebe die Sterne und die Planeten. Ich kann nicht sagen, was genau es ist, warum sie mich so anziehen, aber ich liebe sie einfach. Wenn ich mir nachts die Sterne am Himmel ansehe, dann bekomme ich ein so gutes Gefühl, das kann ich so gar nicht beschreiben.«

Zum Nach- und Weiterlesen:

Kinder- und Hausmärchen gesammelt durch die Brüder Grimm. Hrsg. v. Heinz Rölleke, Frankfurt 1985. ◖◗◖ Jean Paul: *Die unsichtbare Loge. Eine Lebensbeschreibung* [1793], in Ders.: Werke Bd. 1, München 1975, S. 141. ◖◗◖ Georg Büchner: *Woyzek.* Ein Fragment. [1836], Stuttgart 1975 (S. 24). ◖◗◖ Selma Lagerlöf: *Christuslegenden,* München 2018. ◖◗◖ Bettina von Arnim an ihren Sohn Freimund, dokumentiert in *Sinn und Form* 5/1953 [1841], S. 46. ◖◗◖ Achim von Arnim: *Die drei liebreichen Schwestern und der glückliche Färber*, in: Erzählungen, Berlin 1968, S. 155-209. ◖◗◖ Georg Büchner: »Fatalismus-Brief«, in Georg Büchner: *Werke und Briefe,* hrsg. v. Werner R. Lehmann, München 1980, S. 265 f. ◖◗◖ Georg Büchner: Brief an die Familie, in: *Georg Büchner: Werke und Briefe,* hrsg. v. Werner R. Lehmann, München 1980, S. 279. ◖◗◖ Heinrich Heine: »Geständnisse« [1854], in: *Schriften über Deutschland,* hrsg. v. Helmut Schanze, Frankfurt/M. 1968, S. 476–527, hier 501. ◖◗◖ Heinrich Heine: *Gedichte, Frankfurt 1968, Bd. 1: Fragen,* S. 85; *Deutschland ein Wintermärchen;* Caput I, S. 424f. ◖◗◖ Heinrich Heine: *Kluge Sterne*, in: Heinrich Heine: Werke und Briefe in 10 Bden., Berlin 1972, Bd. 1, S. 317. ◖◗◖ Hans-Joachim Simm: »Kluge Sterne«, in: *FAZ,* 01.04.2016, Frankfurter Anthologie. ◖◗◖ Gerhard Höhn: *Heine-Handbuch: Zeit, Person, Werk,* Stuttgart 1987, S. 112. ◖◗◖ Kerstin Decker: *Heinrich Heine. Narr des Glücks,* Berlin 2005, hier S. 336. ◖◗◖ Karl Marx: *Weltgericht*. Dichtungen aus dem Jahr 1837. Mit einem Nachwort von Michael Quante, Bonn 2017. https://www.karl-marx-lieder.de/ alle-gedichte-von-karl-marx/ (01.11.2022). ◖◗◖ *Janosch erzählt Grimm's Märchen,* Weinheim und Basel 1996, S. 158–160. ◖◗◖ Bruno Bettelheim: *Kinder brauchen Märchen,* München 1980. ◖◗◖ Hans-Peter Zimmermann: »Die Sterntaler. Ein Märchen der Brüder Grimm, gelesen als handfestes Politikum in kontingenztheoretischer Rahmung«, in: *Zeitschrift für Volkskunde* 97, S. 67–94. ◖◗◖ Karl Privat: ›Vorschule der Grausamkeit. Eine Diskussion um die Märchen der Brüder Grimm‹. In: *Berliner Tagesspiegel.* 7. Februar 1947. ◖◗◖ Felicitas Hoppe: »Wie wünscht man richtig?«, in: *Grimms Märchen für Heldinnen von heute und morgen.* Ausgewählt von Felicitas Hoppe. Mit Bildern von Rosa Loy, Dietzingen 2019, S. 7–16. ◖◗◖ Alea Horst und Mehrad Zaeri: *Manchmal male ich ein Haus für uns. Europas vergessene Kinder,* Leipzig 2022. ◖◗◖